KB053715

아라포 현자의
이세계 생활일기

4

Kotobuki Yasukiyo

코토부키 야스키요

츠베이트

캐럴스터

우르나

크로이사스

≪ 제로스

≪ 세레스티나

Characters

"이거……
생각보다 빠른데?"

"오~, 상쾌해

"이거라면 빨리……
도착하겠어."

 쟈네

≪ 레나

≪ 이리스

배에서 내린 이리스 파티는 바이크 뒤에
단 리어카를 타고 길을 서두르는데…….

코토부키 야스키요 지음

JohnDee 일러스트

김장준 옮김

Contents

프롤로그 아저씨의 실수

판타지 세계라고 하면 검과 마법, 마음이 들뜨는 모험의 세계가 떠오를 것이다.

하지만 그런 관념에 코웃음 치듯, 세계관에 어울리지 않는 존재가 파프란 가도를 달리고 있었다.

한 나라의 광대한 토지에 뻗은 하이웨이를, 혹은 저녁 해 저무는 해안선을, 팝 음악을 배경음 삼아 정처 없이 떠도는 강철의 방랑자.

돌풍이나 질풍이라는 말이 잘 어울리는 속도로 녹색지대를 누비는 칠흑의 바이크. 정확히 말하면 모터사이클이라고 하지만, 적어도 중세 유럽 시대를 방불케 하는 이 가도를 달릴 만한 물건은 아니었다. 시대 배경이 크게 잘못됐다.

바이크는 그 검은 색채와 유난히 눈길을 끄는 초퍼 핸들이 인상적이었다. 노면과의 접촉을 줄이기 위해 차체를 조정했지만, 그럼에도 다소의 기복에도 불똥이 튀었다.

할○ 데이비슨을 모델로 수중에 있는 부품을 긁어모아 개발한 마도 바이크였다. 정식 명칭은 【할리 선더스 13세】(웃음). 어떻게 보나 짝퉁이었다.

당연하지만, 그 바이크를 모는 사람은 개발자인 제로스 멀린이었다. 그의 본명은 【오사코 사토시】. 마흔 살 독신, 취미에 살고 취미에 죽는 남자였다.

그런 아저씨가 고속으로 달리는 바이크로 바람을 느끼며, 오토바이로 은하를 누비는 멋들어진 애니메이션 주제가를 흥얼거렸다. 시험 운전을 명목으로 바이크를 모는 아저씨는 그야말로 하이웨이 스타였다.

"다음은…… 내 노래를 들어어어어어어어어어어어!"

……아저씨의 독창회가 제2라운드로 돌입할 모양이었다. 세븐에서 프론티어로 선곡을 바꾸지만[#1], 평범한 아저씨가 어떻게 가희를 대신할 수 있으랴.

선곡이 하드한 록이라면 조금은 비주얼과 어울렸을지도 모르나, 안타깝게도 제로스는 자타공인 진성 오타쿠였다. 알고 보면 보는 사람이 다 부끄러워지는 사람이었다.

예를 들면, 총잡이가 모이는 서부 시대의 술집에서 우람한 남자가 『화려한 애니송을 들려주지』라며 총을 뽑고 냉소 짓는 모습을 떠올릴 수 있겠는가? 그만큼 창피한 사람이었다.

취미가 인생의 모든 것인 이 남자는 남의 평가는 귓등으로도 듣지 않고 사랑 따라 마음 따라, 세간의 눈총을 사면서도 무한한 황야를 걸어 나간다.

그렇게 기분이 좋은 아저씨는 바이크로나 인생으로나 자신의 길을 계속해서 달리고 있었다.

'흠, 탑승감은 그럭저럭 괜찮군. 마도 모터도 정상적으로 움직이고 아직까지 문제는 없어.'

아한 광산에서 채굴해 온 광석과 수중에 있는 마도구를 조립해 제작한 바이크였다.

#1 세븐에서 프론티어로 선곡을 바꾸지만 유명 SF 애니메이션 마크로스 시리즈, 『마크로스 7』의 주인공 넷키 바사라의 명대사 '내 노래를 들어'가 매우 유명하며, 후속 시리즈 『마크로스 프론티어』의 가희 셰릴 놈도 사용하였다.

공과 대학에 재학 중일 때 동아리 친구와 저연비 자동차를 만든 경험이 있었고, 그 후 농촌 생활에서도 바이크를 좋아하는 이웃 청년과 함께 정비하기도 하여 탈것의 구조에도 제법 해박했다.

마음만 먹으면 이 세계에 산업 혁명까지 일으킬 자신도 있었지만, 본인 왈『그런 짓을 해도 귀찮을 뿐이잖아? 왜 내가 남을 위해 개혁을 일으켜?』라며 마이웨이를 달릴 뿐이었다.

위업을 달성한 위인들은 대개 그 공적과 함께 귀찮은 책임을 짊어졌다. 제로스는 자진해서 그런 책임을 질 마음 따위 없었다.

책임은 자신의 행동에 의한 결과만으로 충분하며 굳이 불 속으로 뛰어들 필요는 없다는 마음가짐이었다. 문명의 진보야 조만간 다른 사람이 하겠지, 라고 생각하며 남에게 떠넘겨 버렸다.

예를 들어 제로스가 보유한【소드 앤 소서리스】에서 마구 개조해 댄 마법.

이건 기존의 마법보다 효율이 좋고 위력도 월등히 높았다. 그런 마법을 세상에 내놓으면 제자로 들여 달라는 귀찮은 인간들이 몰려올 것이다.

개중에는 타산과 욕망을 숨기고 제로스를 이용할 생각으로 접근하는 자도 있으리라 예상되었다. 그렇게 되면 기껏 얻은 자유를 빼앗기게 된다.

이 이세계는 지구보다 문명 수준이 낮았다. 하지만 그것만으로 열등하다고는 생각하지 않았다. 시대는 사람의 행동이 축적되어 진행되고 미래에 역사로 기록된다.

아무리 타인보다 우위에 있다고 해도 그것만으로 인생이 자기

의도에서 벗어나는 것은 바라지 않았다. 하물며 자진해서 문명 발달에 공헌할 생각 따위 추호도 없었다.

지금까지 실컷 저지르긴 했으나, 급속한 발전으로 이어질 만한 행동은 피해 왔다. 계기가 될 힌트는 줘도 그 후는 타인의 노력에 맡겼다.

'이 바이크도 사용 방법에 따라서는 전황을 좌우할 물건이 되겠지. 팔 생각은 없지만……'

어디 사는 공작님이라면 가지고 싶어 할지도 몰랐다. 묘하게 폭력적인 성향을 가진 인물이니까 이런 장난감에는 관심이 많으리라.

하지만 생산 비용 면에서도 양산하기는 어려웠다. 재료로【미스릴】이나【오리하르콘】,【현자의 돌】같은 희소한 물품이 사용되기 때문이었다. 이 바이크 한 대 값으로 국가 예산이 날아간다.

'마음만 먹으면 저예산으로도 만들 수 있지만, 가능하다면 스스로 만들어줬으면 해. 양산품은 재미도 없고.'

제로스에게도 자존심이 있었다. 양산형 무기나 방어구처럼 같은 물건을 대량 생산할 생각은 없었다. 회복약 같은 소모품은 별개지만, 기본적으로 같은 물건은 하나밖에 만들지 않았다.

재료만 가져다준다면 쟈네의 검처럼 기량에 맞춰 장비를 만들기도 하지만, 전쟁을 목적으로 대량 생산해달라고 하면 거절할 생각이었다. 아저씨는 같은 무기라도 성능을 다르게 만들어 노는 것을 좋아했다.

그를 취미에 살고 취미에 죽는다고 표현한 것은 이런 이유에서였다.

"그럼 다음은 고속 주행 테스트라도 해 볼까? 통상 속도는 문제 없으니까 속도를 최대로 올려 보자."

제로스가 액셀을 강하게 당기자 할리 선더스 13세는 한층 가속했다.

수동 변속은 제작 방식도 까다로운 까닭에 이 바이크는 기본적으로 오토매틱을 채용했고 스쿠터와 같은 간편 조작이 특징이었다.

가속한 바이크는 급커브를 공략하고 난소(難所)라고 불리는 고갯길을 어렵지 않게 주파했다.

하지만 이 세계는 구석구석까지 교통망이 정비된 일본과 달리 예측불허의 사태가 빈발하는 이세계다. 심지어 아저씨는 통행인은 고려하지도 않았다.

마침 고개를 넘었을 때, 아저씨는 해프닝과 맞닥뜨렸다.

"켁?!"

그것은 상인이 마물에게 습격받는, 목숨 건 싸움의 현장이었다.

마차를 지키고자 싸우는 용병들과 식량을 구하러 공격하는 야생 생물【오크】.

흔히 있는 일이지만, 문제는 이 오크 중에 지능이 높은【오크 킹】이 있다는 점이었다. 상인들은 완전히 포위당해 목숨은 풍전등화라고 해도 좋았다.

오크 정도라면 용병들도 대처할 수 있다. 하지만 오크 킹이 끼면 난이도가 부쩍 상승한다. 레벨에 따라서 오크 킹의 랭크는 C~A에 해당한다.

개중에는【마왕】까지 진화할 정도로 강력한 힘을 가진 개체도 있는데 이런 게 한 마리만 있어도 호위 용병들이 손쓸 수 없어진다.

제로스는 순간적으로 봤을 뿐이지만 용병들의 열세가 명백해 보였다.

그리고 고속으로 달리는 바이크는 갑자기 멈출 수 없는 법. 브레이크를 잡아도 속도가 떨어질 때까지 꽤 먼 거리를 이동한다. 관성의 법칙이란 것이다.

"앗…… 이거 사고 나겠다……."

정차가 불가하다고 완전히 포기한 아저씨는 무슨 생각인지 오히려 스로틀을 열고 가속했다.

정면으로 오크 킹의 거구가 육박했다. 그 박력은 말로 형용하기 어려울 정도였다.

그래도 아저씨 쪽에 등을 돌리고 있어서 다행이었다.

"꺼억?!"

"나무아미타불……."

그리고 사고 발생. 오크 킹은 격돌한 바이크의 질량에 튕겨 나가 다른 오크까지 말려들게 하며 빈사의 중상을 입었다.

그사이에도 제로스가 모는 바이크는 다른 오크를 잇달아 들이박으며 맹렬한 속도로 사도를 달렸다.

이세계가 아니었다면 변명의 여지없이 유죄가 확정되었을 것이다. 누구나 인정할 흉악 뺑소니 사건이었다.

얼이 빠진 용병과 상인들이 바라보는 가운데, 아저씨는 고속으로 그 자리를 벗어났다.

"홋…… 나는 악독한 짓을 하고 있다."

이 사태와는 아무런 관계도 없는 대사를 중얼거리면서, 제로스는 속도를 떨어뜨리려고 브레이크 레버를 당겼다. 하지만 속도는 떨어지지 않았다.

몇 번 더 당겨 봤다. 그래도 속도는 떨어지지 않았다.

"……지저스."

사고의 충격으로 브레이크 와이어에 이상이 생겨 멈출 수 없게 됐다. 심지어 전륜, 후륜 양쪽 다.

산 넘어 산이라고, 당긴 액셀도 돌아오지 않았다.

"현실이냐……? 이게 현실이냐?!"

속도가 떨어지지 않는다. 그것은 상당히 위험한 상황이었다.

할리 샌더스 13세는 창조주를 비웃듯 한계를 모르고 가속했다.

이곳은 가도였다. 장소에 따라서는 방금처럼 상인 마차가 오갈 가능성이 컸다. 게다가 마력 탱크는 가득 차 있었다. 이것을 다 쓰려면 시간이 얼마나 걸릴지 몰랐다.

애초에 그것을 시험하기 위한 주행 테스트기도 했다.

도와줄 사람은 아무도 없었다. 고속으로 달리는 바이크를 따라 잡을 수 있는 사람은 이 세계에 없기 때문이었다.

시간상의 이유도 있었지만, 날림으로 제작해 키 박스를 달지 않은 것을 급격히 후회했다. 아저씨의 메마른 웃음이 가도에 허무하게 울려 퍼졌다. 도둑맞으면 어쩌려고 했던 것일까?

결함이란— 언제나 뒤늦게 판명되는 법이었다.

제1화 세레스티나의 외톨이 탈피

세레스티나는 언제나 그렇듯 마법식을 연구하고자 빠른 걸음으로 대도서관(통칭 【서고】)으로 가고 있었다.

언제나 반복되는 일상이지만, 말을 걸어주는 사람이 아무도 없어 조금 쓸쓸한 감도 있었다. 그러나 이 또한 일상이 되어 버려 신경 쓰지 않게 되었다.

……아니, 사실 최근에는 친구가 없다는 사실에 조금 초조함도 느꼈다.

스승인 제로스의 가르침을 받을 때 그녀 주위는 떠들썩했다.

하지만 이 학교에서는 동급생인 캐럴스티 외에는 아무도 말을 거는 사람이 없어 어쩔 수 없이 소외감을 느꼈다. 불과 얼마 전 무능아에서 『신동』이 되어 지금까지 당하던 험담도 쏙 들어가 버렸다. 일부러 들으란 식으로 욕을 하던 시기가 그리울 정도였다. 불쾌하긴 했지만, 지금 생각해 보면 적어도 고독하지는 않았다.

지금은 학교 강사조차 다가오려고 하지 않았다.

사실 예전에도 강의 중에 질문의 형식으로 통렬한 지적을 날렸던 터라, 강사진은 전전긍긍하며 이제는 가르칠 것이 없다는 듯 그녀와의 대화를 아예 포기해 버렸다.

요컨대 『감당이 안 되니까 자유롭게 자기 연구나 해줘! 우리는 널 못 가르쳐!』라고 말하는 셈이었다.

사정은 오빠 츠베이트도 같았다. 반쯤 시비조로 지적하는 츠베이트에 비하면 세레스티나는 그나마 얌전한 편이었다. 세레스티나는 덕분에 자유롭게 마법식 해석에 전념할 시간을 얻었지만, 자신에게 말을 붙이는 사람이 캐럴스티뿐이라고 생각하자 조금 서글펐다.

그녀도 가벼운 마음으로 이야기 나눌 친구를 원했다.

"에휴……."

"이리하여 아가씨는 오늘도 홀로 쓸쓸하게 마법 연구에 몰두하였습니다. 눈물겨운 청춘이네요."

"미스카……. 사람이 신경 쓰는 부분을 꼭 그렇게 꼬집으셔야 해요?"

"쿨하고 멋지게, 멋지고 강하게, 강하고 뻔뻔하게. 그게 저니까요. 이제 와서 새삼스럽네요."

"새삼스러워요?! 그걸 왜 그렇게 자랑스럽게 말해요?!"

미스카는 가슴을 펴고 당당히 안경을 고쳐 썼다. 밉살스러울 정도로 득의만만했다.

정말로 끝내주는 성격이었다.

"아가씨, 기다리기만 해서는 친구는 생기지 않습니다. 때로는 주먹을 나누는 것도 친구를 만드는 수단 중 하나죠. 실패하면 척지고 살겠지만요."

"그런 친구 사귀는 법이 어딨어요! 저녁 해 지는 해안에서 뜨겁게 치고받으라는 말이에요?!"

"아가씨…… 왜 그런 지식을 가지고 계시죠? 격조 있는 솔리스테어 공작가의 숙녀께서 알아야 할 지식이 아닙니다. 야만스럽군요."

"주먹을 나누라고 한 사람은 미스카잖아요?! 그 전에 이 지식을 저에게 전한 사람은 당신이면서……."

"······그러고 보니 그랬죠. 옛날 일이라서 잊고 있었습니다."

"3일 전이 옛날인가요?"

친구가 없는 세레스티나는 평소 자기 방에 틀어박혀 지내기 일 쑤인지라 솔직히 말해 한가했다.

시간을 내서 강의를 듣거나 마법식 연구를 했지만, 그래도 빈 시 간이 많았다. 그렇게 한가할 때면 세레스티나는 곧잘 소설을 빌려 읽곤 했다.

그런 그녀에게 3일 전, 미스카는 추천하는 책이라며 소설 한 권 을 건넸다. 제목은 『청춘 폭주 일직선 ~주먹으로 말해라, 사랑의 노래~』였다. 끝에 가서 고혹적인 장미밭 전개로 돌입하는 위험한 스토리에 세레스티나는 푹 빠지고 말았다.

곧 미스카의 흉계에 빠졌음을 눈치챘으면서도 그녀는 남몰래 부 녀자(腐女子)의 길을 걷기 시작했다.

"훗······ 저는 과거를 돌아보지 않는 여자입니다. 자질구레한 일 에는 얽매이지 않습니다."

"······나이에는 얽매이, 면, 서······ 힉?!"

미스카가 갑자기 세레스티나의 두 어깨를 붙잡고 바싹 다가왔 다. 세레스티나의 눈앞에서 안경이 빛나고 시커먼 오라가 방출됐 다. 아무래도 세레스티나가 폭탄을 건드린 모양이었다.

"아가씨······ 지금 뭐라고 하셨습니까? 괜찮으시면 다시 한 번 들려주셨으면 합니다만."

"아, 아뇨······. 제, 제가 무슨 말을 했다고요······."

"그런가요? 그럼 다행입니다. 외람되오나, 괜한 말 한마디가 목숨을 앗아가는 것이 작금의 세태입니다. 아가씨께서도 모쪼록 부주의한 말에 주의하시기 바랍니다. 아셨죠? 후후후······."

"네, 네에엣!"

공포에 떨면서도 세레스티나는 몸을 오른쪽으로 돌리고 뻣뻣한 걸음걸이로 대도서관에 가려고 했다. 같은 방향 팔다리가 동시에 나가는 것을 보면 미스카가 무섭긴 무서웠나 보다.

미스카는 그런 세레스티나를 보고 피식피식 웃고 있었다. 정말로 끝내주는 성격이었다.

익숙한 길을 걷는데, 미스카는 그 도중 몇 명의 소녀를 보고 고개를 갸우뚱거렸다.

"아가씨, 저걸 보시지요."

"뭐죠?"

미스카가 가리키는 방향에는 여러 소녀가 한 소녀를 둘러싸고 있었다. 집단 괴롭힘일까? 잘 보니 둘러싼 소녀들은 마법을 사용하는지, 마력의 파동 같은 것이 느껴졌고 둘러싸인 소녀는 붙잡힌 것처럼 몸을 움직이지 못했다.

아무래도 구속계 하급 마법을 발동한 것 같았다. 발아래로 마법진 같은 것이 떠올랐고 보이지 않는 역장이 그녀를 붙잡고 있었다. 【포스 바인드】라고 불리는 구속 마법이었다.

마력으로 형성된 마법진은 육안으로는 보이지 않으나, 눈에 마력을 모으면 형상을 볼 수 있었다.

"저건 【포스 바인드】 마법이네요."

"교내에서 훈련 외 마법 사용은 허가가 없는 한 교칙 위반이에요. 당장 말립시다."

"아가씨, 기다리시죠. 지금 단계에서는 누구에게 잘못이 있는지 알 수 없습니다. 잠깐 상황을 보고 개입하는 게 좋다고 생각합니다."

"……그것도 그러네요. 그럼 모습을 숨기고 다가가요. 【미라지 커튼】."

빛을 굴절시켜 모습을 감추는 마법 【미라지 커튼】. 움직이면 공간이 왜곡되어 보이는 단점은 있으나, 주의력이 산만해진 자들에게는 큰 문제가 없을 것이다.

효과 시간은 임의로 바꿀 수 있지만, 길수록 마력 소비도 커지며 【마력 감지】 스킬에 걸릴 가능성도 크다. 그러나 학교의 학생이 그렇게 고급 스킬을 보유한 경우는 드물기에 아마 들키지 않으리라 판단했다.

이때 그녀는 자신도 교칙을 위반한다는 것을 깨닫지 못했다. 어떤 이유가 있든 독단으로 교내에서 마법을 사용해서는 안 되었다.

세레스티나는 조용히 다가가 상황을 살폈다.

"너, 마력도 얼마 없는 주제에 건방져!"

"낙오자는 얼른 나가! 엄청 방해되니까."

"노려보기만 해도 아무것도 안 변해. 불만이면 마법이라도 써 봐. 못 하겠지만. 아하하하하."

"으윽~! 이런 것쯤…… 이익!"

구속 마법에 걸린 사람은 수인 소녀였다.

개를 닮은 특징적인 귀를 보아 【하운드 족】 같지만, 이곳 학생이라면 혼혈종일 확률이 높았다.

그 소녀는 힘으로 【포스 바인드】 마법을 풀려 하고 있었다.

"수인 주제에 마법을 배우겠다니, 건방져!"

"어차피 할 수 있는 것도 없으니까 얼른 나가지 그래? 그럼 공기는 조금 깨끗해질 거야. 수인 냄새가 없어지니까."

"개 냄새가 나서 숨 막혀~. 피해 주지 말고 꺼져줄래?"

학교 안에서 자주 보이는 음습한 괴롭힘 같았다.

겉으로 보는 한 둘러싼 소녀들은 귀족이 아니라 상인의 딸일 가능성이 컸다. 귀족이라면 호신용 반지와 같은 고가의 마도구로 몸을 지키는 사람이 많은데, 이 소녀들에게는 그런 물건이 보이지 않았다. 아마 일반 학생일 것이다.

하지만 세레스티나는 이때 전혀 다른 생각을 하고 있었다.

'수인이라면 순혈종이 아니란 뜻이겠지? 하지만 드물게 마력이 높은 아이가 태어난다는 이야기도 있고 학교에 있는 시점에서 마력은 적정량에 달했을 가능성도 있어. 수인족은 마법을 잘 쓰지 못하지만, 대신 마력을 몸에 순환시켜 신체 능력을 향상시킨다고 선생님께서 말씀하셨어. 그렇다면 바인드 정도라면 쉽게 뿌리칠 수 있을 텐데…… 혹시 방법을 모르는 걸까?'

수인족은 후방 지원 마도사보다 전방에서 싸우는 것이 특기인 종족이었다.

많은 수인종은 자기 몸에 마력을 순환시켜 때로는 상대의 마법을 주먹으로 부술 수도 있으며, 개 타입 종족은 기동력과 공격력을 상승시킬 수 있었다. 마법 내성도 배로 뛰어오르므로 마도사에게는 천적이라고 해도 좋았다.

인간보다는 마력이 적지만, 그 대신 마력 운용법의 폭이 넓은 종족이었다.

'오라버니가 선생님께 배웠던 것 같은데…….'

파프란 대산림 지대에서 있었던 일이 머릿속에 떠올랐다.

츠베이트는 제로스가 주먹으로 마물을 쓰러뜨리는 모습을 보고 자기도 할 수 있는지 질문했었다. 그때 제로스가 수인족의 싸움 방식을 예로 들었다.

츠베이트도 신체 능력이 향상된다는 이야기를 듣고 시도는 해 봤으나, 체내에서 마력을 제어하기가 어려워 지금도 훈련에 여념이 없었다. 어떻게 해서든 체득하고 싶기 때문이겠지.

세레스티나는 그 당시의 대화를 선명하게 떠올렸다.

『잘 들으세요, 츠베이트. 마력을 단순히 몸 안쪽에 머물게 하는 게 아니라 배꼽 아래…… 하복부 근처에 마력을 집중해 반죽하는 감각으로 모으는 게 요령입니다. 조금 뜨거워진 느낌이 들면 그 마력을 몸에 순환시키는 이미지로 구석구석까지 흘려보내야 하는데, 이게 중요하고 가장 어렵죠』

『스, 스승님…… 이거 말만큼 쉽지 않다고. 수인들은 이런 짓을 해? 마력을 조종하는 것보다 힘들어……』

『수인들은 본능적으로 다루는 법을 아니까요. 사람이 이 신체 강화를 사용할 바에야 마법으로 강화하는 게 간단합니다. 뭐, 그만큼 다른 마도사에게 마력을 감지당하기 쉽지만, 이 방법은 상대방이 마력을 감지할 수가 없죠. 그도 그럴 게 체내를 혈액과 똑같이 순환하니까요』

『왜지? 어느 쪽이건 마력을 쓰잖아?』

『【마력 감지】, 혹은 【마력 탐사】는 방출된 마력을 감지해 조사하는 마법이에요. 체내를 순환하는 마력은 방출되지 않으므로 적에게 들키지 않습니다. 부스트 계열은 몸 바깥쪽에 마법을 걸게 되니까 효과는 같아도 은밀성이 전혀 없죠』

『그럼 마도사는 수인을 상대하기 힘들다는 소리잖아?!』

『맞습니다. 그들은 이성과 본능이 딱 알맞게 뛰어난 종족이라고 할 수 있죠. 얼마 되지 않는 마력을 본능과 이성으로 교묘히 다루어 속공으로 마도사를 처리하려 듭니다. 적으로 돌리지 않는 게 신상에 이로워요. 게다가 적 마도사가 가진 마력을 육감으로 감지하니까 일방적으로 두들겨 맞을걸요~?』

그 후 츠베이트는 약 세 시간 동안 마력 순환 운용법을 철저하게 교육받아 사용할 수 있게는 되었으나, 다음 날 근육통으로 진땀을 빼야 했다.

다행히 레벨이 오른 덕분에 육체가 최적화되어 그 고통은 단 하루의 지옥으로 끝났지만…….

'그렇다면 이 아이는 본능적으로 마력을 어떻게 써야 하는지 알지만, 그 구체적인 방법을 모르는 것뿐이지 않을까?'

그 말대로 수인은 마력 운용법을 본능적으로 알지만, 그것을 익히려면 부모가 놀이를 통해 아이에게 가르쳐야 했다. 수인 아이는 부모의 마력 사용법을 보고 자라면서 그것을 자연스럽게 배웠다. 사람은 한평생을 바쳐 도달하는 격투 스킬의 경지에 그들은 처음부터 발을 담그고 있는 셈이었다. 그만큼 마법 구사를 어려워하지만 말이다.

아무튼 이 수인 소녀는 그것을 자연스럽게 습득할 환경에서 자라지 않았다. 즉, 인간이 키웠을 거라고 추측할 수 있었다.

"참 나…… 마력이 있어도 쓰지를 못하면 무슨 의미야?"

"낙오자는 그냥 쓰레기나 다름없어. 알아?"

"쓰레기는 죽는 게 학교를 위한 길이야. 너, 왜 살아 있니?"

둘러싼 소녀들의 말에 세레스티나는 분노를 느꼈다.

한때 자신도 같은 말을 듣고 굴욕을 삼키며 생활했었다. 에둘러 비아냥거리는 말은 정말로 악질적이고 음험했다. 하지만 자신이 마법을 쓰지 못한다는 이유로 쭉 참았었다. 지금 이 앞에 있는 수인족 소녀의 마음을 자기 일처럼 알 수 있었다.

그리고 세레스티나는 그 마음을 행동으로 옮겼다.

『마력을 배꼽 아래로 모아 반죽하듯 천천히 주물러 보세요』

수인족 소녀의 귓가에 속삭이자 수인 소녀는 한순간 놀란 것처럼 꼬리를 세웠다. 하지만 세레스티나는 계속해서 말을 이었다.

『배 아래가 뜨거워지면 이번에는 그 마력을 몸 전체로 흘려보내세요. 우선 심장으로, 그곳에서 몸 구석구석으로 흐르듯이…… 천천히』

소녀는 무슨 일이 일어나는지 몰랐지만, 곁에 누가 있다는 사실은 냄새로 알았다.

그리고 자신에게 무엇을 알려주려고 한다는 것을 알아차리고 지시에 따라 몸 구석구석으로 마력을 보냈다.

의외로 쉽게 할 수 있어서 놀랐다. 그러나 그보다 놀라운 것은 그녀를 감싸는 지금까지와는 다른 감각이었다.

마치 타오르는 불처럼 뜨거운 감각이 몸 안으로 퍼지며 힘이 샘솟는 기분이 들었다.

아니, 실제로 힘이 향상됐다. 그것은 동시에 그녀의 본능을 일깨웠고 서투른 마력 순환이 차츰 모양이 잡혀 갔다. 마치 처음부터 알았던 것 같은, 그러면서도 그리운 감각이었다.

"뭐라고 할 말 없어? 하긴, 바인드를 못 푸는 수인이 사람 말을 어떻게 하겠어~♪ 이래서 야만인은 싫다니까."

"맞아, 맞아. 마법을 쓸 수 있는 건 선택받은 인간뿐이야. 짐승은 분수에 맞게 굴속에서나 살아야지. 어디서 건방지게 옷을 입어?"

"화나? 화나면 반격해 봐. 하고 싶어도 못 하겠지만. 왜냐면 짐승이니까~♪"

"……괜찮아?"

"""응?!"""

수인 소녀가 처음으로 보이는 사나운 미소였다.

지금까지 분해하는 모습은 봤어도 이토록 호전적인 웃음을 지은 적은 없었다.

한순간 당황하지만, 소녀들은 바인드로 구속했다는 사실을 떠올리고 평정을 되찾아 도발적인 말을 던지고 말았다.

"흥, 할 수 있으면 해 봐! 짐승따위가 마법을 풀 수 있으면 말이야!"

"그럼 바라는 대로……."

—채애애애애앵!

높은 소리와 함께 구속하던 마력이 깨지고 수인 소녀가 자유를

23

찾았다.

아니, 그뿐 아니라 손톱이 날카롭게 뻗고 팔에는 짐승 같은 털이 서서히 자라났다. 흔히【투수화(鬪獸化)】라고 불리는 현상이었다. 이렇게 되면 신체 능력은 세 배 가까이 뛰어올라 근접전에 약한 마도사는 상대할 재간이 없었다. 다만, 시간에 따라 피로가 축적되는 문제가 있었다.

"바인드가 이렇게 쉽게 풀리는 거였구나? 왜 지금까지 못 했던 걸까?"

"바, 바인드 브레이크?! 말도 안 돼, 어떻게 이런 게 가능해?!"

"왜, 왜…… 이런 일, 지금까지 한 번도 없었는데……. 우릴 봐 줬던 거야?! 수인 주제에……."

"반격해도 된다고 했지? 지금이라면 너희 정도라면 쉽게 죽일 수 있겠는데."

마치 육식동물처럼 혀로 입술을 핥고 지금까지 자신을 실컷 조롱하던 소녀들을 노려봤다. 수인도 마법을 쓸 수 없는 것은 아니었다. 인간보다 사용할 수 있는 마법이 적을 뿐이고 그 이상으로 전투에 특화한 마력 운용이 특기일 뿐이었다.

풀려난 맹수가 사냥꾼에게 달려드는 것은 자명한 일이었다.

이미 입장은 역전됐다.

수인 소녀가 당장에라도 달려들려고 하는데…….

"기다리세요!"

그곳에 제삼자의 목소리가 울려 퍼졌다. 그러나 목소리의 주인공은 보이지 않았다.

"……이제 그만 모습을 보여줬으면 좋겠어. 거기 있지?"

"수인은 오감도 뛰어나다고 하죠. 냄새로 아셨나요?"

"그런 셈이지."

아무것도 없는 공간이 흔들리더니 이윽고 그 자리에 한 소녀가 나타났다.

"세, 세레스티나 님……."

"설마 처음부터 보고 있었어?!"

"큰일 났다! 도망가자……."

당황하는 소녀들을 무시하고 세레스티나는 수인 소녀에게 눈길을 둔 채 말했다.

비뚤어진 생각의 소유자들은 알 바가 아니었다.

"어떤가요? 마력을 주무르는 수인족의 기술은. 설마 【투수화】까지 할 줄은 몰랐네요. 처음 봤어요."

"응. 익숙한 느낌이야. 그래, 수인의 마력은 이런 식으로 쓰는구나."

"모르셨나요? 수인족은 마력 사용법을 본능적으로 아는 줄로만 알았는데."

"음…… 나, 사실 양녀야. 부모님이 돌아가셨을 때, 그분들 친구였던 지금 부모님이 날 거둬서 키워주셨는데…… 이분들이 마도사라서 말이야~."

"양녀? 그래서 수인족 특유의 마력 운용을 못 하시는군요. 혼혈이라도 부모님께 싸우는 법은 배울 테니까…… 앗?! 죄송합니다. 제가 생각이 짧았네요."

"상관없어. 나도 부모님 얼굴은 기억도 못 하니까. 어머니가 수인족이었다고 하나 봐."

아무래도 그녀는 수인족에 가까운 혼혈종 같았다. 마법에 서툰 것도 납득이 갔다.

"그나저나 당신들의 처분을 결정해야겠네요. ……자신들이 무슨 짓을 했는지는 아시죠?"

"""네, 네에…….""""

괴롭히던 여학생들은 도망칠까 말까 고민하고 있었다.

얼마 전까지 괴롭힘을 당하던 세레스티나가 이 상황을 간과할 것 같지는 않았다.

그러나 지금 그녀에게서 도망쳐도 괴롭힘을 당한 당사자에게 이름이 판명되면 결과는 같았다.

"힘으로 남을 짓누른 사람은 똑같이 힘으로 억압당해도 할 말이 없어요. 당신들은 그렇게 자만할 만한 실력이 있나요? 누구나 처음에는 약해요. 그렇지만 힘을 키우려고 하면 얼마든지 그럴 수 있죠. 가령 지금까지 한 일에 원한을 사서 수년 후 극한까지 강해진 그녀에게 죽는다고 해도 불평할 수 없어요. 힘의 논리를 긍정했으니까요."

어디 사는 아저씨 같은 말투였지만, 어차피 남에게 늘은 이야기며, 아저씨 또한 남에게 들은 이야기를 읊었을 뿐이었다. 세레스티나 본인도 자기가 무엇이 잘나서 이런 소리를 하는지 모르겠다며 내심 초조했다.

그렇지만 지금은 그녀들의 반성을 촉구하는 것이 우선이므로 세레스티나는 이대로 밀어붙이기로 했다.

"수인족은 동료 의식이 강해서 설령 인간 사이에서 자란 아이라도 결코 동포를 버리지 않아요. 무엇보다 마도사의 천적이나 다름없는 종족이라구요. 그런 종족을 상대로 당신들은 무슨 짓을 한 건가요?"

"수인 따위가 어떻게 천적이야! 마법도 못 쓰는 종족이!"

"쓸 수 있는데요? 공격 마법이 아니라 강화계 마법이 특기지만요. 지금 그건 【투수화】라는 신체 강화 스킬이에요. 수인족이 이 스킬을 쓰면 그들의 마력을 감지할 수 없어요. 하지만 시각과 후각 등 오감이 뛰어난 그들은 쥐도 새도 모르게 다가와 한순간에 적을 해치울 수 있죠. 당신들은 그런 종족에게 이길 수 있다는 말씀인가요? 상대가 정정당당하게 정면에서 싸워줄 리 없는데 정말 그렇게 생각하나요?"

수인족은 동료를 지키기 위해서라면 수단과 방법을 가리지 않았다.

이번 일이 다른 수인들에게 알려지면 최악의 경우 전쟁이 발발할지도 모를 사태로 발전할 것이다. 그만큼 그들은 동료 의식이 강하며, 동시에 적에게 자비가 없었다.

괴롭히던 쪽에서는 가벼운 분풀이였겠지만, 전쟁으로 발전할지도 모른다는 것을 알자 얼굴이 새파래지며 떨리는 팔다리가 멈추지 않았다.

만약 전쟁으로 발전하고 그 원인이 자신들이란 사실이 알려지면 그녀들 일족의 처형은 피할 수 없었다. 생각 없는 행동이 가져올 최악의 위험성이었다.

"이 나라는 타 종족에게도 개방된 나라예요. 그렇게 발전을 이룩한 역사적 사실이 있는데 당신들의 행동은 그것을 완전히 물거품으로 만들어 버릴 수 있다고요."

"따, 딱히 우리는……."

"우리만 그랬어?! 우리 말고도 똑같은 짓 하는 사람은 있어!"

"왜 우리만 비난받는 거야! 얼마 전까지 무능아였던 주제에……."

"타인이 비열한 행동을 한다고 그것을 이유로 똑같은 짓을 하는 건 먼저 악행을 저지른 자들보다 성품이 저열해요. 게다가…… 확실히 저는 무능아였지만, 당신들은 강해지기 위해 노력했나요? 그 대산림 지대에 갈 수 있나요? 이곳 학생 실력으로는 하루도 못 가 죽을걸요?"

"""으……."""

세레스티나가 파프란 대산림 지대에 가기 위한 사전 준비로 혹독한 전투 훈련을 받았다는 일화는 유명했다. 정보원은 오빠인 츠베이트였다. 당시 그는 『그건 정말로 지옥이었지……. 세레스티나 그 녀석도 용케 계속했다니까? 아니, 정말로! 상대는 골렘인데 계속해서 재생해서 끝이 없어. 실전이었다면 몇 번이나 죽었을지……』라며 주변 친구들에게 말하고 다녔다.

그런 훈련을 한 달 이상 계속하며 노력으로 극복한 세레스티나에게 소녀들은 아무 말도 돌려주지 못했다.

예전처럼 마법을 못 쓰는 상황이라면 뒤에서 험담하며 비웃을 수 있었겠지만, 지금은 이미 머리 위에 선 존재며 강사들도 손을 대지 못할 정도였다.

그만한 노력을 하며 위로 올라간 사람에게 이제 와서 뭐라고 말한들 패배자의 허무한 외침이었다. 그녀들은 실력을 쌓기 위한 노력을 전혀 하지 않았으니까…….

"분명히 말하자면 이 학교에 있는 마도사 대부분은 전장에서 도움이 안 돼요. 반수 이상이 연금술을 배우려고 하고, 그들이 일을 구할 수 있을지도 파벌의 연줄에 달려 있어요. 힘들게 마법을 배워도 대부분이 마법과 관계없는 일을 하고 무엇을 위해 이 학교에 왔는지 모르게 돼요."

세레스티나는 가차 없이 현실을 들이댔다.

마도사를 목표로 공부하는 학생 태반은 사회에 나가서 마도사로 활약할 기회도 얻지 못한 채 사라진다. 연금술을 배우는 사람도 그건 다를 바 없었다.

약초를 비롯한 재료를 구하지 못해 마법약도 만들지 못하며, 스스로 채집하러 가자니 싸움에 관해서는 초보자나 매한가지. 호위병을 고용하고 싶어도 돈이 없어서 결국 단념하는 사람도 많았다.

연금술사로 일하는 사람은 파벌에서 우수한 성적을 남긴 자 중 일부거나 가문이 제법 유복한 상인일 경우뿐이었다.

하지만 마법약은 제작자의 역량에 따라 효력이 극단적으로 달라졌다. 목숨 걸고 싸우는 용병과 기사들의 수요를 얻기 위해서는 그만한 실력이 동반되어야 했고, 그러지 않으면 당분간은 궁핍한 생활을 면치 못했다.

사람들 중에는 사냥 겸 약초를 채집해 마을 발전에 공헌하는 별

종도 있지만, 그런 인물은 드물며 태반은 돈 벌기를 우선했다. 다만, 같은 생각을 하는 사람은 부지기수라서 결국 마도사로 대성하는 사람은 손에 꼽을 정도였다.

대성하지 못하는 이유 중 하나로 【마법 스크롤】의 가격이 비싸서 부유층이 아니면 구입할 수 없다는 점이 있었다. 일반 마도사는 사용할 수 있는 마법의 수가 너무 적었다. 그러나 한 일부 영지에서 저렴한 가격에 마법이 팔리기 시작하여 앞으로는 일반 계층에도 학생 외 마도사 수가 늘어날 전망이었다.

세상이 바라는 것은 학력 있는 마도사가 아니라 실력 있는 마도사였다.

"혼인 시 자신의 가치를 높이려고 학교에서 학력을 쌓는 경우도 있지만, 만약 전쟁이 벌어지면 징병되니까 실력이 받쳐주지 않는 분들은 헛되이 목숨을 잃을 거예요……."

"전쟁은 나라의 문제잖아!"

"잊으셨나요? 학교에 재적한 마도사는 전쟁이 나면 징병되는 예비 병력이에요. 만에 하나라도 전쟁이 나면 남녀 불문하고 전쟁터로 보내지죠. 설령 연금술사라도 공격 마법을 쓸 수 있다면 전쟁터로 가게 될 거예요. 그리고…… 애초에 타 종족 차별은 중범죄인 거 모르세요?"

이스톨 마법 학교 학생은 졸업 후에도 병역 의무가 부과되어 유사시 전쟁터로 가게 된다. 이것은 나라의 법으로 정해진 사항이자 학생을 특별한 대우로 맞아들이는 학교와 보호자 간에 맺어진 계약이기도 하다.

애초에 전쟁은 나라의 상비군만으로 치르기에는 수가 부족하다. 침공을 하건 방어를 하건 정규 병사만으로 충당하기란 어렵다. 그 병력 수를 메우기 위해 일반인을 병역 제도로 징용해 전력을 증강한다.

당연히 그 병력에는 수인족도 포함된다. 그녀들의 행동 탓에 수인족과 불필요한 알력이 발생하면 그것만으로 병력이 큰 폭으로 저하된다.

따라서 이렇게 이종족을 멸시하는 행위는 범죄로 단속되며, 설령 아이끼리라도 엄벌로 다스릴 만큼 엄격했다.

"수인족이야 없어도 딱히 상관없잖아!"

"맞아! 우리에겐 광범위 섬멸 마법이 있어!"

"그건 아마 못 써요. 애초에 여러 마도사의 마력을 동조하는 게 불가능에 가깝고 가령 발동해도 마력이 부족해요. 구시대의 시험작일 뿐 도움이 안 된다는 게 최근의 의견이에요. 실제로 제대로 작동하는 걸 봤나요? 그 이전에…… 당신들은 위슬러파죠?"

"윽……."

"그, 그건……."

"……."

위슬러파로 신분을 위장하는 혈통주의파에는 귀족에서 평민으로 몰락한 자가 많았다. 그들은 언젠가 과거의 영광을 되찾겠다고 벼르는 사람이 많았다.

그리고 그들을 잇는 기반이 【광범위 섬멸 마법】 마도술식과 그 실험 시설이었다. 하지만 아직 마법 자체가 발동한 적이 없고 연구에도 거의 진척이 없었다.

최근에는 자금 조달이 어려워졌는데 그 자금원을 주도적으로 없애는 것이 솔리스테어파였다. 즉, 세레스티나는 혈통주의파의 야망을 깨부수는 일족의 일원이었다.

그녀들의 음험한 괴롭힘이 앙숙인 솔리스테어파에게 알려지면 공격할 명분을 주는 셈이었다.

현장을 목격당한 상대방의 잘못이었다.

"혈통을 내세우기 전에 실력이 동반되지 않으면 의미가 있나요? 어떻게 이런 폭거를 저지를 수 있는지 정말로 신기해요. 후우…… 오라버니도 고생이 많겠네요. 처음 알았어요……."

츠베이트는 얼마 전까지 세뇌되어 있었지만, 발정— 연애 증후군을 겪고 제정신으로 돌아왔다. 실연의 아픔을 풀고자 혈통주의자를 눈엣가시로 여기며 철저하게 반목한 결과가 파벌 분열이니, 세상사 새옹지마였다.

참고로 위슬러파의 수장인 위슬러 가문은 이것을 박수갈채하며 기뻐했다고 한다.

이 상황이 시사하는 대로 샘트롤이 버림받는 것도 시간문제였다. 츠베이트 입장에서는 더 빨리 처리하라고 푸념하고 싶을 만도 했다.

이 사실을 모르는 것은 샘트롤과 그의 일부 측근들뿐이었다.

"소문으로 들리는 바에 의하면 혈통주의파는 조만간 사라질 거예요. 저와는 관계없는 이야기지만요."

"관계가 왜 없어! 너희 일족이 방해하고 있으면서!"

"우리는 우수해! 그렇게까지 욕먹을 이유가 뭐야!"

"너도 일족의 혈통이 우수해서 강해진 거잖아!"

"아뇨, 노력의 결과예요. 그리고 저는 파벌에 관한 일에는 전혀 관여하지 않았어요. 할아버지와 아버지가 뒤에서 움직이신 거 아닐까요? 뭘 하시는지는 모르겠지만……."

"""【연옥의 마도사】와【침묵의 사자】?!"""

최악의 부자 콤비가 움직이고 있다면 이미 끝난 것이나 다름없었다.

이 두 사람이 움직여야만 하는 상황이란 시점에서 혈통주의파는 도를 넘었다는 뜻이었다. 둘 다 무시무시한 일화가 넘치는 인물들이었다.

어떤 일화인지는 넘어가고 어느 쪽이든 적에게는 자비를 베풀지 않기로 유명했다. 게다가 공작을 펼칠 때는 자신들이 움직인 정황을 온갖 수단으로 인멸하고 절대로 증거를 남기지 않을 정도로 교활한 두 사람이었다.

대대적으로 나서는 것은 상대에게 유효한 결정타를 줄 확증을 얻었을 때뿐이었다.

"모, 못 해 먹겠어!"

"이딴 파벌, 나는 빠질 거야!"

"학교도 자퇴할게~. 죽이지만 마!"

"아무리 그래도 학생한테 그렇게까지는……."

세레스티나의 말도 듣지 않고 그녀들은 전속력으로 도망쳤다.

그녀의 혈연은 적을 공포로 도망치게 할 일화를 셀 수 없이 가졌다. 그런 상대가 움직인다는 것을 알면 이 나라의 세력은 대부분 도망쳐 버릴 것이었다.

범죄 조직과 대립한 이야기까지 퍼지지는 않았지만, 겉으로 드러난 소문만으로도 충분한 효과를 발휘했다. 적어도 결과적으로는…….

"대단해. 말만으로 저것들을 쫓아냈어…….."

"제가 대단한 건 아니죠. 그보다 그녀들의 당황한 모습…… 할아버지와 아버지는 대체 무슨 짓을 하신 걸까요……"

세레스티나는 육친의 소문에 어두웠다. 애초에 집에서 의도적으로 숨기는 데다가 밖에서도 대놓고 그들의 안 좋은 소문을 얘기하는 사람은 없었다. 그녀가 모르는 것도 당연했다.

『도적 토벌을 나섰는데 아지트와 함께 도적을 태워 죽여 전멸시켰다』.

『마음에 안 드는 귀족을 경제적으로 몰아세워 파멸시켰다』.

『탐욕스러운 상인의 재정을 책략으로 파탄 내고 역으로 그 상가를 흡수했다』.

『일족에 악의를 가지고 접근한 구혼자를 모조리 파멸의 길로 내몰았다』 등등 종류도 가지가지였다. 그리고 그 소문 대부분이 사실이니까 무서웠다.

크레스톤은 필요하면 당당히 스스로 나서서 적대자를 전부 불태운다.

델사시스는 여러 뒷수작을 동시에 진행해 당황한 적에게서 모든 것을 빼앗는다. 표면적으로 움직이는 일은 거의 없었다. 뭐, 표면적으로 보면 그렇다는 이야기지만…….

"좌우지간 살았어. 수인족 싸움 방식도 배웠고, 무슨 답례를 해야겠는걸. 뭐가 좋아?"

"딱히 필요 없어요. 전에는 저도 같은 처지였으니까 그냥 남 같지 않았을 뿐이에요."

"아니, 그럼 내 마음이 불편하거든?"

수인족은 일부를 제외하면 의리가 있었다. 은혜는 은혜로 갚는 것이 습성, 종족성에 가까웠다.

달리 말하면 따르게 됐다고 할 수 있었다. 그 증거로 그녀의 꼬리가 살랑거리고 있었다.

"그, 그런가요? 그럼 일주일 동안 실전 훈련에서 파티를 맺는 건 어떤가요?"

"오?! 세레스티나 님도 참가해?"

"물론 저도 참가하죠. 그런데…… 이름을 아직 못 들었네요. 여쭈어도 괜찮을까요?"

"앗, 그러고 보니 그랬지. 나는 우르나 라하! 마도사【사가스 세폰】의 양녀고 보다시피 낙오자야. 난 은혜는 반드시 갚으니까 잘 부탁해!"

"사가스 님이라면 분명 할아버지와 동기였던 분 같은데……. 한번 뵌 적도 있지만, 왠지 다가가기 어려웠던 인상이 있어요."

"그건 아니라고 봐. 제법 재미있는 할아버지야."

사가스와 크레스톤은 이스톨 마법 학교 동기 졸업생이었다. 서로 경쟁해 힘을 연마한 사이며 그 실력은 비등했다.

사가스는 권력을 고집하지 않는 자유분방한 성격이었다. 어떤 일에든 그다지 적극적으로 관여하지 않는 점 때문에 【어바리】라는 별명으로 불렸으며, 무슨 일이든 극도로 귀찮아하는 성격으로 유명한 인물이었다.

하지만 실력이 확실한 고명한 마도사이기도 했다.

"그나저나 그랬구나~. 생각지도 못한 연결점이 있었네? 세상은 넓은 것 같으면서도 좁구나."

"그러게요. 생각지도 못한 연결점이네요."

"어머? 그새 친해지셨군요?"

"'으아악?!'"

지금까지 어디에 있었는지, 갑자기 모습을 드러낸 미스카에게 놀라 두 사람이 비명 질렀다.

냄새는커녕 기척도 전혀 나지 않았으니 두 사람이 놀라는 것도 당연했다.

무시무시한 은밀성이었다.

"아가씨에게…… 그 친구 없는…… 그 친구 없는 아가씨에게! 드디어 친구가 생기다니…… 저 미스카는 기뻐서 눈물이……."

"친구 없다고 하지 마요! 그보다 울기는커녕 오히려 당당하게 말하고 있잖아요?!"

"이 사실을 큰 어르신께서 아시면 무척 기뻐하실 겁니다. 땅속에서……."

"할아버지를 죽은 사람으로 만들지 마세요! 할아버지는 아직 정정하셔요!"

"그랬죠. 아직 하늘로 떠나지 않으셨죠……. 앞으로 80년은 더 사실 것 같군요. 의외로 질기니까요, 그 노인네…… 쯧!"

"미스카…… 할아버지가 싫어요? 죽이고 싶을 정도로 싫어요?!"

"아뇨. 진심으로 사랑합니다만?"

"어쩜 그런 거짓말로 점철된 웃음으로 말하시나요?! 도저히 믿음이 안 가요……."

"아하…… 아하하……."

갑자기 나타나 혼란을 가져온 쿨 메이드에게 우르나는 그저 뻣뻣한 웃음을 지을 뿐이었다. 수인의 오감을 가지고도 기척조차 느낄 수 없었던 이 메이드는 어디 사는 아저씨나 영주와 같은 종류의 인간일 가능성이 높았다. 종족을 넘어선 비상식적이고 비정상적인 존재라고 해도 과언이 아니었다.

아무튼 캐럴스티 말고 친구가 없던 외톨이 세레스티나에게 두 번째 친구가 생긴 것은 기쁜 일이었다.

여담이지만, 세레스티나에게 말은 거는 사람이 없는 것은 꼭 그녀가 강해졌기 때문만은 아니었다. 사실 뒤에서 팬클럽이 결성되어 접근하는 자를 용서하지 않고 제거하기 때문이었다.

그녀에게 붙은 별명은 【마도 천사】.

그런 칭호로 불리며 주위에서 만감 섞인 시선을 모은다는 사실을 본인은 몰랐다.

"허억허억…… 천사님, 오늘도 귀여워~!"

"저 메이드, 좋은 일을 하는구만……. 천사님의 모습을 【사진 보구】로 기록했어?"

"완벽해! 나중에 복사해서 동지에게 배부하자."

"좋아…… 그럼 계속해서 스토…… 아니, 천사님을 지켜보도록
하자!"

""""좋아!""""

이 학교는 이미 글렀을지도 모른다…….

 ## 제2화 피는 못 속이는 남매

최근 크로이사스는 바쁘지만 기분이 좋았다.

이제는 자기 방이 되다시피 한 연구실이 정리되어 생제르맹파의
젊은 연구원 후보들과 함께 마법식 연구를 진행하고 있는데 최근
그 연구가 아주 순조로웠다.

그 때문에 연구실에 틀어박혀 사는 것이지만…….

참고로 크로이사스는 기분이 좋을 때면 역시나 연구실에 틀어박
힌다. 즉, 언제나 연구실에 있다는 말이었다. 그 때문에 체력이 부
족할 수밖에 없었다. 결론을 말하자면 그는 운동 부족이었다.

이제 그만 체력을 키워도 되겠건만, 한 가지 일에 집중하는 성격
이라서 괜한 고민은 하고 싶지 않았다.

게다가 더욱 기분이 좋은 이유는 형과 동생과 관련이 있는 듯했다.

어릴 적부터 마법 연구에 여념이 없던 크로이사스는 차기 당주
가 되고자 노력하는 활동적인 츠베이트를 껄끄럽게 여기고 있었
다. 어차피 공작가는 형이 이을 거라는 이유로 방에 틀어박혔고,
결과적으로 의견이 맞지 않아 점점 멀리하게 됐다.

동생 세레스티나는 말할 가치도 없었다. 마법을 쓰지 못해 마도사가 될 수 없다고 단정 짓고 그녀를 관심 밖에 뒀다. 하지만 그런 동생에게 자신과 같은 연구자 기질이 있는 것을 안 크로이사스는 이때까지 그녀를 냉대하던 자신의 태도를 고치게 됐다.

그의 사과도 정말로 빨랐다. 츠베이트처럼 사과할 때까지 몇 번이나 고민하며 수상하게 얼쩡거리지 않고 곧장 잘못을 인정할 만큼 솔직했다. 잘못된 점에 계속해서 고집하지 않고 바로 수정하는 대응은 과연 연구자다웠다.

하지만 근본적으로 따지면 관심 밖에 있다고 해서 세레스티나를 상대조차 해주지 않았던 점은 사람으로서 잘못되지 않았을까…….

그런 크로이사스도 남매 관계가 개선되어 최근에는 대화가 즐겁기까지 했다.

츠베이트는 『마법의 효율적 운용을 생각하면서 마법의 특성을 연구하는 건 잘못이 아닐 거야. 마법을 이해하지 못하고 어떻게 전술을 짜겠어?』라고 말했다.

세레스티나도 『싸우기 위한 마법이 아니라 다른 마법 운용법이 있을 거예요. 저는 사람의 인생에 도움이 되는 마법을 만들고 싶어요! 가능하다면 마도구도 만들어 보고 싶네요』라고 말했다.

방향성은 달라도 마법에 관해 다른 시각을 가진 두 남매와의 대화는 정말로 보람차고 자극적이었다. 그로 인해 새로운 발견을 할 때도 있었다.

그는 이래저래 연구밖에 모르는 바보였다.

"기분 좋은데 이런 말 하기 미안하지만, 다음 주에는 실전 훈련이 있다고. 너, 체력 단련 안 해도 돼?"

마카로프의 한마디에 크로이사스의 움직임이 멈췄다.

그때까지 기분이 좋던 크로이사스는 일단 하던 일을 멈추더니 마치 로봇처럼 어색한 동작으로 고개를 마카로프에게 돌렸다. 끔찍이도 싫다는 표정이었다.

"왜 지금 그런 소리를 하죠? 머리에서 잊고 있었는데……."

"아니, 잊으면 안 되지! 너, 강제 참가 멤버잖아? 말 나온 김에 말인데, 아무리 잊어도 그날은 반드시 온다고."

"크로이사스, 준비는 됐어~? 학교 지정 장비로는 불안할걸~?"

"이 린…… 크로이사스가 준비했을 리가 있어? 기본적으로 연구 말고는 아무것도 못 하는 사람이니까……."

너무한 말이지만, 그들이 하는 말은 대개 옳았다.

크로이사스는 외면과 내면의 차이가 격심했다. 은발에 훤칠한 키, 반반한 얼굴, 명석한 두뇌를 가졌지만, 실상은 몸치에 평소 사생활도 엉망진창이었다. 이 린이 헌신적으로 돌보지 않으면 그의 기숙사 방은 며칠 안에 쓰레기통으로 변할 것이다.

주변 인물은 그의 외모를 보고 제멋대로 환상을 갖다 붙이지만, 실제로 크로이사스는 연구 말고는 무엇 하나 제대로 하는 게 없었다. 이런 면에서는 다른 남매 쪽이 야무지다고 할 수 있었다.

그렇게 안 보이지만, 츠베이트는 결벽증이 있나 싶을 정도로 주변을 깨끗하게 정리하며 세레스티나는 쓸데없는 물건을 일절 두지 않았다.

한창때의 여자애로서 이래도 될까 싶을 정도로 여자답지 않은 방이었다. 그 흔한 인형 하나 없었다.

방이 너무 썰렁해 보다 못한 미스카가 꽃꽂이로 장식했을 정도로 아무것도 없었다.

여담이지만, 그렇게 휑하던 방에는 최근 약초나 광물 등을 넣은 병이 늘어나서 조만간 연구자의 방으로 거듭날 듯했다. 그래도 크로이사스처럼 쓰레기장 같은 방은 되지 않는다고 단언할 수 있었다.

"너, 이번 달 들어서 도망친 사용인이 몇 명이야? 왜 청소한 다음 날 쓰레기가 쌓이냔 말야. 말이 안 되잖아!"

"이상하다고 해도 나오는 걸 어떡합니까? 뭐, 시험해 보고 싶은 약초 배합 따위를 밤새 반복했던 것 같긴 하네요. 연구자니까 그 정도는 봐줄 수 있는 거 아닙니까?"

"네 경우는 도가 지나쳐! 옆방에 있는 나한테까지 악취가 났다고. 눈을 뜨니까 의무실에서 자고 있더라. 대체 너 무슨 짓을 했던 거야!"

"저도 기억이 안 나네요. 정신을 차리자 기숙사 정원에 쓰러져 있었어요. 정말로 무슨 일이 있었는지……."

"조합은 연구실에서 해애애애애애애애애애애애!"

구태여 말하자면 크로이사스는 정신계 마법을 푸는 회복 포션 시제품을 만들다가 악취가 충만해서 정원으로 피난한 뒤 정신을 잃었다.

그 후 약품에서 난 수상한 색깔의 연기가 기숙사 안을 가득 메웠고 옆방에 있던 마카로프는 그대로 기절했다. 그러나 오염 지대에서 조금 떨어진 곳은 학생이 기행을 펼치며 혼란의 도가니로 변했다.

정신 나간 사람처럼 쾌활하게 웃어젖히거나 그 자리에서 벌거숭이가 된 것은 그나마 양호한 축이었다. 그중에는 입에 담기도 힘든 짓을 하거나, BL과 게이는 닮은 것 같으면서도 전혀 다르다며 열변을 토하는 등 사람에 따라서 다양한 효과를 발휘했다.

피해자들을 구조하러 간 이들은 당시 상황을 이렇게 말했다.『그건 지옥이었어……. 무서워……. 사람이 그토록 망가질 수 있단 말인가? 가능하다면 기억에서 없애고 싶어. 미칠 것 같아……』라고. 화학 약품의 위험 표시를 태연히 무시하는 남자, 그것이 크로이사스였다.

자세히 밝혀지지는 않았지만, 구조팀이 돌입했을 때 본 것은 모두 모자이크가 필요할 정도로 위험한 광경이었다고 기록해 두겠다.

제정신으로 들어도 될 내용이 아니다.

"시험해 보고 싶어서 참지 못했던 건 기억하지만……. 어떤 효과가 있었는지 관심은 있네요. 안타깝게도 기록도 남지 않았어요."

"나도 궁금해서 물어봤는데…… 구조하러 왔던 녀석들은 그 자리에서 맛이 갔다고 해. 다른 건 몰라도 위험한 물건을 만든 건 확실해……."

"이러다가 실수로 나라를 멸망시킬 것 같아…… 크로이사스."

"세리나~, 아무리 크로이사스라도 그런 일은…… 없다고는 못하겠어……."

그들 친구 사이에서 크로이사스에 대한 인식은 사고뭉치였다.

쓸데없이 머리가 좋은 탓에 무슨 짓을 저지를지 몰랐다. 일을 냈을 때는 주위에 막대한 피해를 줬다.

본인에게 악의가 없으니까 다그쳐도 소용이 없고, 어떻게 된 영문인지 피해자도 기억이 날아가는 경우가 많았다. 일부러 하는 짓이라면 법으로 처벌할 수도 있겠으나, 모두 사고로 처리되는 것이 현실이었다.

그도 그럴 것이 기숙사를 가득 채운 약품의 효력은 둘째 치더라도 이튿날 흔적조차 남기지 않고 소멸해 버려 증거가 남지 않았다. 그가 무엇을 만들어 냈는지는 여전히 수수께끼로 남아 있었다.

"그래서 크로이사스, 결국 장비는 어떻게 할 생각이야~?"

"하는 수 없군요……. 형님에게 예비 장비를 빌리도록 하죠."

"너, 그거 진심으로 하는 소리냐? 전에 빌려준 내 장비도 한 달 뒤 녹과 곰팡이가 끼었다고. 나였으니까 망정이지, 너희 형이라면 가차 없이 주먹을 날렸을 거다."

"그건 그래. 크로이사스는 피를 나눈 형제니까 더 봐주지 않겠지."

"크로이사스…… 주변 정리도 똑바로 하자~."

자기 잘못인 줄 알기에 그는 아무 반박도 하지 못했다.

크로이사스는 빌린 물건은 당분간 돌려주지 않고, 경우에 따라서는 심하게 훼손된 상태로 주인에게 돌려줬다.

떠올리는 것도 상당히 늦어 깨달았을 때는 이미 손쓰기 늦은 상태로 발견되며, 물건에 따라서는 영원히 소실되었다.

아저씨나 이리스가 그의 방을 보면 틀림없이 이렇게 말할 것이다. 쓰레기의 숲이다, 라고…….

한번 세레스티나의 친구인 캐럴스티가 그의 방을 방문한 적이 있는데, 문을 연 순간 절규하고 그 자리에서 정신을 잃었다고 한다.

그녀가 무엇을 봤는지는 아무도 몰랐고 그녀는 당시의 기억을
잊어버렸다.

다만, 왠지 그날부터 크로이사스의 방을 찾으려고 하지 않게 됐다.

"캐럴 그 녀석은 뭘 본 거야? 네 방이잖아. 뭘 됐는지 기억 안 나?"

"……고백하자면, 기억이 안 납니다. 그때는 여기에 묵으며 한
동안 돌아가지 않았을 때라……."

"캐럴이 크로이사스를 데리러 가려고 하면 갑자기 몸을 떨더니
마지막엔 막 울어. 어지간히 무서운 걸 봤나 봐~."

"크로이사스…… 호문쿨루스를 만들진 않았지? 그것도 엄청나
게 위험한 생물로……. 내가 들은 이야기로는 『빨리 인간이 되고
싶어~!』라는 소리가 네 방에서 들렸다고 하던데?"

""뭐야, 그거?! 이미 늦은 거 아냐?!""

"그런 기억은 없군요. ……그런 이상한 생물을 만들었던가?"

크로이사스 반 솔리스테어. 17세.

아버지와 다른 방향으로 수수께끼가 많은 인물이었다. 그리고
무자각한 위험인물이기도 했다.

그가 생활하는 방은 그야말로 부해. 정체 모를 괴생물이 태어나
는 데인저러스 룸이었다.

참고로 생명 창조는 국가 간에 금지된 사항이었다.

시간은 2개월 전으로 돌아간다. 하기휴가에 들어간 어느 날 심

야— 학생 기숙사의 어느 방.

이 방의 주인인 크로이사스는 이날도 어김없이 연구실에서 숙식을 해결하며 돌아오지 않았다.

커튼을 모두 닫아 빛이 들지 않는 기숙사 방에서는 오늘도 정체 모를 어떤 생물이 태동하고 있었다.

점액 형태를 한 그것은 어둠 속에서 꿈틀대며 병에서 기어 나왔다. 그리고 자유를 찾아 행동을 개시했다.

슬라임 같은 징그러운 몸을 흔들며, 점액은 서서히 몸을 구축해 갔다.

흡사 고치 속 번데기가 몸을 변화시키는 모습이었다.

생명의 진화 과정을 고속 재생으로 보여주는 것 같았다. 단세포 생물에서 여러 체세포로 구성된 생물로 바뀌어 가는 그런 과정을……

머지않아 그것은 인간을 닮은 생물로 모습을 바꾸었지만, 그 용모는 너무나도 추악했다.

생물은 세 개의 손가락이 자란 두 팔로 창문을 열고 어둠에 싸인 바깥으로 나가 어디론가 사라졌다. 그 모습을 유일하게 목격한 사람에게는 그 긴 꼬리만이 인상에 남았다.

이 생물이 무엇인지는 아무도 모른다. ……알 여지조차 없었다.

그저 어떤 마을의 구석에서 도시 전설이 되어 조용히 입에 오르내릴 뿐……

그리고……

—키야아아아아아아아아악!

……현재 아무도 접근하지 않는 하수도에서 정체불명의 생물이

포효했다.

　창조주는 이 존재가 태어난 경위를 전혀 모르며, 그 과정도 까맣게 잊어버렸다.

　진실은 모두 망각 속으로…… 아니, 사실 우발적으로 태어나 기억에 남은 적조차 없는 생물이지만, 아무튼 모든 진실은 어둠 속으로 사라졌다.

◇ ◇ ◇ ◇ ◇ ◇ ◇

　이야기를 돌려놓자. 연구실에서 그렇게 말렸건만, 결국 크로이사스는 츠베이트를 찾아가기로 했다. 거기에 마카로프가 동행했다.

　우연히 츠베이트를 발견한 두 사람은 그를 찾은 연유를 전했다. 그러나…….

　"……여차저차해서 가능하면 장비를 빌리고 싶습니다만……."

　"싫어! 그런 이야기를 듣고 진심으로 빌려줄 거라고 생각해? 뻔뻔한 데도 정도가 있지!"

　크로이사스는 일말의 희망을 걸고 츠베이트에게 장비를 빌리고자 머리를 숙……이지는 않았지만, 부탁했다. 혹시나 하는 마음에 일단 말은 해 봤으나, 역시나 거절당했다.

　크로이사스의 자업자득이었다.

　참고로 지금 있는 곳은 대도서관 내부였다. 츠베이트의 친구인 디오도 이곳에 있었다.

　말하지 않아도 알겠지만, 디오의 목적은 사랑하는 님 세레스티나와 친구 사이가 되는 것이었다. 하지만 그 흉악한 상사병이 발병하는 사태를 고려하지 않았는데, 절규 프러포즈를 하면 어쩌려고 그러는 것일까?

이야기를 되돌리자면 부탁의 결과는 이러했다. 원래부터 칠칠찮은 크로이사스에게 물건을 빌려주면 언제 돌아올지 모른다. 아예 돌아오지 않을 가능성이 훨씬 높았다.

그런 이야기를 듣고 『OK, 가져가!』라고 말하는 사람이 있다면 어지간히 성인군자일 것이다.

크로이사스는 빌린 물건을 돌려주지 않는다, 분실한다, 파손한다, 버린다, 정체 모를 생물이 가져간다, 라는 삼박자를 넘어 오박자를 갖춘 인재였다.

그에게 물건을 빌려주는 말은 기증한다와 동의어였다.

"너…… 네 장비는 어쨌어? 전에 나랑 같은 시기에 맞췄을 텐데……."

"발굴했는데 모두 부식했더라고요. 눈 뜨고 못 볼 정도로 녹슬고 가죽 부분에는 뭔가가 뜯어 먹은 자국이……."

"발굴?! 게다가 뜯어 먹어? 이 학교에는 생쥐 같은 동물이 들어오지 못하게 하는 장치가 설치돼 있을 텐데 뭐가 그걸 먹어!"

"글쎄요? 예리한 이빨로 물어뜯은 자국이나 고밀도 산성 용액에 녹은 흔적이 있더군요."

"너…… 기숙사에서 뭘 키우는 거야? 절대로 동물이 한 짓이 아니잖아."

옛날부터 접점이 별로 없었던 두 사람은 최근이 되어서야 이야기할 기회가 늘었다. 그건 좋은 일이었지만, 크로이사스는 알면 알수록 미스터리하며 그 이상으로 데인저러스했다.

많은 학생이 함께 생활하는 기숙사 안에서 정체 모를 실험을 벌인다는 이야기는 츠베이트에게는 금시초문이었다.

츠베이트는 그 이야기를 듣고 머리를 쥐어뜯고 싶어졌다. 아니, 이미 쥐어뜯고 있었다.

"내가 뭐랬어. 안 된다고 했지?"

"**마카롱**…… 이 녀석 잘 감시해줘. 무슨 짓을 저지를지 몰라."

"마카롱이 누구야! 게다가 이 문제아를 감시하는 건 형인 네 역할이잖아!"

"안 돼……. 난 감당 못 해."

"그런 성가신 동생을 나한테 떠넘기지 마!"

츠베이트와 마카로프가 티격태격하는 옆에서 크로이사스는 대수롭지 않은 얼굴로 『잠깐? 장비가 없으면 야외 강의를 안 들어도 되지 않을까?』라는 속 편한 생각을 하고 있었다.

그러나 학교 행사는 그렇게 허술하지 않았다. 장비가 없으면 후방 지원으로 배정될 뿐이며 참가 자체는 불가피했다. 학교 행사를 그렇게 쉽게 빠져나갈 수 있을 리 없었다.

"크로이사스는 여전하네……. 하지만 실전 훈련은 꼭 나가야 해. 성적 상위권자는 강제 참가니까."

"……그런가요? 마음대로 되지 않는군요. 그나저나…… **윌리**였던가요?"

"아니야! 디오라니까. 중등부에서 동기였는데 까먹었어?!"

"아…… 그런 이름이었죠. 무례를 범한 사과의 뜻으로 이 돌가면을 드리죠. 피를 조금 뿌리면 이상한 가시가 튀어나오는 정말 진귀한 가면[2]입니다."

"필요 없어! 뭐야, 그 수상한 가면은?!"

"우연히 골동품 시장에서 샀는데 어디에 써야 하는지 모르겠어요. 시험 삼아 써 보지 않겠습니까?"

"날 인체 실험에 써먹으려고?!"

크로이사스는 수집벽이 있어서 가끔 마을에 나가서 이상한 물건을 사 오고는 했다.

특히 마도구 종류가 많으며 언젠가 연구해 볼 요량으로 대량 구매하지만, 결국 연구하지 않은 채 기숙사 구석에 산처럼 쌓여 갔다.

그 결과로 부해의 기반이 만들어졌고, 그런 창고나 다름없는 방에서 마법약 실험을 반복하며 데인저러스 룸이 완성된 것이었다.

그런 방에서 지내면서도 크로이사스 본인은 아무렇지 않게 생각하는 점이 신기할 따름이었다. 설령 생각해도 『어이쿠, 조금 지저분해졌군요』라며 스타일리시한 감상을 늘어놓을 뿐 정리할 생각은 하지도 않았다.

그런 쓰레기장 같은 방에서 방금 본 수상한 마도구는 계속 잠들어 있었다.

""왜 너는 남 일 같은 표정이야?!""

"아뇨, 후방에서 대기할 뿐이라면 장비는 딱히 필요 없지 않을

#2 피를 조금 뿌리면~ 진귀한 가면 만화 『죠죠의 기묘한 모험』에 등장하는 '돌가면'. 시리즈의 원점이 된 최중요 아이템이다. 시리즈 1부 '팬텀 블러드'에서 주인공 죠나단 죠스타의 숙적 디오 브란도가 사용한다.

까 싶어서……."

"그럴 리가 있냐! 후방에서도 마물에게 공격받는 경우가 있다고!"

"크로이사스…… 왜 너는 자기가 편한 방향으로만 생각해? 와카치코가 고생하잖아. 쟤 생각도 좀 해라."

"나는 마카로프라고ㅇㅇㅇㅇㅇㅇㅇㅇㅇ! 한 글자밖에 안 맞아!"

"사소한 일에 신경 쓰지 마."

"안 사소해! 동기였잖아! 같은 반이었잖아! 어?!"

"정말 사람 이름을 기억 못 하는 형제야……."

디오는 깊이 한숨 쉬었다.

이 형제는 자신과 상관없는 사람의 이름을 기억할 생각이 없었다. 필요하다면 외우지만, 당분간 얼굴을 마주치지 않으면 바로 잊어버렸다.

샘트롤조차 파벌 안에서 결판을 지으면 까맣게 잊어버리지 않을까 싶었다.

어떻게 보면 참 성격 담백한 형제라 하겠다.

대도서관 안에는 다행히 다른 이용자가 없었지만, 사서들은 눈살을 찌푸리고 그들을 노려보고 있었다.

제법 문제 있는 면면이 모인 탓인지 이 혼란스러운 논쟁은 얼마간 더 이어졌다.

◇ ◇ ◇ ◇ ◇ ◇ ◇

솔리스테어 형제가 다투던 무렵, 세레스티나는 훈련장에서 우르나에게 마법을 가르치고 있었다.

그러나 수인족의 잠재의식^{이데아} 내에 새길 수 있는 마법식 수는 한정
돼 있어 효율적으로 사용하려면 그녀의 적성에 맞는 마법을 골라
야만 했다.

그래서 조금 전까지 실전 훈련을 관찰하며 격투전에 중점을 두
고 마법을 선발했다.

"다양하게 생각한 결과, 우르나는【마나 실드】,【에어 필드】,【호
크아이】마법을 배우는 게 좋다고 봐요."

"왜 그 세 개야? 격투 위주라며?"

"【마나 실드】는 팔이나 다리에 걸면 신체를 무기로 바꿀 수 있어
요.【에어 필드】는 원거리 공격으로부터 몸을 지키기 위해서,【호
크아이】는 먼저 적을 발견하기 위해서예요."

"실드 마법이 무기가 돼?"

"보실래요?"

세레스티나는 팔에【백은의 신벽】을 전개해 날카로운 검의 형태
로 바꾸고, 훈련장에 세워진 마법 표적인 허수아비를 향해 수직으
로 내리쳤다.

허수아비는 깔끔하게 양단되어 그곳에 입힌 낡은 풀 플레이트
아머가 시끄러운 소리를 내며 떨어졌다. 주위에 있던 학생은 무슨
일이 일어났는지 몰라 멍해 있었다.

실드 마법은 의외로 범용성이 뛰어났다. 사실 검이나 마법의 공
격력이나 내구성을 올리는 마법도 실드 마법식을 응용한 것이었
다. 부여 마법이란, 간단히 말하면 마법을 다루기 쉽게 하는 술식

이 들어간 실드 마법이라고 해도 크게 지장이 없었다. 그러나 안타깝게도 우르나는 부여 마법을 쓸 수 있을 정도의 재능이 없었다. 종족 특성 때문에 간단한 마법식 외에는 기억할 수 없기 때문이었다.

그래서 실드 마법의 운용 방법을 바꾸기로 했다. 팔에 두르면 타격력이 강화되므로 우르나의 신체 능력과 합치면 그 공격력은 우습게 볼 수 없을 것이다. 물론『마력이 계속되는 한』이라는 제한이 붙지만—.

그 발상의 전환 앞에서 주변 사람들은 말문이 막혔다.

"이게 실드 마법의 가능성이에요. 이걸 팔에 두르면 강력한 타격 무기가 될 거예요. 제가 지금 사용한 마법은 알려드릴 수 없지만, 평범한 방어 마법도 비슷한 일이 가능할 거예요."

"굉장해! 방벽 마법을 이용하면 이런 게 가능하구나!"

"수인 특유의 신체 강화에 방벽 마법을 이용한 타격. 여기서 무기까지 들면 어지간한 마물은 쓰러뜨릴 수 있겠지만, 과신은 금물이에요. 마물들에게 포위당하면 위험하니까요."

"아…… 이러니저러니 말했지만, 나도 격투전은 해본 적이 없어. 주먹다짐을 해본 정도로 마물은 못 쓰러뜨리겠지."

그리하여 마법 훈련이 시작됐다. 사실대로 말하자면 우르나는 성적이 나빴다.

야외 실전 훈련으로 점수를 벌지 않으면 진급이 위험한 수준이었다. 하지만 실전은 초보자나 다름없는 그녀가 지금부터 몸을 지키기 위한 훈련을 시작해도 얼마나 마법에 익숙해질지 미지수였다.

그래도 목숨이 위험에 처할 가능성이 줄어든다면 하지 않는 것보다는 나았다.

마법식은 아저씨의 것이 아니라 세레스티나가 연구 목적으로 스스로 최적화한 마법식을 쓰도록 했다. 제로스가 손본 마법은 가문에서 판매하는 터라 함부로 퍼뜨릴 수 없었고, 이 학교에서 사용하는 마법은 수인족에 가까운 우르나에게는 발동 자체가 어려웠다.

수인족 특유의 스킬인 【투수화】는 마력 소비나 몸에 오는 부담이 너무 크기 때문에 섣불리 사용할 수 없었다. 그래서 사용할 수단을 늘리는 것을 선결 과제로 삼았다.

우르나는 마법식을 이데아 영역에 새기자마자 바로 마법을 사용해 봤다.

"으음…… 마력이여. 적을 가로막는 방패가 되어라. 【마나 실드】."

마법을 전개하자 우르나 주위에 마력 장벽이 생겼다.

이것은 제로스가 개량한 마법을 참고로 세레스티나가 재구축한 열화판이지만, 우르나도 문제없이 발동했다. 마력 소비율이 다소 나빠 다루기 어려우나, 마력 증가와 스킬 【마력 조작】을 배우기 위한 훈련에는 적당한 부담이었다.

세레스티나 본인은 조금 실패했다고 생각했지만, 결과만 놓고 보면 우수한 작품이었다.

"주위에 전개한 마법 장벽을 팔에 모아 보세요. 그게 안 되면 마력 조작 훈련부터 시작하죠."

"응. 해 볼게. ……오? 이거 조금…… 어렵겠는데?"

"네? 『조금』……?"

우르나의 팔에 마법 장벽이 차츰 모이더니 감싸듯이 응축했다. 처음으로 하는 조작인데도 진행이 무섭도록 빨랐다.

세레스티나도 같은 일을 할 수 있지만, 가능하게 된 것은 두 달의 맹훈련과 학교로 돌아온 뒤에도 꾸준히 이어 온 마력 조작 연습 덕분이었다. 그럼에도 이토록 빠르지는 않았다.

그런데 우르나는 그것을 예비지식도 없이 쉽사리 성공했고 그 조작도 이상하리만큼 정밀하고 빨랐다.

이것은 종족 특성의 차이였다. 원래부터 적은 마력을 효율적으로 사용하는 수인족은 마력 소비를 줄이기 위해 본능적으로 그것을 조작했다. 더군다나 마력 소비가 적은 마법식은 그녀에게 주는 부담을 최대한으로 줄이고 외부 마력을 이용하므로 효과도 컸다.

즉, 수인족은 인간보다 보유 마력은 적으나, 모든 종족을 훨씬 능가하는 마력 조작 능력을 선천적으로 가졌다는 말이었다. 만약 보유 마력이 인간과 동등했다면 수인족은 인간보다 훨씬 우월한 종족이 되었으리라. 필사적으로 마력 조작 연습을 하는 입장으로서는 부러운 재능이었다.

우르나의 팔에 반투명한 마력 완갑이 만들어졌다. 그녀는 손을 쥐었다 폈다 하며 감촉을 확인했다. 얼마나 대단한 일을 해냈는지 정작 본인은 알지 못했다.

세레스티나는 조금 당황하면서도 훈련장에 있는 허수아비로 그 위력을 확인해 보기로 했다.

"그, 그러면 위력을 확인해 봐요."

"그래♪ 저걸 패면 되는 거지?"

"네. 가능하면 신체 강화도 써 보면 그 효과도 알 수 있지만⋯⋯."

"그럼 해 볼게!"

"네?"

말이 끝나기도 전에 우르나는 대뜸 신체를 강화해서 허수아비에게로 맹렬히 달려갔다. 그리고 마력 방벽을 두른 주먹을 힘껏 날렸다.

수인의 신체 강화는 과연 대단하여 허수아비는 무참하게 박살났다.

구경꾼들은 충격으로 할 말을 잃고 차마 입을 다물지 못했다.

우르나도 유명한 낙오자였고 학생들의 시선 또한 썩 곱지 않았으나, 이 결과로 낙오자 이미지에서 단번에 탈피하게 됐다.

"대단해, 세레스티나 님♪ 설마 이런 위력이 나올 줄은 몰랐어!"

"어? 아, 네⋯⋯ 설마 저도 이렇게 빨리 익힐 줄은 몰랐네요⋯⋯."

"이거라면 어떤 마물도 한 방이겠어."

"마력을 항상 소비하는 상태니까 비장의 수단으로 쓰는 편이 좋아요. 지금 이 순간에도 마력은 소비되고 있을 거예요."

"앗, 정말⋯⋯. 머리가 어질어질해⋯⋯."

"어서 마법을 해제하세요! 그러다 쓰러져요!"

실드 마법과 신체 강화는 상당한 부담이 큰 것 같았다.

훈련해서 마법 사용법을 익힌 것은 좋으나, 사용하기에는 격^{레벨}이 낮은지 마력 소비가 빨랐다. 두 가지를 동시 병용하려면 아무래도 격을 높일 필요가 있을 듯했다.

"당분간 마력 조작 훈련을 계속하고 실전 훈련 때 격을 높이는 게 좋겠네요. 이대로는 마력을 소진해서 쓰러질 뿐이니까요."

"이게 마력 고갈…… 나, 경험한 거 처음이야. 아하하하하."

"즐겁게 이야기 나누시는 중에 죄송합니다."

""흐아아악?!""

쿨 뷰티 안경 메이드가 불쑥 나타났다.

이번에도 인기척이라고는 눈곱만큼도 내지 않고 귀신처럼 나타난 그녀는 왠지 등 뒤에 서서 골격이 이상해질 것 같은 포즈를 자신만만하게 잡고 있었다.

당장에라도 등 뒤에서 뭔가가 나올 것 같은 기운이 감돌았다.

"미, 미스카…… 놀라게 하지 마세요."

"또…… 기척을 못 느꼈어. 냄새도……."

"매일 탈취제를 사용하니까요. 그보다 아가씨, 큰 어르신께서 보내신 편지가 도착했습니다."

"할아버지께서?"

미스카에게 편지를 받았다. 이미 밀랍이 뜯겨 편지를 쉽게 꺼낼 수 있었다. 편지를 펼쳐 읽으려는 순간, 살짝 의문이 들어 미스카를 쳐다봤다.

"미스카…… 설마 이 편지를 읽지는 않으셨겠죠?"

"물론입니다. 어차피 아가씨께『나 외로워잉~, 외로워 죽겠어잉~』 같은 기분 나쁜 말이나 쓰셨겠죠. 새삼스럽게 궁금하지도 않습니다."

"미스카…… 사실은 할아버지를 싫어하시죠?"

"진심으로 사랑합니다만? 이 세상 누구보다…… 틀림없이?"

"왜 의문형인가요?"

이런저런 생각은 들지만, 일단 편지를 읽어 보자 미스카의 말이 현실이 되어 있었다.

나이 지긋한 노인이 쓸 글귀가 아니었다. 심지어 그런 내용으로 가득한 편지가 세 장에 달했고 마지막에 가서야 짤막하게 중요한 내용이 적혀 있었다. 오히려 그 문장이 본론으로 보이건만, 자세한 사항은 전혀 나와 있지 않았다.

내용은 『마지막으로, 제로스 공이 실전 훈련 호위로 간대~. ……내가 가고 싶었는데. 훌쩍훌쩍(눈물)』이었다.

세레스티나는 자기도 모르게 바닥에 쓰러졌다.

"아가씨, 경망스럽습니다."

"할아버지…… 이게 가장 중요하잖아요. 이러고 있을 수 없어. 오라버니에게도 알려야지……."

"츠베이트 님은 도서관에 계십니다. 우르나 님은 제가 책임지고 만지작…… 아니, 간호할 테니 어서 가서 알려주십시오."

"부탁할게요. 쇠뿔도 단김에 빼야죠!"

"자, 잠깐, 세레스티나 님…… 이 사람, 왠지 무서운데……."

세레스티나가 전력 질주로 대도서관으로 가는 것을 확인하고 미스카는 수상한 웃음을 지었다. 안경의 광채가 공포를 유발했다.

"잠깐, 뭐야…… 무섭게……."

"괜찮아요. 안 아파요. 금방 끝날 테니까…… 우후후후후."

얼마 후 훈련장에서 비명이 들린 것은 두말할 것도 없었다.

우르나는 푹신푹신한 꼬리를 마음껏 탐닉당했다.

◇ ◇ ◇ ◇ ◇ ◇ ◇

"……슬슬 결론을 내자. 내가 재료를 댈 테니까 크로이사스 넌 장비를 고쳐. 아직 안 늦었어."

"그거밖에 방법이 없겠지~. 그렇지만 크로이사스에게 재료를 맡겨도 괜찮을까?"

"내 예상으로는 틀림없이 장비를 고치지 않고 착복해 먹을 거야. 다른 사람도 아니고 크로이사스니까."

""그럴듯해…….""

"세 사람이 절 어떻게 보는지 잘 알았습니다. 나 참, 그런 짓을 할 리가…… 없잖아요."

"""거짓말하지 마. 지금 왜 뜸 들였어!"""

크로이사스 일행은 아직도 대도서관에서 장비를 어떻게 할지 논의 중이었다.

마물 소재라면 크로이사스는 눈이 뒤집힐 가능성이 컸다.

그도 그럴 것이 츠베이트가 제공하는 소재는 파프란 대산림 지대에 서식하는 마물에게서 난 물건이었다. 틀림없이 고치라는 장비는 안 고치고 마법약 조합재로 사용하리라.

마법이 관련되면 눈에 뵈는 게 없는 것이 크로이사스였다.

"절 믿는 사람이 없군요……. 제게도 이성은 있다고요. 이 급박한 상황에 그런 짓을 할 리가 없잖아요?"

"정말로? 예를 들면 키마이라의 독침 같은 것도 있는데?"

"돈은 드리겠습니다. 파세요! 지금 당장, 어서!"

""바로 말이 바뀌잖아! 이성은 어디 간 거야!""

"이렇게 될 줄 알았어. 다른 사람도 아니고 크로이사스잖아……."

크로이사스의 물욕은 멈출 줄 몰랐다.

"너, 쓰레기 넘치는 방에 독침을 던져뒀다가 실수로 밟기라도 하면 정말로 죽어."

"그렇게 죽는다면 바라는 바입니다! 연구자로서 이해할 수 있는 죽음이죠. 무엇보다 키마리아의 독성을 확인할 수 있으니까요."

"글렀어……. 크로이사스는 병이야."

"생긴 건 쿨한데…… 성격이 너무 깬다."

이런 글러 먹은 인간인데 왠지 인기가 많으니까 세 사람은 기분이 복잡했다. 세상의 부조리함을 느낄 정도로…….

"오라버니…… 헉, 헉……."

전력 질주로 달려온 세레스티나는 숨이 끊어질 것처럼 츠베이트에게 말을 걸었다.

딱히 서두를 필요는 없었지만, 존경하는 스승에 관한 소식에 마음이 급해진 모양이었다.

"세레스티나? 왜 그래? 그렇게 급하게."

"서, 선생님이…… 오셔요……."

""""뭐?""""

"선생님이 실전 훈련 호위로 참가하신다고 해요."

공기가 얼어붙었다.

세레스티나가 말하는 선생님이란 알다시피 아저씨지만, 제자 두 명 말고는 그의 인품을 아는 사람이 없었다.

"선생님? 너희 스승님이지? 마법식 해독 방법과 동생에게 마법을 가르쳤다는⋯⋯."

"그래⋯⋯. 때로는 주먹으로 싸우는 마도사야."

"그게 무슨 마도사인가요⋯⋯. 비상식에도 정도가 있지."

"아⋯⋯ 아앗⋯⋯ 세레스티나 양⋯⋯ 이건 꿈인가?"

상사병을 앓는 사람이 한 명 있었지만, 크로이사스와 마카로프는 츠베이트와 세레스티나를 훈련한 마도사에 관해 어느 정도 들은 바가 있었다. 그 마도사가 학교 행사에 참가한다는 것이었다.

"⋯⋯준비한 사람은 아버지인가? 그럼⋯⋯ 일이 심상찮게 돌아갈 것 같군."

"왜 그렇게 생각하죠? 생활고에 빠져 용병 일을 하러 온 건지도 모르잖습니까?"

"스승님이라면 돈 벌 수단은 얼마든지 있어. 굳이 이런 변변찮은 일을 맡지 않아도 될 만큼. 넌 혼자 와이번 일곱 마리를 해치울 수 있어?"

"못 하죠. 죽으러 가는 셈입니다."

"그렇지? 그렇다면 답은 한정돼. 아마 날 경호하기 위해서 아닐까? 혈통주의 멍청이들이 움직였나?"

조금 전까지와는 달리 츠베이트의 눈빛이 매서웠다.

위슬러파의 약 절반을 이끄는 샘트롤은 범죄 조직과 이어졌다는 소문이 있었다.

츠베이트의 아버지인 델사시스도 독자적인 첩보부를 가졌으니까 아마 그 정보망에 걸린 것이지 싶었다.

"우리 상황을 불시 검사하러 오는 건 아니고요?"

"그것도 가능하지……. 성격이 그 모양이니까 말이야."

"어험! 츠, 츠베이트……."

"앗……."

어쩐지 하고 싶은 말이 있어 보이는 디오를 보고 츠베이트는 그가 무엇을 바라는지 눈치챘다.

귀찮다고 생각하면서도 어쩔 수 없이 세레스티나에게 친구를 소개해주기로 했다. 그러지 않으면 매일 끈질기게 재촉해 더 귀찮아지기 때문이었다.

"세레스티나, 이 녀석이 전에 얘기한 내 친구야. 짧은 금발 머리는 크로이사스 친구고."

"앗, 실례했습니다. 이야기는 오라버니들에게 들었어요. 성함이…… 데봉고 보고로 씨와 막걸리무츠리 씨였죠?"

""이 애도 이름을 틀려?! 그 이름은 어디서 나온 거야!""

다른 길을 가는 세 남매지만, 아무 관심도 없는 사람의 이름을 외우지 않는 점은 닮았다.

이 시점에서 디오는 그녀에게 아무래도 상관없는 사람으로 인식되었다는 것을 알았다.

두 사람은 여동생만은 정상일 거라고 생각했었지만, 피는 속일 수 없었다…….

그 후 디오는 가까스로 세레스티나에게 자신의 이름을 기억시켰다. 단지 그것뿐이라도 그는 상당히 기분이 들떴다고 한다. 츠베이트가 황당해할 정도로…….

◇ ◇ ◇ ◇ ◇ ◇ ◇

"그래, 기어코 티나에게 벌레가 붙었단 말이렷다…… 크크크……."

"어떻게 하시겠습니까?"

"크흐흐…… 당연한 걸 묻는구먼. 맛있게 잘 구워줘야지……."

"후우…… 제가 말려들지 않게 부탁드립니다. 책임은 본인이 지십시오."

"별걱정을 다 하는군. 안 들키면 그만일세, 댄디스……. 그래, 안 들키면……."

드디어 미쳐 버린 노인, 크레스톤이 준비에 들어갔다.

손녀 바보 노인은 무슨 이유인지 나이프를 정성껏 숫돌에 갈고 있었다. 그것도 흉악하리만큼 유쾌한 웃음을 짓고서…….

디오의 운명이 어떻게 될지는 아직 아무도 모른다.

그는 살아남을 수 있을 것인가?

 ## 제3화 아저씨, 뱃멀미하다

칠흑색 로브를 몸에 두른 아저씨는 호위 의뢰를 위해 준비 중이었다.

앞으로 몇 시간 후에는 배 위에 있을 것이다. 그전에 잊은 것이 없나 생각하다가 한 가지 중요한 물건이 빠졌다는 사실을 깨달았다. 그는 침실로 돌아가 테이블 위에 놓인 **그것**을 들고 천천히 자기 얼굴에 썼다. 장식에 제법 정성을 들인 마스크였다.

눈가를 가릴 뿐인 마스크는 귀면을 본떠 묘하게 중2병을 유발하는 디자인이었지만, 일단은 마도구였다. 반지 마도구와 연동해 간단한 화살표로 동료의 현재 위치를 알려주는 기능이 갖춰져 있었다.

물론 정체를 감추기 위한 용도도 있지만, 오히려 눈에 띌 것 같은 이유는 뭘까?

문제는 바이크 쪽이었다. 3일 전 브레이크가 듣지 않아 폭주한 바이크였다. 고장이 발생한 시점에서는 아직 멈출 방법이 있었지만, 하필 고장을 눈치챈 직후 사고를 일으켰다.

고장 원인은 브레이크 와이어 배치 실수와 변속 기어를 덮는 프레임의 내구력 부족, 그리고 키 박스의 부재였다. 바이크를 제작하며 키 박스를 달지 않아 전원을 끌 수 없는 가전제품처럼 긴급시에 멈출 수 없었다.

그 후 오크 킹과 사고를 일으켜 부러진 대검 파편이 브레이크 와이어를 끊고, 프레임을 관통해 변속 기어 틈새에 끼어 속도를 늦출 수 없게 됐다.

오토매틱이란 점이 사태를 더욱 심각하게 만들었지만, 그 결점도 지금은 개선했다. 무슨 일이든 어숭간하게 하면 안 좋다는 사실을 몸소 경험했다.

"거기서 오크 킹이 나올 줄이야……. 납이나 주석으로 동력부를 만든 게 잘못이었나……. 앞바퀴와 뒷바퀴 브레이크가 동시에 망가질 거라고는 보통 생각 못 하잖아? 내가 재수가 없는 건가?"

바이크는 급하게 멈출 수 없다. 오크 킹을 만난 것이 그리 놀랄 만한 일은 아니나, 충돌 사고에서 연쇄적으로 발생한 사고는 『재수가 없다』는 한마디로 끝낼 수 없었다.

하지만 이런 사고가 다시 일어나지 말란 법은 없으므로 대책을 강구하는 것도 기술자의 소임이었다. 준비 시간에 정신이 팔려 급히 완성하려고 한 조급함이 근본적인 원인이었다. 경험을 살리지 못해 다시 같은 실수를 반복할 가능성은 있었다.

피해자가 생기지 않아 다행이었지만, 다음에도 그러지 않으리란 보장은 없었다.

제로스는 새로운 흑역사에 한숨 쉬면서 마스크를 벗고 인벤토리 안에 수납했다.

"아저씨, 준비 다 됐어?"

"다 됐습니다. 이제 이거만 수납하면 돼요."

"우와…… 이 마도구는 뭐야?"

"아저씨, 이 바이크…… 정말로 들고 갈 거야? 그러지 마. 고장 났었다며?"

제로스를 보러 온 여성 용병 파티였다.

입구 앞에 놓인 바이크를 바라보는 이리스의 표정은 굳어 있었다. 고장 난 사실을 알기에 신중해진 것이리라.

쟈네는 조금 궁금한 눈치였지만, 레나는 그다지 관심이 없어 보였다. 그런데 아저씨는 그녀를 보고 뭔가 잊고 있는 듯한 기분이 들었다.

"이게 탈것이라지? 한 사람만 탈 수 있는 거 아냐?"

"그 점은 걱정 마시죠. 대책은 생각해 뒀으니까."

"아저씨, 설마 아니라고 생각하지만…… 사이드카를 좌우에 두 개 달려고?"

"그러면 커브를 못 꺾어요. 스윙 샤프트에도 한계가 있고요. 아무튼 현지에 도착해 보면 압니다."

"그래도 제로스 씨…… 이거 고장 났었지?"

레나의 말도 맞지만, 이미 개량을 마친 상태였다.

바이크, 할리 선더스 13세 개량에 시간을 잡아먹는 바람에 이리스 일행을 태울 수단은 다른 방법을 택할 수밖에 없었다. 안전 면에서는 개량 전 바이크보다 훨씬 나은 방법이었다.

"그나저나 아저씨, 용케 3일 만에 이런 바이크를 만들었네. …… 아저씨?"

아저씨는 왠지 거북한 표정을 짓고 있었다. 그리고 어딘지 모르게 무거운 어조로 말을 짜냈다.

"이리스 양…… 부품 몇 개라면 모를까, 상식적으로 바이크 한 대를 3일 만에 만들 수 있을 것 같나요?"

"뭐? 그치만 실제로 이렇게……."

"모 유명 모형 메이커의 전지로 움직이는 레이싱 카를 아시나 모르겠군요. 정해진 코스를 초고속으로 달리는 장난감인데……."

"응. 아버지랑 동생이 근처 모형 가게에 자주…… 설마?!"

"바로 그겁니다. 프레임과 AT식 변속기, 서스펜션과 브레이크 등 자잘한 부품은 이리스 양이 아는 바이크와 크게 다르지 않아요. 뭐, 조악한 물건이긴 하지만요……. 문제는 동력부와 구동 장치인데, 대부분 그 모형과 같습니다. 전동에서 마력 구동으로 바뀌었을 뿐이죠."

바이크로 보이지만, 그 본질은 그 장난감 사륜차였다.

동력은 마력을 쓰는 모터며, 마력 탱크는 카트리지 배터리와 같았다. 변속기와 스로틀, 브레이크가 달렸을 뿐이지 내용물은 장난감과 다를 바 없는 물건이었다.

게다가 평범한 바이크보다 전동 바이크가 구조 자체도 간단해 제작 시간을 큰 폭으로 단축할 수 있었다. 그러나 제어 장치는 대부분 자동 조작을 우선한 탓에 내구력에 생각이 미치지 못했다. 일부 부품은 경량화를 우선해 비교적 약한 부분이 존재했다.

가장 튼튼하게 만든 부분이 【사격 통제 장치】라니, 도통 기준을 모르겠다.

아저씨는 어차피 취미밖에 모르는 사람이었다.

"……그렇다면 자동차라도 딱히 상관없지 않아……?"

"나무가 많이 자란 숲 속에서 자동차는 움직이기 불편해요. 활동 범위가 좁아져 구하러 갈 때 시간이 걸립니다. 바이크가 딱 좋았어요. 다만, 시간이 없어서 단순한 구조로 만들었지만…… 돌아오면 제대로 완성할 겁니다."

"엔진 같은 것도 있는데?"

"이건 엔진처럼 보이지만, 내부는 여러 마도구의 집합체예요. 간단한 제어 장치인데, 변속 기어가 있는 곳이 약해졌지 뭡니까. 지금은…… 안심하세요. 튼튼합니다."

요컨대 무섭도록 귀중한 재료를 아낌없이 퍼부어 사람이 탈 수 있게 만든 사치스러운 장난감이었다.

그밖에도 주위에 마법 장벽을 전개해, 아저씨가 장착한 마스크와 연동해서 다소나마 공격이 가능했다. 부족한 부품은 수중에 있는 마도구를 가져다 썼기 때문에 그다지 고생은 하지 않았다.

하지만 이런 물건에 귀중한 드래곤 소재와 희귀 금속을 썼는데 이게 낭비가 아니면 뭐란 말인가.

"이리스도 역시 마도사구나. 나는 무슨 말을 하는지 통 모르겠어."

"그러게. 나도 모르겠지만, 전문 용어를 이해하는 걸 보면 우수한 마도사란 건 알겠어."

두 사람은 지구의 일상적 회화를 나눴지만, 이 세계에서 자란 쟈네와 레나는 도무지 말뜻을 이해할 수 없었다. 두 사람의 대화를 마도사밖에 모르는 학술적인 이야기라고 생각했는지, 그것을 이해하고 응답하는 이리스의 평가가 급상승하는 중이었다. 실제로는 그렇게 대단한 이야기가 아닌데 말이다.

아저씨와 이리스의 대화는 우주인의 말과 크게 다를 바 없었다.

"꼬끼오, 꼬꼬꼬!(원정인가…… . 날개가 근질거리는군.)"

"꼬꼬댁, 꼬꼬!(호위 임무요. 목적을 착각하고 있군.)"

"꼬꼬꼬…… 꼬꼬댁.(아무렴 어떤가. 지금 실력을 시험할 기회가 있다면 됐다.)"

동행하기로 한 우케이, 잔케이, 센케이 세 마리는 몹시 마이웨이였다.

다른 꼬꼬들도 가고 싶어 했지만, 집을 비워 둘 수는 없었고 무엇보다 집단전이 특기라서 너무 눈에 띄었다.

언젠가는 대산림 지대에 데리고 가야겠다고 생각했지만, 아직은 포식당하는 쪽이라 불안했다. 그래서 조금 더 믿음직한 우케이 삼인방을 고른 것이었다.

"그럼 갑시다. 앞으로 3일간은 배 여행이군요."

"운이 좋으면 이틀이면 도착해, 제로스 씨."

"좌우지간 이걸로 생활이 조금 개선되겠어……."

용병 삼인조는 역시 생활고에 시달리는 것 같았다.

"우우…… 이것도 다 가난 때문이야……. 다른 사람한테 떠넘길 수 없으려나~."

"가난이 메가 진화 하지 않길 빌 뿐입니다."

"그런 소리 하지 마! 빚쟁이 생활에 마이너스 보정이 붙잖아!"

여러모로 불안이 남는 멤버였지만, 그들은 이렇게 호위 의뢰를 수행하기 위해 스틸라 용병 길드로 가고자 선착장으로 향했다.

◇ ◇ ◇ ◇ ◇ ◇ ◇

산토르 선착장에는 크고 작은 배가 무수히 늘어서 있었다.

교역의 요충지에 무역선이 있는 것은 당연하지만, 그밖에도 어선이나 여객선 등이 정박했고 선박의 크기나 목적에 따라 선착장이 달랐다.

물론 사람을 나른다면 그럭저럭 큰 배여야 하겠지만, 대항해시대의 범선 같은 배는 없었다.

딱히 대양을 횡단하는 것도 아니므로 기껏해야 소형 화물선 정도였다.

앞으로 운송선을 타고 오러스 대하를 내려가 이스톨 마법 학교가 있는 마르코트 백작령으로 가게 되는데, 제로스도 설마 시작부터 발이 묶일 것이라고는 생각하지 못했다.

그 원인은—.

"줄리…… 아아, 사랑하는 줄리! 그대는 왜 함벨 가문의 외동딸이오! 만약 그대가 일개 상인의 딸이었다면 이토록 괴롭지도 않았을 텐데."

"아아…… 로멜. 내 사랑, 로멜. 당신을 향한 이 마음은 틀림없는 사랑이야! 하지만 이 사랑이 이루어지지는 않겠지……. 여신은 어찌하여 이런 운명을 내리신 걸까……."

—연애 증후군이 발병한 닭살 커플의 연극풍 신파극이었다.

상인의 외동딸과 앙숙의 후계자 아들이 극적인 연인 관계를 발전했지만, 양 집안의 아버지가 불같이 반대했다. 그 결과, 억압된 마음이 폭발해 선착장을 연극 무대로 바꾸고 만 것이었다.

그것도 아저씨 일행이 승선할 배를 무대로 비극의 괴로움과 서로의 속내를 대대적으로 폭로하는 도중이었다. 심지어 어디서 많이 본 전개였다.

"저 두 사람, 마지막엔 독을 먹고 죽겠죠~. 음? 한 사람은 나이프로 자해였던가? 그 이야기의 마지막이 어땠더라……."

"응? 총을 갈겨서 두 가문이 망하는 거 아니었어?"

"둘 다 조용히 해. 지금이 좋은 부분인데!"

"……훌쩍."

레나와 쟈네는 이 창피한 현상에 푹 빠져 있었다. 그리고 아저씨와 이리스는 모 유명 연극의 내용을 잘 몰랐다. 참고로 그 유명 연극과는 전혀 관계없었다.

이 상황이 오래 지속되면 출항 예정이 늦어지고 만다. 이 절규의 폭로 고백쇼가 시작된 지도 이미 세 시간이 지났다. 구경하던 사람들도 질린 지 오래였다.

이렇게 되면 비난 받는 것은 두 사람의 아버지였다.

원래 상인들은 시간을 중시하고 옮기는 물건에 따라서는 당장에라도 하역해야 했다. 이대로는 장사 기회를 놓치는 자도 적지 않을 것이다.

거래가 있는 사람 대다수는 두 사람의 아버지를 분노에 찬 눈으로 노려보고 있었다.

"저렇게 사랑하는데 그냥 결혼시켜줘! 민폐 끼치지 말고!"

"당신네 완고한 태도 때문에 우리가 피해를 입는다고! 상담에 늦으면 어쩔 거야! 야, 뭐라고 말 좀 해 봐!"

"당신들하고는 두 번 다시 거래 안 해! 얼른 이어줘 버려!"

거래처 사람들에게도 매도와 비난이 쏟아지며 입장이 더욱더 난치해졌다.

서로를 싫어하는 상인 가문 간의 대립이 이런 사태를 불러왔다면 장사를 망칠 가능성도 있었다. 자칫 잘못하면 다른 종업원이 길거리에 나앉는 수가 있었다.

그러나 라이벌이자 반목한 상대와 인척이 되고 싶지는 않았다. 그 딜레마에 시달리는 동안에도 상황은 악화되어 갔다.

"아버지는 남자 홀몸으로 나를 키워주셨어! 하지만 동시에 일에만 몰두하고 나를 봐주지 않으셨어……. 이제는 그냥 정략결혼을 위한 도구야! 내 행복 따위 생각도 해주시지 않아."

"나도 비슷해. 아버지는 첩의 자식인 나에게 집안을 물려줄 생각따위 없었어! 양어머니만이 나를 받아들이고 사랑해주셨어……. 피가 이어지지 않은 날! 그 양어머니도 저번 달 타계하셨지만, 지금까지 참아 왔어. 몇 번이나 그 집에서 나오려고 했던가……."

이곳에 있는 모든 사람이 일제히 두 아버지에게 눈길을 돌렸다.

모두 상인으로는 수완가지만, 그 과격한 방식에 눈물을 흘린 자도 많았다.

그런 두 사람에게는 가정을 돌아보지 않고 돈에 눈이 먼 탐욕스러운 상인이라는 이미지가 붙고 말았다.

이대로 가다가는 지금까지 쌓은 신용이 단박에 폭락해 거래하려는 사람이 없어질 것이다. 상인과 아버지의 지위가 동시에 위기에 처했다.

하지만 주위 사람들에게 그런 사정 따위 알 바 아니었다.

"그만 좀 저 두 사람을 어떻게 해! 거래에 늦는다고!"

"얼른 붙여 버려, 일을 못 하잖아! 작작 좀 해!"

"저렇게 좋아하는 두 사람을 인정해주지 않고도 너희가 부모냐?"

"부모에 비해 아이는 잘 자랐구만. 이미 다른 아이도 자라고 있는 거 아니냐?"

서서히 체면이 나빠져 시간이 걸릴수록 두 아버지는 궁지에 내몰렸다.

이 사랑에 눈먼 남녀를 억지로 떼어놓을 수는 있지만, 그들이 가진 약물이 위험해 섣불리 움직일 수 없었다. 사실 두 사람이 준비한 약물은 가연성이 높아 공기에 닿으면 맹렬히 타오르는 위험물질이었다.

즉, 이 남녀는 친아버지를 협박해 결혼을 성사시키려는 속셈이었다. 심지어 아무런 상의도 없이 두 사람은 동시에 같은 생각을 떠올리는 기적 같은 콤비네이션으로 행동에 나선 것이었다.

휘말린 사람에게는 민폐도 이런 민폐가 없었다.

"이거 언제까지 계속될까요? 저는 당장이라도 출발하고 싶은데 말이죠……."

"저게 연애 증후군……. 발정기, 무서워……. 저런 식으로 고백하면 나…… 창피해서 죽을 거야. 사회적으로 죽을 거야."

"연극풍 고백에서 이번에는 가정사 폭로로 바뀌었네요."

"쌓인 게 많았구나. 그게 한 번에 터진 거야."

이미 두 사람의 사랑을 멈출 수는 없었다.

잇달아 집안의 치부가 폭로되어 부모들 쪽은 새파랗게 질려 갈 뿐이었다.

때로는 입에 담기조차 저어되고 공공연하게 말하기도 부끄러운 내용까지 폭로당해 주위는 폭소의 도가니였다.

"아버지가 불륜 상대가 있다는 걸 알았을 때는 그 사실을 믿을 수 없었어……. 지금까지 어머니만 생각하고 사시는 줄 알았는데, 자그마치 50명이야! 게다가 돈으로 억지로 따르게 만든 여자들이었지……. 나는 죽고 싶었어……. 창피해서 견딜 수 없었어."

"우리 아버지도 그래! 양어머니처럼 멋진 여성이 있는데『아이를 낳지 못하는 여자에게는 볼일이 없다』라고 하셨지! 양어머니가 돌아가신 건 그로부터 사흘 후였어. 원망했지……. 죽이고 싶을 정도였어."

따가운 눈총이 다시 두 아버지에게 집중됐다.

저열한 인간성을 폭로당해 신용 이전에 인격을 완전히 부정당했다. 엄청난 경멸이 담긴 차가운 눈총이 쏟아졌다.

""이제 그마아아아아아아안! 우리가 잘못했다아아아아아아아아!""

두 아버지는 드디어 견디지 못하고 두 손을 들었다.

상인은 신용이 제일이다. 그 신용이 흔들리면 거래 상대를 잃는다. 이 두 사람이 가까운 시일 내에 은거하는 것은 이미 정해진 수순이었다. 사회적 체면이 너무 나빠졌다.

결국 제로스 일행은 배를 탈 때까지 제법 많은 시간을 낭비해야 했다.

판자를 겹쳤을 뿐인 간단한 상판을 타고 네 사람과 세 마리는 배에 올랐다.

"어휴, 이제야 배에 탔군……."

"발정기…… 정말로 있었구나. 엄청난 민폐 현상이잖아?"

"뭐, 남의 일이니까 우리에게 피해를 주지 않으면 상관없지만……."

제로스와 이리스 같은 전생자에게는 이런 현상은 남의 일, 상관없는 일이라고 생각했다.

하지만 배 위에서 방파제를 선창을 내려다본 순간, 그 생각이 짧았음을 깨달았다.

"기다려———! 제길, 무슨 발이 이렇게 빨라…….."

"매년 있는 일이지만, 왜 이런 멍청이가 늘어나냐고, 제길!"

""…….""

알몸으로 웃으며 선착장을 달리는 커플과 흘러넘치는 감정을 주체하지 못하고 좋아하는 상대에게 달려드는 남녀. 혹은 누군가를 어디론가 끌고 가려는 스토커 기질의 인간 등 온갖 군상이 폭주해 과격한 러브콜 대전을 벌이고 있었다.

그 사람들을 뒤쫓아 동분서주하는 경비병과의 술래잡기는 이미 한 해 행사였다.

"호, 혼돈이다……. 이게 지옥이 아니면 뭐야……. 설마, 이성으로는 막을 수 없나?"

"어…… 언젠가 나도 저렇게……. 생각하기 싫어, 아저씨. 사회적으로 말살당할 거야……."

선착장은 소요 상태. 그것을 보고 이 광경이 절대로 남의 일이 아님을 깨달았다.

언젠가는 자신도 폭주할 가능성을 품었고, 진심으로 누군가를 사랑했을 때 그들 또한 그 소요 사태에 참여할지 모른다. 전율로 인해 등줄기에서 식은땀이 멈추지 않았다.

쟈네와 레나는 연례행사쯤으로 인식하는 터라 그다지 동요하지 않는 듯했다.

자연현상의 무서움을 알고 몸서리치는 이리스와 제로스를 태우고 운송선은 대하로 출항했다.

◇ ◇ ◇ ◇ ◇ ◇ ◇

이스톨 마법 학교로 유명한 도시, 스틸라.

어떤 남자를 태운 마차가 이 도시에 있는 용병 길드에 도착했다.

그는 가도에서 우연히도 용병 길드가 운영하는 이송 마차를 만나 교섭 끝에 동행을 허락받았고, 오랜 시간 마차의 흔들림 속에서 여행해 왔다. 그 탓인지 안색이 몹시 좋지 않았다.

후드를 깊게 눌러써서 주위에서는 잘 보이지 않지만, 그는 입을 막고 안쪽에서 올라오는 구토감과 씨름하고 있었다. 자세히 보면 다른 동업자도 똑같은 상태였다. 모두 마차 멀미에 시달리고 있었다.

"도착했수다. 얼른 내리셔. 나는 다른 일이 더 있으니까."

"우웩…… 태워줘서…… 고마워. 읍!"

위로라도 해줄 만하건만, 마부는 매몰찬 말만 던지고 『쳇, 또 토사물 청소해야 하잖아. 귀찮게시리』라며 혼자 내씹었지만, 남자는 그걸 신경 쓸 상황이 아니었다.

이송 마차와 만난 것까지는 분명히 행운이었지만, 그다음이 문제였다.

어찌 된 영문인지 마부는 마차에 타자마자 갑자기 딴사람으로 돌변했고, 잔뜩 흥분하여 난폭 운전을 시작한 것이었다. 심지어 마을에 도착할 때까지 논스톱으로.

짐수레에 먼저 탄 손님의 상태를 보고 깨달았어야 했다. 남자는 자신이 어리석었다고 몹시 한탄했다.

하지만 길을 서두르던 남자에게 그럴 여유는 없었고, 마차에 오른 후에 비로소 이 마차가 위험하다는 사실을 알았다. 체험했다. 뼈저리게 느꼈다. 그리고 후회했다. 그때는 이미 늦은 뒤였다.

결과는 이미 나왔다. 마차 멀미에 괴로워한 남자는 제대로 걷지도 못할 정도로 기운이 없었다.

승객 몇 명은 공포로 백발이 되어 살아 있음을 처음으로 기뻐하며 신의 존재를 느낄 정도였다.

'두 번 다시 마차를 타나 봐라…….'

구토감에 시달리면서도 남자는 다짐했다.

잠시 쉰 후 그는 용병 길드로 걸음을 옮겼다.

그곳은 한마디로 표현하면 식당, 조금 구체적으로 말하자면 패밀리 레스토랑 같아 보였다. 아무리 봐도 용병이 찾을 것 같은 분위기가 아니었다.

관엽 식물 화분과 꼼꼼하게 정리된 내부. 차분한 가게 분위기 덕에 학생에게 인기가 있는지 친구나 커플 이용객이 많았다.

접수처와 게시판이 없으면 깔끔한 식당과 다를 게 없었다.

그런 가게 안에서 남자 혼자만 복장이 튀었다.

얼굴을 감추는 것처럼 스카프를 두르고 검은 코트에 가죽 갑옷을 입은 남자. 허리에는 무기인 시미터와 쇼텔까지 찼다. 다른 손님이나 가게 분위기와 무엇 하나 어울리지 않으니 척 보기에도 수상쩍었다.

그런 그는 주위를 둘러보고 기다리는 상대를 찾았다.

길드 레스토랑에는 1층과 2층 로프트에 객석이 있었다. 1층에 기다리는 사람들이 없는 것을 확인하고 2층 로프트로 이어진 벽

쪽 계단을 올라갔다.

'그 녀석들은…… 아, 저기 있네.'

찾던 인물들은 마침 로프트 정중앙 자리에서 차를 마시고 있었다.

총 네 사람. 잘 차려입은 상인 같은 남자 두 명과 마도사 같은 여성 두 명이었다.

남자 두 명은 안내인일 것이다. 여성 한 명은 20대 초반. 어깨높이로 자른 웨이브 머리, 조금 길게 째진 눈이 지적인 인상을 줬다. 금속 브레스트 플레이트 메일과 적색과 흑색을 바탕으로 한 로브를 입은 마도사였다.

다른 한 사람은 포니테일에 살짝 처진 눈, 아직 앳된 느낌이 남은 한창 어린 소녀였다.

이쪽도 마도사였다. 장비는 가죽 그리브와 레더 아머를 장비했고 녹색 로브가 눈을 끌었다. 겉보기에는 검사 같지만, 로브와 지팡이가 있어 마도사라고 판별할 수 있었다.

주위 용병이 장비한 것보다 좋은 물건이라서 용병 길드 안에서는 이 자리만 유독 눈에 띄었다. 확연히 급이 다른 인물들이기 때문이었다.

"안 늦고 왔군. 약속 날짜를 착각한 줄 알았어."

"애드 씨, 늦었네? 한 시간만 더 기다리고 여관으로 돌아가려고 했어."

"20분 지각이야. 그보다 용케 안 늦었네? 솔리스테어 공작령에 있었다며?"

"운이 좋아서 마차를 잡았거든. 솔직히 나도 합류하지 못할 줄 알았어."

애드라고 불린 남자는 씁쓸하게 웃으며 망토의 후드를 벗었다.

나이는 20대 초반. 조금 삐쳐 올라간 머리가 특징이며, 겉모습보다 젊어 보이는 동안 청년이었다. 장비만 보아도 평범한 자는 아닌 것 같았다. 흡사 범죄 조직의 암살자를 연상하게 하는 모습이었다.

서글서글한 인상의 청년이었지만, 가끔 남몰래 주위를 경계하는 짧은 동작만으로도 그가 보통 실력자가 아님을 알 수 있었다.

물론 그 은밀한 행동을 눈치채는 자라면 그 또한 실력자다. 그만큼 그의 움직임은 자연스러웠다.

"당신들도 안내하느라 수고했어. 나라에서 동행해 왔지?"

"아뇨, 이게 저희 일입니다."

"무사히 합류한 모습을 확인했으니까 저희는 숙소로 돌아가 보겠습니다. 다른 거래가 있어서요."

"미안해. 내가 늦는 바람에."

남자 두 사람은 자리에서 일어나 별 대화 없이 그곳을 떠났다.

어떤 나라의 첩자인 그들은 이번에 두 여성 마도사를 이곳까지 안내하는 임무를 맡았다. 다시 그들과 행동할 때는 이곳 솔리스테어 마법 왕국에서 철수할 때뿐이었다.

그때까지 그들은 정보 수집 임무를 맡는다.

"죽는 줄 알았어. 슬레이프니르 삼두마차가 웬 말이야? 심지어 흔들리고 구르고 난리도 아니었어."

"샤크티 씨도 걱정했어. 그러게 왜 마음대로 단독행동을 해?"

"어쩌겠어? 윗대가리들이 시키는데……. 나도 그런 위험한 물건 만들기 싫어. 그마저도 실패했지만."

"무슨 일 있었어?"

"큰 소리로 떠들 수는 없지만…… (실험 과정에서 인간이 마물로 변했어.)"

"“……?!"”

목소리를 죽이고 보고하자 두 사람은 말을 잇지 못했다.

그리고 이내 겁먹은 것 같은, 혹은 경멸하는 것 같은 눈으로 애드를 봤다.

애드도 좋아서 이런 결과를 낸 것은 아니므로 억울할 따름이었다.

"애드 씨…… 너무해. 사람이 어떻게 그럴 수 있어?"

"리사…… 날 그런 눈으로 보지 마. 설마 그런 위험한 물건이 될 줄은 나도 몰랐다고. 우연히 채굴한 파편에서 상상도 하지 못한 결과가 나왔어."

어느 나라에서 채굴한 광석. 마력을 불어넣기만 해도 사용자에게 힘을 부여하는 광석이었다. 그것을 이용한 마도구 실험은 실험체가 마물로 변모하는 결과로 막을 내렸다.

부작용도 없이 큰 효과를 낸다면 군용 장비로 채용돼 정식으로 양산할 예정이었다. 하지만 지나치게 큰 위험이 따른다는 사실이 판명된 이상 이 연구는 파기될 것이다.

리사는 긴 포니테일을 살랑거리며 눈물을 머금은 채 애드를 바라봤고, 샤크티는 웨이브 진 머리를 만지며 한숨을 깊게 내쉬었다.

당초 예상으로는 희생자가 나오지 않을 안전한 마도구였다.

"아무튼 범죄 조직의 위험한 녀석들에게 팔아넘겨서 처분할 거야. 그런 흉악한 물건을 계속 보관해 둘 수도 없으니까."

"그래도 되겠어? 우리한테 영향은 없어? 유통 경로를 추적해 우리가 적발당할 리는 없겠지?"

"샤크티, 네가 걱정하는 것도 이해한다만, 이대로 계속 가지고 있을 수는 없어. 타국에 알려지면 위쪽에서 압력을 가할 거라고."

"어휴…… 양이 적어서 그나마 다행이야. 그렇지만 범죄 조직에 팔면 일반인에게도 적잖은 피해가 나오지 않을까?"

"그건 조정하기 나름이겠지. 위험한 약에 미량 섞어서 처분할 생각이야. 어차피 그딴 걸 사는 인간들을 선량한 일반인이라고 못할 테니까."

"샤크티 씨도 심경이 복잡하겠어. 변호사를 목표로 하던 사람인데……."

리사의 말에 샤크티가 무거운 한숨을 토했다. 애드를 포함한 세명은 전생자였다. 그리고 변호사를 목표로 하던 샤크티는 정의를 믿고 있었다. 물론 절대적인 정의가 존재하지 않는다는 것쯤은 알지만, 설마 자신이 위험물 판매를 묵인하는 입장이 되리라고는 꿈에도 생각하지 못했다.

"전쟁이니까 불가항력이라고 쳐."

"들통나면 애드 씨는 A급 전범이야."

"으…… 최악의 결과야. 간접적이긴 해도 피해자가 아예 없을 순 없겠지. 나도 이러고 싶진 않지만, 그걸 남겨 둘 수는 없어."

"어라? 샤크티 씨…… 그럼 우리는 공범이 돼?"

리사는 억측을 진심으로 받아들이고 바르르 몸을 떨며 물었다.

""⋯⋯.""

아무리 생각해도 세간에 알려지면 위험한 이야기였다.

석 달 하고도 며칠 전, 세 사람은 어느 소국의 외곽 산악 지대에 내던져졌다.

사람이 사는 곳을 찾던 그들은 우연히 작은 마을에 도착했지만, 그 마을은 얼마 되지 않는 식량만으로 근근이 연명하는 빈궁한 마을이었다. 그래서 애드 일행은 살기 위해 바위투성이인 산기슭을 뒤져 식량이 될 만한 것을 찾아다녔다. 그 결과, 그들이 찾은 식량으로 마을도 굶주림과 궁핍함에서 가까스로 해방되었다.

세 사람 딴에는 빈궁한 마을에서 식량을 나눠 받기가 미안해 필사적으로 식량을 구했을 뿐이었다. 애드 일행이 찾아낸 암석 감자라고 불리는【포르타】를 마을에서 재배하자 무서운 속도로 자라나 식량 사정에 여유가 생긴 것이었다. 그 소문이 인근 마을로 퍼졌고, 머지않아 국왕의 귀에 들어가게 됐다. 그리고 그들은【이사라스 왕국】왕성으로 초대받았다.

그것 자체는 별로 나쁘지 않았다. 문제는 이사라스 왕국이 전쟁을 준비 중이란 점이었다. 식량 사정이 조금이나마 개선되어 여유가 생겼기 때문이었다. 그들은 애드 일행을 나라의 중진으로 초대해 무기 개발을 도와달라고 의뢰했다.

이사라스 왕국에서는 정체를 알 수 없는 광석을 사용한 연구가 진행되고 있었으며 애드는 애뮬릿에 새기는 마법식 개발을 도왔다. 그렇게 완성된 것이【전사의 애뮬릿】시제품이었다.

이 장비를 실험하기 위해 깡패 같은 용병들에게 쥐어준 결과, 사용자 전원이 괴물로 변하고 말았다. 이래서는 써먹을 수 없었다.

마법식 가동 상태나 관찰할 요량이었는데 실제로는 성가시고 흉악한 물건이란 사실만 판명되었다.

아무튼 계획은 잠정 중단되어 전쟁 발발은 당분간 미뤄질 듯했다. 그 점만은 행운이라고 할 수 있었다.

"그래도 이제 우리도 조금 편하게 움직일 수 있겠어."

"그건 그렇지만 전쟁이 터지진 않겠지? 마을 사람들이 말려들면 어떡해……."

"적어도 솔리스테어에 침공하진 않을 거야. 오러스 대하 경로를 중간에 막아 놨어. 그거 때문에 침공 작전을 재검토할 필요가 생겼어. 나는 전쟁 자체에 반대지만."

"흐음, 그럼 여기서 조사할 시간도 생겼구나. 난 학교 도서관에 한번 보고 싶었어."

"나도 그래. 【언어 해독】 스킬이 기본적으로 붙어 있으니까 우리도 책을 읽을 수 있어."

그들에게는 목적이 있었다. 그 목적을 이루려면 우선 정보가 필요했다.

그 정보를 모으기 위해 눈을 돌린 곳이 세계 최대의 장서량을 자랑하는 【솔리스테어 마법 왕국 국립 이스톨 마법 학술원】이라는 학술 기관의 대도서관이었다.

물론 대개의 경우 【학교】 혹은 【이스톨 마법 학교】라고 불리며 정식 명칭으로 부르는 사람은 거의 없었다.

"그럼 슬슬 출발할까?"

"그래. 조사는 빨리 하는 게 좋지."

"산업에 쓸 만한 도구도 조사해 보자. 조금이라도 편하게 생활하게 해주고 싶어."

"시간이 있으면 그럴게. 그래도 우리 목적을 잊어선 안 돼. 알지? 리사."

"알아. 그래도 나는 애드 씨 같은 헤비 유저가 아니니까 조사는 전문 분야가 아니야. 모험만 해서 조사에는 방해만 될걸?"

리사는 자신이 없어 보였지만, 애드에게는 한 명이 급한 상황이었다. 사람은 많을수록 좋았다.

예정을 확인하면서 식사를 마치고 카운터에서 계산을 치른 그들은 대도서관으로 가는 도시의 거리를 빠르게 걸어갔다.

◇ ◇ ◇ ◇ ◇ ◇ ◇

스틸라의 메인스트리트를 북쪽으로 걸어가 학생의 휴식처인 공원을 가로지르자 정면으로 거대한 건축물이 나타났다.

고딕 양식을 바탕으로 다른 건축 기술의 정수를 아낌없이 쏟아부은 예술적 디자인의 건축물은 유명한 문화유산을 방불게 하는 위엄을 가졌다.

"이거…… 노트르담 성당인가? 건축 양식이 아주 닮았는데."

"그렇지만 두 배는 크겠는데? 잘 보니 증축을 반복해 확장한 흔적이 있어."

"사람 생각은 세계가 달라도 똑같나 보다. 그보다 증개축한 곳을 알아보겠어? 나는 전혀 모르겠는데."

"사용한 석재의 색을 보면 알아. 이음매도 있고 도중부터 콘크리트 블록을 쓴 것 같아. 로만 콘크리트라면 내구성이 좋으니까 괜찮겠지. 대형 건축 기계도 없이 대단해."

"리사, 박식하네?"

"아버지가 건축 관계자였고 파티시에 공부를 위해 현지를 조사했었어."

이스톨 마법 학교의 부지 면적은 어마어마하게 광대했다.

쓸데없이 거대한 대도서관도 광대한 부지에서 보면 그리 큰 비중을 차지하지 못했다.

부지 내의 건물 대부분은 연구 시설이었는데 거액의 돈을 아낌없이 쏟아 만든 건물은 귀족 자녀가 사는 기숙사까지 갖추고 있었다.

정확하게 말하면 교역 도시 개발이 좌절되면서 그때 세운 건축물을 재이용했기 때문이었다. 부지 또한 도시 개발 구상을 토대로 정해져 이렇게 넓은 것이었다.

솔리스테어 마법 왕국 건국 이전에 세워진 곳인 까닭에 당시에는 어떤 이야기가 나와 도시 개발이 이루어졌는지 불분명하나, 이 도시 계획 때문에 재정난에 빠졌었다는 사실은 확실했다.

그 도시 개발 시절 세워진 사치스럽기 짝이 없는 화려한 극장과 음악홀 등은 지금도 여기저기에 존재했다.

당시 왕은 『이스톨은 가장 아름다운 예술의 도시로 역사에 이름 남을 것이다』라는 말을 남겼지만, 결국은 쿠데타가 발발해 예술의 도시는 완성에 다다르지 못했다.

왕이 공들여 시작한 정책이 민중의 반감을 사서 밑바닥 취급이던 마도사 귀족이 대두하는 국가로 거듭났다. 당시 국왕은 어리석다는 낙인이 찍혀 역사에 이름을 남겼다.

그 역사가 공원 기념비에 새겨지고 심지어 예술의 도시가 마도사 육성 기관으로 이용되는 것은 아이러니였다. 좋게 말하면 재활용이었다.

"기념비는 왜 세웠대?"

"말이 좋아 역사를 전하기 위해서지 솔직히 말하면 민중을 향한 어필이야. 『우리는 어리석은 왕처럼 되지 않는다』거나 『우리는 정의를 위해 싸웠다』 같은 일종의 정당화지."

"대의명분을 얻었다는 거구나? 실제로는 어땠을까?"

"글쎄? 그냥 짐작이지만 마도사의 지위가 낮았기 때문 아닐까? 당시 왕이 예술에 심취한 독재자였으니까 옳다구나, 하고 암암리에 손을 써서 권력을 빼앗은 거라고 생각해."

비석에 새겨진 내용은 초대 솔리스테어 마법 왕국 국왕의 이름과 쿠데타에 참가한 마법 귀족들의 가명(家名)이었다. 마도사 귀족이 정권을 타도한 증거로 남긴 비였다.

스틸라에 기념비가 놓인 이유는 이 땅이 암군이 가장 힘을 쏟은 도시이기 때문일 것이다.

"기념비 같은 걸 세운다고 의미가 있을까? 타산이 있어서 쿠데타를 일으킨 건 공공연한 사실이잖아? 결국은 마법 귀족들의 지위 향상을 노린 반란 아니야?"

"민중은 알기 쉬운 정의의 상징이 있어야 협력적으로 나서. 어차피 정치에 거의 무지하고 생활도 어려웠나 봐. 여기에 그런 내용이 적혀 있어. 뭐, 민중은 나라의 우두머리가 바뀌어도 생활에 지장이 없으면 조용해지는 법이지."

기념비 하나에서 역사의 이면을 읽어냈다.

곧이곧대로 믿지 않는 점은 평가할 만하지만, 상당히 삐뚤어진 성격으로도 보였다.

샤크티는 제법 까칠한 성격의 소유자 같았다.

"우리 꼭 관광하는 거 같아."

"역사를 배운다는 의미로는 딱히 틀린 말은 아니지."

"기념비에 적힌 내용을 비판적으로 바라보는 건 믿음직하지만, 건축물의 예술성을 있는 그대로 볼 순 없어? 조금 깬다."

"어머, 난 나름대로 즐기고 있는데?『저 건물 장식품에는 예산이 얼마나 들었을까?』,『인부에게 돈은 제대로 지급했을까?』, 그런 건 보기만 해도 대충 알거든. 내 견해로는 아무리 생각해도 적자야. 반역이 일어나도 할 말이 없어. 도시 규모의 개발이라면 민중의 세금만으로는 힘들어. 상업 국가였다면 애초에 쿠데타는 일어나지도 않아. 상식적으로 생각해서 돈이 많을 테니까."

상당히 학구적인 관광법이었다.

확실히 세계유산 같은 건축물은 당시 위정자나 나라의 경제력을 헤아리기 위한 가장 우수한 자료였다.

뛰어난 문화유산 중에는 때로 건축 도중 중단됐다가 훗날 개축하거나 미완성으로 방치되는 경우도 적잖이 존재했다. 경우에 따라서는 같은 건물에 전혀 다른 건축 양식이 혼재하는 성도 있었다. 이런 건축물을 남긴 나라는 무역에 힘을 쏟은 부유한 국가인 경우가 많았다.

이와 같이 문화유산은 군주가 바뀌거나 전쟁으로 타국의 침략을 받거나 다른 위정자에게 개축되는 등 그 나라의 역사적 배경이 잘 드러난다.

이스톨 마법 학교도 그런 역사 속에 있는 건축물이었다.

"변호사보다는 회계사 같아."

"때에 따라 변호사가 회계사 같은 일도 해."

"너무 전문적이라서 난 무슨 소리인지 모르겠다! 순수하게 건축미만 봐도 되잖아?"

"무슨 소리야? 이렇게 아름다운 건축 양식을 가진 건물은 세우는 데만 해도 돈이 어마어마하게 들어. 경제적으로 풍족하면 모를까, 소국의 군주가 취미로 벌일 사업이 아니야. 학교 규모나 그 주위 건축물을 봐……. 얼마나 민중이 고통 받았을까? 나라의 대불[#3]을 만들 때도 당시에는 기근으로 굶주리는 사람이 많았을 거야. 대불을 만들었다고 그들이 구제되었을까? 그럴 돈이 있으면 경제 발전에 써야 한다고 난 생각해."

샤크티가 현대 지식으로 과거를 까 댔다.

"그리고 마리 앙투아네트는 무죄였다는 이야기가 있나 봐. 당시에는 신대륙에 지출할 돈 때문에 경제가 기울었는데 귀족의 삶은

#3 나라의 대불 752년 일본 나라(奈良)에 만들어진 거대 불상. 10여 년의 기간 동안 총 260만 명이 공사에 연관됐다고 한다.

예산 내에서 이루어졌대. 무지몽매한 민중이 혁명을 일으켰지만, 경제란 게 어디 쉽게 회복되겠어? 혁명 후에는 꽤 궁핍하지 않았을까? 역시 정치는 개방적으로 해야 해. 민중이 아무것도 모르면 자의적으로 판단해서 혁명을 일으키고 안 좋은 결과로 이어져. 억울하게 죽은 사람들만 불쌍하지, 뭐."

"지식은 참 중요하구나."

"그게 지금 나올 소리인가?"

"테러리스트도 제멋대로 정의를 내세우지만, 그들이 나라를 세워 봤자 독재 국가가 될 거야. 과격한 사상을 가진 사람이 경제를 이해할 리 없지. 얼마 안 가서 똑같이 테러로 멸망할걸? 자기밖에 모르는 떼쟁이 어린애가 무기를 휘두른다고 뭐가 바뀔까? 자신들의 존재가 빈곤의 원인이란 걸 모르나?"

"테러리스트는 단순히 경제가 풍족한 나라를 눈엣가시로 여기는 비뚤어진 인간들 아냐? 신을 들먹이는 사기꾼은 얼마든지 있어. 실제로【메티스 성법신국】도 사기꾼 집단이야."

"민족 분쟁은 그런 단순한 문제가 아니야. 분파도 많고, 그밖에도 복잡한 역사적 배경이……."

"아, 몰라, 몰라!"

역사에서 무엇을 배우는지는 사람 나름이다.

실제로 이사라스 왕국은 현재 메티스 성법신국에 군사적 협박을 받고 있었다.

정치에 신이 낄 여지가 어디 있겠냐마는 그 나라는 『신의 뜻』이란 한마디로 만사를 해결해 버린다. 그 결과가 이사라스 왕국의 군사력 강화였다. 샤크티는 그런 사정을 잘 이해하고 있었다.

그리고 어설픈 지식을 가진 일반 대학생과 진지하게 국가 자격 증을 따려고 했던 두 사람 사이에는 학력이라는 이름의 메울 수 없는 간극이 있었다.

"그보다 슬슬 도서관에 가야 하지 않아? 애드 씨가 왠지 피곤해 보이니까 어서 조사하고 천천히 관광을 즐기자."

"리사, 나이스 아이디어."

"아니, 이야기를 크게 탈선시킨 사람은 샤크티잖아……."

애드는 평범하게 관광하며 알고 싶은 정보를 조사할 생각이었 다. 그런데 무슨 이유에선지 샤크티가 역사의 이면을 고찰하면서 부터 이야기가 삼천포로 빠지고 말았다.

이야기가 겨우 본래 궤도로 돌아와 애드는 피곤하게 한숨을 쉬 었다.

그는 이런 어려운 이야기가 무척 질색이었다.

"그럼 갈까?"

"네."

"나는 진작 가고 싶었는데……. 됐어, 말을 말자……."

애드는 반쯤 포기하고 대도서관을 찾아 정문으로 입장했다. 그 곳에는 책상이 질서정연하게 배치되었고 학생들이 그 앞에 앉아 진지하게 책을 읽고 있었다.

드문드문 일반인도 보였다.

서적들은 비싸 보였다. 그런 귀중한 책을 일반인에게도 개방하 는 나라는 적지만, 적어도 솔리스테어 마법 왕국이 백성에게 열린

91

정치를 한다는 것은 이런 면에서도 알 수 있었다.

하지만 책 중에는 종류나 내용에 따라서 위험한 지식도 존재했다. 그런 책은 학생과 강사만 들어갈 수 있는 구역을 만들어 관리되었다. 사서나 경비병도 항상 그곳을 지키고 있었다.

"대단해……."

"3층이나 있어……. 장르에 따라서 다르겠지만, 이 장서들 안에서 찾는 책을 발견하려면 고생하겠어."

"사서에게 물어보면 되지 않을까? 이런 시설은 국가에서 관리할 테니까 말이야. 그런데 어떤 책을 기준으로 찾지?"

"기본은 역사서와 유적 관련으로. 그밖에는 종교 자료. 이 학교에도 경제학부가 있다고 하니까 운영 방식은 마법 학교라기보다는 대학교에 가까울 거야."

"명성다운 장서량이야. 시간이 좀 걸리겠어. 쉽게 끝날 것 같지 않아."

"아직 시작도 안 했어. 리사는 종교 관련 책을 부탁해. 샤크티는 역사서. 나는 유적 쪽을 조사해 볼게. 【4여신】에 관한 내용을 철저하게 조사해."

애드 일행은 이 세계를 기이하게 생각했다. 그것은 이 세계에 있는 스테이터스나 스킬, 레벨 업 등 본래 자연계에는 있을 리 없는 섭리가 존재하며 그 시스템이 【소드 앤 소서리스】의 설정과 유사점이 많다는 부분이었다.

아니, 세계의 시스템 자체는 【소드 앤 소서리스】보다도 엉성했지만, 익숙한 지형, 채집 및 채굴 가능한 각종 아이템의 명칭이 거의 동일했다. 마법은 상당히 미발달했어도 애드가 잘 아는 것들이었다. 마물은 모르는 것도 존재했지만, 아는 마물도 많이 서식했다.

생각 끝에 그들이 도달한 결론— 그것은 우연히도 동향인 【대현자】와 같은 대답이었다. 유추한 답을 검증하고 확증을 얻으려면 많은 정보가 필요했다. 그래서 그들은 대도서관에 온 것이었다.

하지만 조사할 서적의 수가 방대하여 작업이 난항을 겪을 것 같아 현기증이 났다.

막막함에 한숨이 나왔다. 애드는 카운터에서 입장료를 지불하고 유적 관련 서적이 보관된 구획으로 갔다.

◇ ◇ ◇ ◇ ◇ ◇ ◇

배에 오른 지 3일째, 제로스 일행은 강을 따라 내려가 세잔이란 마을로 가고 있었다.

배는 범선이었지만, 바람이 없으면 믿을 것은 물살뿐이라 좀처럼 속도가 나지 않았다.

이 계절에는 곧잘 역풍이 부는데 바람의 저항으로 속도가 떨어지니 시간이 걸릴 수밖에 없었다.

이대로 가면 집합 예정일까지 갈 수 있을지 걱정스러웠다. 한편, 아저씨는 뭘 하고 있냐면…….

""우웨에에에에에에엑!""

……이리스와 사이좋게 뱃멀미 중이었다.

아저씨는 몰랐지만, 마침 같은 항로, 같은 장소에서 제자 츠베이트가 멀미로 힘들어한 적이 있었다. 스승과 제자가 함께 뱃멀미라니, 이 얼마나 아름다운 사제지간인가.

"아, 아직…… 도착 안 했나요……?"

"힘들어…… 죽을 거 같아……. 차라리, 죽여줘……."

"설마 둘 다 배에 약할 줄이야……. 멀미약은 안 챙겼는데 어쩌지."

어이없어하는 쟈네를 무시하고 두 사람은 입을 틀어막은 채 구토감과 씨름했다.

원래부터 두 사람은 선박과 인연이 없었던 탓인지 흔들리는 배에 내성이 없었다. 이것도 그나마 익숙해진 편이었으나, 이미 재기 불능 상태까지 내몰렸다.

설령 세잔에 도착하더라도 이 상태로는 마차도 타지 못할 듯했다.

"이제 얼마 안 남았으니까 그때까지만 참아."

"빨리 끝나길 빌겠습니다…… 웁!"

"으으…… 나 이제 배 안 탈 거야……."

"그러지 마. 정말로 금방이니까. 그나저나 괜찮아, 아저씨?"

"……뭐가, 요?"

"레나를 학교에 데리고 가도 괜찮겠냐고. 그 녀석이라면 분명히……."

쟈네는 말하면서 얼굴이 점점 새빨갛게 익어 갔다.

한순간이지만, 시간이 멈췄다.

두 사람은 쟈네가 한 말을 곰곰이 곱씹고 머릿속으로 음미했다. 그리고 그 말뜻을 이해했을 때, 아저씨와 이리스는 극화풍으로 경악한 표정을 짓고는 잊고 있던 최악의 문제를 떠올렸다.

레나는 성인이 될락 말락 한 소년을 사랑해 마지않는 중증 쇼타콤이었다. 조심스럽게 따도 모자랄 설익은 과실을 게걸스레 먹어 치우고 『나는…… 소년 시절의 추억 속에서 살아가는 여자』라고 말하는 무서운 사람이었다.

의뢰 준비에 쫓기던 제로스와 생활이 어려워 돈 벌기에 정신이 팔렸던 이리스는 쟈네가 말을 꺼내기 전까지 레나의 이상성욕을 까맣게 잊고 있었다.

그렇다. 레나를 방치하는 것은 양떼에게 티라노사우루스를 풀어 놓는 행위와 같았다.

"맞아…… 뭘 깜빡했다고 생각했어. 이대로 가면 소년들이 독니에…… 야외 학습이 음욕의 현장으로 변해 버…… 우읍!"

"돈 걱정 때문에 신경을 못 썼어……. 레나 씨는…… 위험해, 아저씨…… 끄읍!"

이대로 가면 가엾은 희생자가 늘어날 것이 확실했다. 레나에게 그곳은 파라다이스였다.

사람이 부족해서 보충할 생각으로 불렀건만, 최악의 폭식 동물을 풀어놓게 될 판국이었다. 그러나 지금 상황에서는 어쩔 방도가 없었다.

참고로 꼬꼬 세 마리는 조금 전까지 낡은 생선을 포식하다가 지금은 뱃멀미에 시달리는 두 사람을 간호하고 있었다. 제법 배려심 있는 닭들이었다.

"우리는 가도에서 오크 킹을 해치웠다, 이 말씀이야~! 꼬마들 호위 따위야 식은 죽 먹기지."

"오호~, 잔챙이 같은 낯짝이지만 의외로 실력이 있나 보군?"

"암, 그렇고말고! 상위종 따위 얼마든지 덤비라고 해!"

그때, 기세등등한 남자들의 소리가 들렸다. 겉보기에는 그냥 불량한 용병이라 큰 실력은 없어 보였다. 아무리 생각해도 오크 킹에게 이길 자들 같지 않았다.

'가도? ······설마 그때 그건가? ······욱?! 우웩~!'

이미 더 나올 것도 없는 아저씨는 밀려 올라오는 구토감에 시달리는 무간지옥 같은 고통의 굴레를 필사적으로 견딜 수밖에 없었다.

그리고 배는 마침내 세잔에 도착했다.

◇ ◇ ◇ ◇ ◇ ◇ ◇

"육지는 좋아······. 죽어도 육지에서 죽어야지. 돌아갈 때는 배에 타지 맙시다······."

"그래······. 저렇게 흔들릴 줄 몰랐어."

배에서 내리고 한 시간 후. 두 사람은 간신히 울렁거림에서 해방됐지만, 그래도 기분은 여전히 안 좋았다.

몸을 최강 장비로 도배한 아저씨라도 뱃멀미에 패한 그 모습은 꼴사납기 짝이 없었다. 다른 일행도 어이없는 얼굴이었다.

연애 증후군이 발병한 닭살 커플의 폭로극과 바람의 저항 때문에 도착 시각이 대폭 지연되고 말았다. 서둘러 스틸라로 가지 않으면 안 될 상황이었다.

학교 측이 스틸라 용병 길드에 준비한 접수 시간은 오늘 일몰 종이 울릴 때까지였다. 이렇게 되면 수단을 따질 때가 아니었다. 그러나 뱃멀미로 아직 속이 말이 아니었다.

"한심해. 겨우 그거 흔들렸다고 멀미나 하고."

"이것만은 어쩔 방법이 없어요. 익숙하지 않으니까……. 다음에 멀미약이라도 연구해 볼까……."

"아저씨, 제조하면 가르쳐줘……. 나도 갖고 싶어……."

"생각지도 않은 약점이 있었네……. 제로스 씨도 사람은 사람이었나 봐?"

"레나 씨…… 사람이 아니면 대체 뭐란 겁니까? 저도 싫어하는 게 있어요. 거대한 바퀴라거나……."

"""그 이야기는 두 번 다시 꺼내지 마!"""

곤충 최강 장비를 만들게 해주는【그레이트 기브리온】.

그러나 그 존재는 많은 사람에게 혐오당하는 가엾은 마물이었다.

"여, 언니들. 우리 마차에 타고 갈래?"

"어차피 스틸라에 가지? 태워줄게. 내 위에도 말이야, 키헤헤."

"보아하니 마차를 준비하지 않은 것 같은데? 지금부터 수배해도 못 구해."

배에서 기세등등하게 떠들던 사내들이었다.

"필요 없어. 우리도 갈 방법이 있으니까."

"그래. 게다가 비싸게 먹힐 것 같은 마차에는 탈 생각 없어."

"흑심이 훤히 보여. 여자를 꼬시려면 다른 곳에서 하셔~."

이리스 파티는 안 그래도 될 텐데 도발적으로 말했다. 당연하지만 사내들은 격앙했다.

하지만 처음에 안 좋은 마음을 품고 말을 건 사람은 그들이었다. 상대해주지 않는다고 화를 낼 처지가 아니었다.

그렇지만 그것을 이해할 자들이라면 애초에 이리스 파티를 꼬시려고 하지도 않았으리라. 용병 중에는 이런 몰상식한 사람도 많았다.

어서 스틸라에 가고 싶은데 귀찮은 일에 말려들어 아저씨는 머리가 아팠다.

"꼬꼬를 데리고 다니는 놈이 그렇게 좋냐!"

"우리는 오크 킹을 해치웠다고! 젊은 우리보다 그런 수상쩍은 아저씨가 좋아?!"

"꼬꼬를 무시하지 마! 저 꼬꼬들은 당신들보다 강해. 그리고 자세히 보면 귀엽고."

"다름 아닌 아저씨가 훈련한 꼬꼬니까. 최강 생물 아니야?"

"오크 킹마저 순식간에 해치울지도 몰라……. 정말로 닭인지 의심스러워."

꼬꼬들이 왠지 쑥스러워했다.

아니, 겸손하는 건지도 몰랐다.

"오크 킹이라……. 빈사인 녀석을 집단으로 구타한 게 아니고요? 보아하니 보통 오크라면 고전해도 지지는 않겠지만, 킹은 어림도 없겠는데요."

"무, 무슨 소리야?!"

"우리는 실력으로 쓰러뜨렸어! 이상한 트집 잡지 마!"

"정말인가요~? 상인을 호위하는 도중에 정체불명의 검은 물체에 튕겨 날아간 오크 킹을 다 같이 두들겨 패서 잡은 거 아닌가요? 파프란 가도에서…….."

기세등등하게 소리치던 용병들이 얼굴을 돌렸다.

이곳에 진실을 아는 사람이 있을 줄은 생각도 하지 못했을 것이다.

"뭐야~? 오크 킹을 쓰러뜨린 사람이 아저씨였어?"

"커브를 돌았는데 상인들을 습격하고 있지 뭡니까. 멈출 여유도 없어서 들이박았죠. 세게 박았으니까 숨만 겨우 붙어 있었을 겁니다. 시속 120킬로미터 정도로 쳤으니까요."

"남의 공적을 자기네 것인 양 떠들었어? 용병으로서 신용할 수 없어. 도중에 배신할 것 같아."

"해치운 본인 앞에서 잘난 척했구나? 창피해서 어떡해…….."

용병들은 불쌍할 정도로 기세가 꺾였다.

눈앞에 있는 새까만 아저씨가 없었다면 지금쯤 오크 킹에게 죽고 없을 그들이었다. 그렇게 보면 제로스는 생명의 은인이기도 했다.

여기서 반론해 봤자 더 창피만 당할 뿐이었다. 그렇게 생각한 그들은 냉큼 마차에 올라 도망치다시피 말을 출발시켰다.

"도망갔군……. 같은 용병으로서 부끄러워."

"같이 일하게 되긴 싫어. 착각하고 덮칠 것 같아."

"레나 씨가 덮치는 쪽이구나……. 우리도 빨리 가자."

세 사람이 걸음을 옮기려는 옆에서 아저씨는 인벤토리에 있는 할리 선더스 13세를 꺼내 뒷좌석 바로 뒤에 붙은 이음매에 리어카를 고정했다.

이 리어카는 바퀴 네 개가 모두 독립되었고 브레이크도 마법 신호로 바이크와 연동해 안전을 확보했다. 안전벨트와 에어백이 없는 것이 아쉬웠다.

"아저씨…… 이 리어카에 타라고?"

"마차보다는 안정적일걸요? 서스펜션이 있어서 흔들림도 적고요."

"어쩜, 쿠션까지 있네……."

"이거라면 꼬꼬들도 탈 수 있겠어."

"안전운전으로 갈 테지만 마차보다는 빠를 겁니다. 아직 개량의 여지도 있고요."

리어카에 짐을 실은 일행은 잠시 후 칠흑의 바이크에 견인된 리어카를 타고 스틸라로 출발했다.

시속 60킬로를 준수하는 안전운전으로…….

가도를 달리는 마차는 느긋하게 스틸라 방면으로 가고 있었다.

짐마차에 탄 사내들은 모두 용병이며 【붉은 털 곰】이라는 파티를 맺고 있었다.

전원 악평이 자자한 불량배였지만, 일은 그럭저럭 잘 처리하므로 길드에서 불평을 듣지는 않았다. 그런 사내들이 짐차에서 불쾌한 표정으로 툴툴거리고 있었다.

"이니, 그걸 어떻게 아냐고! 재수가 없으려니!"

"내가 아냐! 아~, 그 빨간 머리 여자, 좋았는데…… 가슴도 크고."

"다른 여자도 나쁘지 않았어. 그 시커먼 남자만 없었어도~."

"난…… 그 절벽 여자애……."

"""제정신이냐?!"""

이리스에게도 수요가 있었나 보다. 얼굴을 붉힌 사람은 척 보기에도 목석같은 용병이었다. 이리스 파티는 여러모로 위기적 상황에 있었던 것 같았다.

"그 빌어먹을 자식이 괜한 소리를 지껄이고 난리야!"

"야, 그 아저씨…… 어떻게 그 사실을 알지? 이상하지 않아?"

"내가 아냐!"

그들은 여자를 꼬시지 못하게 방해한 아저씨를 원망하고 있었다.

"그 녀석들도 호위 임무를 받으러 가는 거겠지? 그럼 그 자식 한 명쯤은 묻어 버려도 모르지 않겠어?"

"뒤에서 몰래? 그래, 그러면 그 여자들은…… 우헤헤헤."

"그 이전에 접수나 받을 수 있을까? 시간이 아슬아슬한데."

─부우우우우우웅우웅우웅우우웅우우우우우우웅우우우우우웅!

언제 어디선가 들은 적 있는 귀를 찌르는 높은 소리가 급속히 다가왔다.

의아해하며 후방을 확인하자 무언가가 흙먼지를 일으키며 그들 쪽으로 접근하고 있었다.

그리고 눈에 들어온 칠흑의 물체는 용병들이 탄 마차 옆을 단숨에 제치고 지나갔다.

그때 놀란 말이 날뛰어 그들의 마차는 가도 옆 숲으로 돌진해 질주하다가 전복됐다. 마차 바퀴가 완전히 부러져 수리하는 동안 해가 떨어지고 말았다.

이 용병들도 학생 호위 의뢰를 받으려고 한 모양이지만, 결국 그들은 접수 시간에 늦었다. 용병 길드에 도착했을 때는 이미 직원들이 돌아갈 채비를 하는 중이었고, 억지를 부려 접수하려고 했으나 오히려 호되게 당하고 일을 취소하게 됐다.

남은 것은 마차 수리비와 교통비로 빌린 돈, 그리고 상처뿐.

동정해주고 싶어도 그들의 행실을 보면 자업자득이었다.

제4화 츠베이트, 샘트롤에게 현실을 들이대다

츠베이트는 꿈을 꾸고 있었다.

자신이 꿈을 꾼다고 자각하는 이유는 주위 배경이 어두컴컴하고 으스스한 저택이었기 때문이었다.

폐허처럼 어질러진 방을 보아도 도저히 현실 같지 않았다.

무엇보다 마치 무언가에게 이끌리듯 츠베이트의 몸이 저절로 움직여 앞으로 걸어갔기 때문이었다.

도무지 현실이라고 생각할 수 없는 부유감이 이것을 꿈이라고 알려줬지만, 난감하게도 어떻게 해야 잠에서 깰지 알 수 없었다.

그래서 츠베이트는 자신의 의지와 관계없이 눈앞에 있는 방문을 조용히 열었다.

『왔구나, 츠베이트. ⋯⋯기다렸어』

귀에 익은 목소리였다. 친한 친구이자 같은 파벌에서 서로의 꿈을 이야기하는 사이. 기숙사 룸메이트이기도 한 디오가 틀림없었다.

다만, 왠지 그는 칠흑색 망토를 걸치고 이쪽으로 얼굴을 돌리려고 하지 않았다.

　그런 디오를 향해 츠베이트의 입이 마음대로 열렸다.

『디오…… 나한테 무슨 볼일이야?』

『홋…… 디오라……. 그리운 이름이야』

『아니, 디오 맞잖아? 뭐야? 그…… 유난히 수상쩍은 망토는……』

　그는 대답하지 않았다.

　어쩔 수 없이 츠베이트가 그의 곁으로 다가가려고 하자 디오가 입을 뗐다.

『츠베이트……. 나는 반드시 그녀와 생애를 함께하고 싶어. 하지만 그걸 방해하는 사람이 있다는 걸 너도 알지?』

『그래……. 네 사랑이 험난하다는 건…… 물론 잘 알다마다』

『그래서 마음먹었어……. 나는…… 크로이사스와 손을 잡을 거야』

『아니, 왜 크로이사스랑? 그 녀석과 손을 잡는다고 할아버지에게 이길 순 없잖아?』

　그러나 디오는 말을 멈추지 않았다.

　오히려 유쾌하게 어깨까지 들썩였다. 그는 웃고 있었다.

『그건 어디까지나 사람이기 때문이야…… 츠베이트……』

『엉?!』

『그래, 나는 이제 인간을 그만두겠다[#4], 츠베이트으으으으으으으으으으!』

『인간을 그만둬서 뭐가 된다고오오오오오오오오오?!』

　돌아본 디오는 얼굴에 비취로 만든 가면을 쓰고 있었다. 어디 사

#4 인간을 그만두겠다 『죠죠의 기묘한 모험』 시리즈의 유명한 장면.

는 대현자라면 『아, 저거 박물관에 전시된 거네요~』라고 말할 게 틀림없었다.

　어느 나라의 왕이 쓰고 함께 매장되었고 현재는 유명한 박물관에 전시된 그것이었다.

　『이 힘이 있으면…… 가능해!』

　『뭐가?! 어떤 의미야! 할아버지냐? 아니면 세레스티나냐?!』

　『둘 다다! 크로이사스에게 감사해야겠어』

　디오가 그렇게 말함과 동시에 방구석으로 스포트라이트가 들어왔다. 그곳에서 크로이사스가 쿨하고 섹시하며 스타일리시한 포즈를 잡고 있었다.

　『크로이사스! 너, 디오한테 무슨 짓을 했어?!』

　『뭐냐뇨? 실험에 협조받았을 뿐입니다. 설마 이렇게 되다니…… 정말로 흥미롭군요』

　『정말로 너, 저 녀석한테 무슨 짓을 했어어어어어어어어어어?!』

　『여러 가지죠……. 그래요, 여러 가지…… 후후후』

　크로이사스는 안경을 위로 고쳐 쓰며 한없이 매드하고 흉악한 웃음을 지었다.

　그러나 사태는 이것으로 끝이 아니었다.

　『여기 있었나, 티나에게 모이는 날파리들! 너는 못 한다, 너는 못 해애애애애애애애!』

　『켁, 할아버지……?! 그보다 뭘 못 한다는 거야!』

　『물론 둘 다다아아아아아아아아아아아아아아아아아아!』

　갑작스럽게 크레스톤 옹이 출현했다. 출현하자마자 히트하고 버닝한 상태였다. 심지어 기분 탓인지 이상하게 몸매가 근육질로 보였다.

옷 너머로도 알 수 있는 건장한 체격이 되어 츠베이트의 눈에는 할아버지의 모습이 유난히 커 보였다.

『티나에게 접근하는 구더기들을 묻어 버리기 위해 나는 수련에 수련을 거듭해…… 마침내 강철의 육체를 손에 넣었다!』

느닷없이 웃통을 벗어 던지자 그곳에서 노인답지 않은 강인한 육체가 나타났다.

머리는 나이 지긋한 노인인데 육체는 그야말로 무인이다. 마도사의 육체가 아니었다.

너무나도 강한 충격에 츠베이트는 말문이 막혔다.

『하, 할아버지…… 그 육체는 대체……』

『별 것 아니다. 제로스 공에게 부탁해 수련했지. 어지간한 녀석들은 이제 주먹만으로 해치울 수 있어!』

다시 스포트라이트가 비춰지며 그 아래로 하드보일드하게 냉소 지은 제로스가 천천히 담배 연기를 뿜었다. 슬쩍 엄지를 세우고 팔을 드는 모습이 퍽이나 만족스러워 보였다.

『이봐, 스승님, 뭐 하는 거야아아아아아아아아아아아아아아!』

『크레스톤 씨에게 부탁받아서 기초를 조금 알려드렸는데…… 육체 개조가 멋지게 완성되었군요~. 저건 이미…… 노인이 아니야……』

『아니…… 진지한 표정으로 후회하지 마. 뭘 어떻게 하면 저런 근육 마초가 돼?』

『……지옥에서 돌아왔다. 그렇게 말할 수밖에 없군요. 이미 인간의 영역에서 일탈했습니다. 야아, 무섭구만, 무서워♪』

『전혀 후회 안 하지?! 오히려 자랑스러워해?! 스승님도 대체 무슨 짓을 하는 거야?!』

츠베이트가 뭐라고 소리치건 두 사람의 개조 인간은 서로 대치했다.

한쪽은 육체 개조, 한쪽은 탈인간 개조. 어느 쪽이든 이미 인간은 아니었다.

『재미있군요……. 어느 육체가 인류 최강인지 시험해 보겠습니까?』

『좋다. 재도 안 남기고 불태워주마!』

『그 말 그대로 돌려주겠습니다. URYYYYYYYYYYYYYYYY!』

『티끌로 돌아가라, 나의 불길로! 【드래그 인페르노 디스트럭션】!』

그러고는 두 사람이 상식에서 벗어난 불길과 투기를 발했다.

눈싸움 중인데도 분출하는 힘이 방안을 가득 메워 숨이 막혔다. 대치한 두 사람은 살기등등, 일촉즉발이었다. 혼란스럽기 짝이 없었다.

『흠…… 자네와는 마음이 맞을 것 같군요, 크로이사스 군♪ 아주 멋진 솜씨예요』

『저도 그렇습니다. 제법 흥미로운 결과를 내셨군요. 어떻게 하면 할아버지의 노구가 저런 건장한 몸이 되었을까……. 후후후…… 참으로 멋집니다♪』

『너희는 왜 그렇게 침착해?! 혼돈의 도가니잖아, 이걸 어떻게 수습해!』

꿈이란 현실과 아무런 관련도 맥락도 없는 내용이 많다지만, 이건 해도 해도 너무했다.

만난 적조차 없는 사람끼리 의기투합하고 다른 장소에서는 처절한 전투가 펼쳐지고 있었다. 자기 꿈이라면 얼른 깨길 바랄 정도로 혼란스러웠다.

『앗……』

『엥?!』

츠베이트를 사이에 두고 맹화와 투기를 두른 주먹 연타가 무시무시한 위력으로 날아들었다.

뼈도 불살라 버릴 열량과 사지를 박살 낼 타격의 충격이 동시에 닥쳐들어 츠베이트는 처참한 시체로 변했다. 고래 싸움에 새우 등 터진 격이었다.

그렇게 츠베이트의 의식이 멀어지고—

"으아아아아아아아아아아아아아아악?!"

"으악?! 깜짝이야……. 놀라게 하지 마, 츠베이트."

—눈을 떴다.

거친 숨을 헐떡이며 주위를 돌아봤다. 익숙한 기숙사 방이었다.

옆에 난 창문으로 보이는 밖에서는 작은 새들이 즐겁게 날아다녔다. 참으로 목가적인 아침 풍경이었다.

방은 쓰레기 하나 떨어져 있지 않을 만큼 철저하고 깨끗하게 정돈되었다.

그 옆에는 침대에서 벌떡 일어난 츠베이트에게 놀란 룸메이트 디오…….

악몽의 원인인 한 사람이었다.

"꿈인가……. 이상한 꿈을 꿨어."

"튀어 오를 정도로 이상했어? 어떤 꿈이었는지 궁금한데?"

"묻지 마……. 그보다 너…… 그 손에 든 가면은 뭐야?"

"이거? 크로이사스가 준 물건인데 생김새가 영 수상쩍어서 어떻게 해야 좋을지 모르겠어……."

비취 가면은 아니지만, 언뜻 보기에도 수상한 기운이 감도는 돌 가면이었다.

이마 부근에는 무슨 보석 같은 것을 끼우는 홈이 있었다.

"크로이사스라고……? 널 위해서 하는 소리야. 그 가면은 쓰지 마."

"쓰라고 해도 안 써! 어떻게 처분해야 좋을지 모르겠다니까. 받은 물건이라서 버릴 수도 없고…… 어쩌지?"

"그럼 됐어. 그 녀석이 모은 거니까 절대로 멀쩡한 물건은 아니야."

"동감이야. 그런데 슬슬 아침 식사 시간인데 옷부터 갈아입는 게 어때? 나는 먼저 식당에 가 있을게."

"그래. 그나저나…… 그거 어떻게 할 거야?"

"상자에 넣어서 봉인할 거야. 다른 사람 손에 들어가면 돌이킬 수 없는 일이 벌어질 것 같으니까."

"잘 생각했어……."

상식적인 디오에게 츠베이트는 안도의 한숨을 흘렸다.

크로이사스의 선물은 이렇게 봉인당했다.

아침부터 해괴망측한 꿈을 꿨지만, 츠베이트는 정신을 가다듬고 일상으로 의식을 되돌렸다. 지금은 아침 식사가 최우선이었다.

아무튼 이후 이 가면의 행방은 분명하지 않다.

또한 크로이사스가 어디서 이런 수상한 아이템을 구하는지, 츠베이트는 정말로 의문이었다.

"예지몽은…… 아니겠지?"

츠베이트는 옷을 갈아입으면서도 꿈이 현실이 되지 않기만을 빌었다.

상쾌해야 할 아침에 왠지 냉랭한 바람이 불고 있었다.

◇ ◇ ◇ ◇ ◇ ◇ ◇

그날 점심, 세 남매는 학교 안 카페테라스에서 얼굴을 마주하고 있었다.

"온다…… 스승님이 와……. 솔직히 만나기 껄끄러워……. 마법으로 아직 아무런 성과도 못 냈다고."

"그러게요……. 지금 우리가 만나도 괜찮을지 고민이에요."

"그렇게 무서운 분인가요? 제로스 님이라고 했던가요?"

크로이사스는 아침부터 안절부절못하는 츠베이트와 세레스티나를 이상하게 바라봤다.

애초에 크로이사스는 제로스와 만난 적이 없고 말로만 전해 들었으므로 뚜렷한 인상이 없었다.

혹자가 말하길 『지고한 지혜를 얻은 대현자』.

혹자가 말하길 『농업을 사랑해 마지않는 은둔자』.

혹자가 말하길 『격투 능력이 이상하게 높은 대마도사』. 하나부터 열까지 예사롭지 않았다.

인격도 『온화하지만, 성격이 비뚤어졌다. 고아들에게 자선을 베푸는 선인이지만, 적은 가차 없이 참살하는 파괴자』라고 하니 영문을 모르겠다.

평범하게 생각해도 사람을 참살하는 인간이 선인일 리 없으며, 고아에게 선행을 베푸는 선인이 인격이 비뚤어졌다는 것은 모순되었다. 냉혹한지 자애로운지 종잡을 수 없었다.

또한, 싸움터를 전전하며 마법 실험을 해 왔다면 상당히 잔혹한 인격을 갖게 될 것 같지만, 왠지 농사를 지으며 검소하게 살아간다고 했다. 이제는 뭐가 뭔지 모르겠다.

"그거참…… 저와는 상반된 사람 같습니다만?"

"안심해. 장담하는데 너랑 죽이 맞을 거야……."

"맞아요. 크로이사스 오라버니와 사고방식이 닮았고 행동 기준도 어쩐지 비슷하게 느껴져요."

"저는 그런 비뚤어진 인간이 아닌데 말이죠. 그리고 기본적으로 연구 말고는 아무 관심이 없으니까 굳이 타인과 연관되고 싶지 않아요."

세레스티나와 츠베이트는 내심 『아니, 충분히 닮았다니까! 게다가 그 생각 자체가 인간으로서 비뚤어졌어!』라고 소리 없이 아우성쳤다.

모르는 사람은 크로이사스뿐이었다.

"스승님은 언제 도착해?"

"미스카 말로는 아마 오후에 도착하신다고 해요. 전 오늘 후배

들에게 마법을 알려줄 예정이라서 선생님을 뵐 수 없겠어요. 아쉬워요…….'

"나도 파벌 집회가 있어. 귀찮네…….'

"그렇다면 필연적으로 제가 만나야겠는데…… 초면인데 괜찮을까요?"

"그 점은 걱정 없습니다."

"""으악?!"""

어디서 솟았는지 모를 쿨 메이드가 서 있었다.

그녀는 표정을 바꾸지 않고 안경을 손가락으로 밀어 올렸다.

"미스카, 어느 틈에……?"

"여전히 신출귀몰하군요……. 놀라게 하지 마세요."

"최근 왠지…… 좀 심하지 않아?"

최근 그녀는 조금 들떠 있는지 필요 이상으로 행동에 맥락이 없었다.

겉으로는 쿨하면서 때때로 어처구니없는 행동으로 세레스티나를 놀리는 것이다.

당연히 츠베이트나 크로이사스도 그 영향을 받았다.

따질 곳이 한두 군데가 아니었다.

"사병의 정보에 의하면 제로스 님은 정오를 넘어 세잔에 도착하였고 세 시간 후 이 도시에 도착하리라 생각됩니다. 듣기로는 대단한 마도구를 제작하셨다는군요. 마중은 저희가 나가겠습니다."

"마도구? 대현자가요?!"

"크로이사스! 목소리 죽여!"

"선생님에 관한 정보는 비밀로 해야 해요. 직업(job)을 입 밖에 내면 안 돼요!"

"죄송합니다. 무심코 흥미가 솟는 바람에……. 대체 어떤 마도구를…… 아니, 이야기로 유추하면 이동용 마도구일까요?"

연구, 더군다나 마도구에 관한 이야기라면 크로이사스의 뇌세포는 활성화한다.

제로스가 바이크를 제작했다는 이야기는 알려지지 않았고 극히 일부에서 그 모습을 확인했을 뿐이라 실제로는 어떤 물건인지 누구도 알지 못했다.

사실 그 바이크는 수중의 마도구를 재활용해 만들어 구조적으로는 커다란 장난감이었지만, 그래도 속도와 내구성은 경이적이었다.

실제로 철과 미스릴, 오리하르콘, 더불어 정체불명의 흉악한 마도구를 사용한 바이크는 장난감으로 치부하기에는 문제가 있을 정도의 공격력을 보유했다.

사용된 자료도 비상식적이므로 사람에 따라서는 가지고 싶어 눈이 돌아갈 물건일 것이다. 흑룡의 비늘이나 갑각까지 사용되어 마법 공격조차 거뜬히 튕겨내니까 말이다.

문제는 제작자인 아저씨가 겉모습을 꾸미는 데 치중해 그 성능을 제대로 이해하지 못한다는 점이었다. 그가 제작 초기에 『멋있게 생긴 게 좋겠지……. 어쩌고 라이더 같은 바이크가 좋지만, 변형도 로망이 있어』라고 말했다는 사실은 아무도 몰랐다.

변형 기능도 고려했지만, 구조상 문제로 포기하고 무난한 형태로 완성되었다.

"어이, 미스카…… 세잔에서 마차를 갈아타면서 와도 적어도 한나절은 걸려. 대체 스승님은 뭘 만든 거야?"

"글쎄요? 상식을 초월한 물건인 건 틀림없겠죠. 제로스 님이시 잖아요."

"선생님이라면 뭘 만들어도 이상하지 않아요. 아마 편리한 도구 겠지만……."

"편리한 도구……. 아가씨는 엄청난 속도로 하늘을 나는 농기구 를 편리한 도구라고 말씀하시나요?"

""하늘을?!""

아저씨가 전에 시험 제작한 풍구가 하늘을 제패한 일이 있었다. 그 실패담은 일부 사람밖에 모르는 일이었다.

그 사실을 아는 미스카…… 정확히 말하면 솔리스테어 공작가의 정보망은 역시 우습게 볼 수 없었다.

"왜 농기구가 하늘을 날지? 스승님은 뭘 만든 거야……."

"모르겠어요……. 선생님은 뭘 하고 싶으셨는지 이해조차 하지 못하는 건 제가 미숙하기 때문일까요?"

"그냥 실패한 것 아닌가요? 뭘 만들려고 했는지 모르겠지만, 아 마 마법식에 실수가 있었거나 반대로 너무 강력했던 게 원인일 듯 한데요?"

"너는 스승님을 잘 아는군…… 크로이사스."

"그러게요……. 가르침을 받은 우리보다 정확하게 선생님을 이 해하는 건 왜일까요?"

현장을 보지도 않으면서 크로이사스는 진실을 알아맞혀 버렸다.

이것만 봐도 그가 제로스와 같은 부류의 인간임을 알 수 있었다.

취미와 관련되면 정도를 모르는 부분이 정말로 유사했다. 다른 점은 실내파인가 실외파인가, 라는 점뿐일 것이다.

"솔직히 말하면 네가 마법 말고 격투술을 배우고 엄청나게 강해지면 스승님이 돼. 정말로 성격이 쏙 빼닮았다니까?"

"하지만 선생님은 주변은 제대로 정리하세요. 크로이사스 오라버니처럼 심각하지는 않죠."

"아, 그것도 그런가……. 크로이사스 방은 위험 지대지."

"제로스 님을 빌미로 저를 욕하고 있지 않습니까? 그건 제게 하는 에두른 충고인가요?"

결과적으로는 그랬다.

아무리 아저씨라도 주변 정리는 하고 살았다.

쓰레기의 숲을 초월한 데인저러스 존을 생성하는 크로이사스와는 다르다는 말이다.

"아가씨, 슬슬 가실 시간입니다. 어서 가지 않으면 저기서 이곳을 엿보는 **여동생들**이 몰려올 겁니다. 그중에는 크로이사스 님의 팬도 있으니까 상당히 혼잡해지리라 생각합니다."

""여동생들?""

"아가씨께서는 우르나 님과 친분을 쌓으시면서 후배 여학우들이 따르게 되었습니다. 흠모하며 『언니』라고 부를 정도로."

"너도 뭘 하고 다닌 거야, 세레스티나?! 왜 모두의 언니 루트를 타는 거냐고?!"

세레스티나의 경우 그저 친절한 마음으로 마법을 알려줬을 뿐인데 어느샌가『언니』에 도달해 있었다.

딱히 백합은 아니었다. 평범하게 공경받은 결과가 이것이었다.

"다들 착한 아이예요. 다만, 왠지『언니』라고 부르지만요. 왜 그러는 걸까요? 이유를 모르겠어요. 그중에는 동갑도 있는데…….."

"무자각하게……? 의미를 이해하지 못하는 점이 참 너답다……."

세레스티나는 그『언니』가 가지는 참뜻을 이해하지 못했다.

세레스티나를 따르는 하급생들은 누구나 마법을 잘 다루지 못하는 낙오자였지만, 그녀가 개량한 마법식 덕분에 마법을 사용하기 쉬워졌다. 게다가 친절하게 대해주며 마법을 알려주자 강한 동경심을 품게 됐다.

지금 세레스티나가『마도 천사』라고 불리고 있다는 사실을 정작본인은 전혀 몰랐다.

누구나 동경하는 인생 역전의 주인공이자 천재라고까지 불리는 그녀였지만, 여전히 말을 걸어주는 이는 없었다. 그녀는 아직 친구가 캐럴스티와 우르나밖에 없다고 생각하고 있었다.

오랜 세월 친구가 없던 폐해로 타인의 호의에 둔감해진 결과가이것이었다.

"원래 이야기로 돌아와서, 스승님은 크로이사스, 네가 만나도록해. 마법 매체인 반지를 받았으니까 감사 인사는 해야 하잖아? 그리고 미스카, 미안한데 크로이사스랑 같이 가줘."

"아! 그게 있었죠. 이 반지는 정말로 좋았습니다. 흠…… 그럼직접 뵙고 가르침을 받는 것도 괜찮을지 모르겠네요. 이 기회를놓치기도 아깝고요."

"알겠습니다, 츠베이트 님. 크로이사스 님이라면 아마 연구 중인 리포트를 가지고 나오실 테고 숙소 위치를 몰라 헤매다가 도중에 수상한 길거리 상인이 파는 괴상한 물건에 눈길을 빼앗겨 멈춰 설 것은 안 봐도 뻔한 일. 학교에 더 이상 폐를 끼칠 수 없으므로 때를 봐서 기숙사로 마중 나가겠습니다."

"부탁할게……. 세레스티나 전속인 너한테 부탁할 권리는 없을지도 모르지만, 이 녀석은 스승님 얼굴을 몰라. 다른 사람도 같은 이유로 안 되고. 아마 아버지가 여관을 준비했겠지만, 크로이사스라면 숙소 위치를 들어도 무조건 딴 길로 샐 거야. 준비에도 시간이 걸릴 테고."

"크로이사스 님 담당 메이드들은 모두 도망쳤으니까요. 이 린 님이 안 계시면 크로이사스 님은 쓰레기 속에서 부패할 겁니다. 틀림없어요."

미스카는 고용주 가족을 상대로도 말에 거리낌이 없었다. 오히려 뭐든 확실하게 말하는 이 성격이 높이 평가받기도 했다.

아울러 비밀스러운 이야기는 절대로 외부로 발설하지 않으므로 당주에게도 두터운 신뢰를 받았다.

그녀는 메이드로서는 대단히 우수했다. 『평소 태도가 어떻든』이라는 단서가 붙지만…….

"그럼 크로이사스 님, 시간이 되면 마중 나가겠습니다."

"알겠습니다. 그럼 저는 시간이 올 때까지 준비를 해 두죠. 제로스 님의 의견을 들어보고 싶은 게 있으니까요."

"하…… 또 실속 없는 토론회에 나가야 하나. 혈통주의 멍청이들과는 얼굴도 마주하기 싫은데…….”

“저는 예전부터 잡아 둔 약속이 있어서……. 선생님께 배운 걸 조금이라도 전파해야죠.”

세레스티나는 마법이 늘지 않아 고민하는 후배들에게 올바른 마법 인식을 알리고자 의욕을 불태우고 있었다.

이 후배들 중에 학생들을 솔리스테어파로 끌어들이려는 파벌의 마도사가 있다는 사실을 세레스티나는 알지 못했다. 본인이 눈치채지 못하는 사이 솔리스테어파의 첨병이 된 그녀 덕분에 솔리스테어파는 급속도로 힘을 키우고 있었다.

그 내막에는 어디 사는 대현자가 최적화한 마법이 존재했지만, 마법에 관해서는 모두 입을 굳게 다무는 실정이었다. 대립한 파벌에는 정보가 새지 않도록 표면적으로는 세레스티나 본인이 개량한 마법식을 퍼뜨렸고 솔리스테어파도 그 마법식을 사용하고 있었다.

현재 아저씨의 마법식을 사용할 수 있는 사람은 파벌 내에서도 신뢰받는 일부 마도사뿐이었다.

“그럼 오늘 이야기는 여기까지, 계산은 내가 하지.”

“고마워요, 츠베이트 오라버니. 그럼 저는 실례할게요.”

“크크크…… 생각해 보니 제로스 님과는 한번 마법에 관해 이야기해 보고 싶었습니다. 마침 좋은 기회군요. 후후후…… 기대되네요.”

크로이사스는 마이웨이였다.

그리고 진심으로 즐거워 보였다.

“크로이사스 님, 그 차림으로 제로스 님과 만나실 생각이신가요? 잘 보니 더러워진 것 같네요. 갈아입으시는 게 좋다고 봅니다. 어제 저택에서 보낸 로브가 도착하지 않으셨나요?"

"이걸로는 안 됩니까? 얼핏 봐서는 그렇게 티 나게 더럽지는 않은 것 같은데요."

"""사람을 만나는데 그 로브는 안 되지(안 됩니다)."""

크로이사스는 푸른 로브를 자주 입었다. 주된 이유는 더러워져도 눈에 띄지 않기 때문이었다.

전에는 학교도 일반 마도사처럼 교복과 로브 색이 정해져 있었다. 로브는 성적순에 따라 아래로부터【회색】,【검정】,【빨강(심홍)】으로 구분되었다. 유일하게【흰색】로브만은 국방을 담당하는 최상위 마도사의 증거로 학생에게 주어지지 않았다.

그러나 학생과 전문적인 마도사를 동일선상에서 취급하는 것은 문제가 있었다. 마법에 미숙한 학생끼리 로브 색으로 차별하는 사태가 벌어질 뻔한 것이었다.

또한, 학교 지정 로브를 색상별로 구입하려면 가격 또한 만만치 않았다. 가장 싼【회색】로브조차 일반 시민 가정에서는 금전적인 부담이 커서 민원이 빗발쳤다. 귀족과 부유층 학생보다도 무리해서 아이를 입학시키는 일반 시민 출신자가 많았기 때문이었다.

그 결과, 학생의 로브는 자유롭게 결정하도록 교칙이 완화됐고, 색상 로브 중【빨강(심홍)】만은 학교 측에서 성적 우수자에게 승여했다.

교복은 당시의 잔재로 아직 색상별 구분이 남아 있지만, 색상은 개인의 자유로 정할 수 있었다. 그래서 츠베이트는 빨강을, 크로이사스는 파랑을 선택해 입었다.

물론 학교 측에서 준【빨강(심홍)】로브는 의례적인 의미가 강해 착용하는 사람이 거의 없었다. 츠베이트가 예외라면 예외라 하겠다. 요컨대 개인의 취향 문제였다.

당연하지만, 크로이사스도 심홍색 로브를 소유했으나―.

"심홍색 로브는 입고 싶지도 않아요. 어울리지 않거니와 저택에서 보낸 파란 로브가 더 나은데 뭣 하러 그런 걸……. 그나저나 어디에 넣어 놨더라……."

"너…… 그 로브 어제 도착했다며? 벌써 쓰레기 속으로 사라졌어?"

"아무도 안 도와줘서 그래요. 재미있는 효과를 가진 마도구도 많은데 왜 관심을 가지지 않을까요? 다들 연구자 실격이에요."

츠베이트는 내심 『재미있는 마도구는 무슨, 위험물이겠지! 좋아서 위험 지대에 발을 들이는 바보가 어딨어!』라고 생각했지만, 목구멍까지 나온 말을 간신히 삼켰다.

그 결과, 크로이사스가 로브를 찾느라 방은 점점 더 난장판이 됐다.

이렇게 부해는 넓어져 갔다. 그리고 오늘도 정체 모를 생물이 사람의 눈을 피해 세상으로 뛰쳐나가리라.

그가 이런 환경 속에서 어떻게 무사한지는 그야말로 미스터리였다.

"하…… 역시 오늘도 실속이 없었어. 시간만 낭비했군……."

"정말로 그래. 츠베이트가 세운 전술이 훨씬 생각할 거리를 던져줘. 손해 예상까지 치밀하게 계산하고 거기에 따라 피해를 최소화하는 작전은 훌륭했어."

"관둬……. 전쟁이야 없는 편이 낫지. 이런 작전도 사용되지 않는 게 제일이야."

"그래도 현실이 그렇게 녹록치 않다고 논파한 사람은 츠베이트 잖아?"

"그랬지……. 그래서 평화를 지키기 위해서는 최악의 사태를 예상해야만 해. 공적에 눈먼 녀석이 사람을 이끌면 필요 없는 희생자가 나올 뿐이야."

츠베이트와 디오는 평소처럼 위슬러파의 전술 토론회에 출석했다.

그곳에서 영양가 있는 토론 따위 이루어지지 않았다. 혈통주의자가 내세우는 끼워 맞추기 식 전술만 판치며 츠베이트가 주도해 그것을 논파해 나갔다.

항상 이런 식이라서 이미 질렸다. 츠베이트는 복도 앞에서 그저 한숨 쉴 뿐이었다.

"음?"

"으……."

당연히 다른 파벌 동료와 마주치지만, 오늘은 하필이면 마음에 들지 않는 상대와 얼굴을 맞대게 되었다. 샘트롤과 브레마이트를 포함한 혈통주의자 패거리였다.

"참 예의 바른 인사로군. 건방진 자식……."

만나기가 무섭게 시비였다. 츠베이트는 조금 울컥했지만, 최근 샘트롤의 행동이 신경 쓰여 일단 냉정하게 떠보기로 했다.

"그건 피차일반이지. 뒤에서 몰래 더러운 녀석들이랑 접촉한다면서? 나를 처리할 계획이라도 세우나 보지?"

"무, 무슨 소리야……. 근거도 없는 소리를 자꾸 지껄이면 가만 안 둬!"

"아, 그러셔? ……최근 수상한 녀석들과 어디 술집에서 밀회를 가졌다는 소문이 있던데? 무슨 꿍꿍이일까……."

츠베이트는 의미심장하게 웃어 보였다. 그러나 이건 허세였다. 아무런 확증도 없이 떠보기 위해 던진 말에 불과했다.

그러나 솔리스테어 공작의 정보망을 소문으로 익히 들은 샘트롤의 얼굴에는 초조한 기색이 역력했다.

츠베이트는 그 표정을 보고 샘트롤이 무언가를 꾸미고 있는 것은 틀림없다고 확신했다.

"몰라, 무슨 이야기야! 트집에도 정도가 있지. 허튼소리 지껄이지 마!"

"모른다면 흘려들으면 되잖아? 뭐, 그쪽 녀석들이 어느 정도 실력인지는 모르겠지만, 이쪽에도 비장의 수단이 있어. 이번에는 그걸 꺼내도록 하지."

"뭐라고? 비장의 수단……?"

샘트롤은 느닷없이 자신의 계획이 까발려지고 이미 대책까지 세웠다는 말을 듣자 식은땀이 멈추지 않았다. 심지어 츠베이트가 말하는 『비장의 수단』도 신경 쓰여서 참을 수 없었다.

물론 이건 츠베이트의 허풍이지만, 진위를 확인할 방법이 없는 샘트롤에게는 어떻게 해서든 캐묻고 싶은 정보였다. 그러나 동시에 물을 수 없는 정보이기도 했다.

만약 여기서 츠베이트를 추궁하면 왜 그런 게 신경 쓰이냐고 되물을 것이 틀림없었다. 그것은 자신들이 흉계를 꾸미고 있다고 자백하는 꼴이었다.

츠베이트는 우쭐한 웃음을 짓더니 쐐기를 박았다.

"아무튼 좋아. 그보다 계획이 실패했을 때 네 입장은 어떻게 될까? 운 좋게 성공해도 기다리는 건 파멸뿐이지."

"……?! 뭐, 뭐라고……? 무슨 의미냐!"

"글쎄? 그것까지 알려줄 이유가 나한테 있을까? 우리가 그렇게 친한 사이는 아니지 않나? 스스로 조사하시지. 아니면 어차피 남한테 기댈 줄만 아는 쓰레기인가?"

"드, 듣자 듣자 하니까……."

샘트롤이 가증스럽게 츠베이트를 노려봤다.

츠베이트는 그런 그를 바라보면서도 『이 녀석도 참 멍청하군. 허풍에 이렇게 노골적으로 동요할 줄은 몰랐어』라며 샘트롤의 아둔함을 내심 어이없어했다. 일단 확고한 심증은 얻었지만, 그래도 심리전을 잊지 않고 표정을 유지했다.

과연 공작가의 인간다웠다.

반면, 샘트롤의 태도는 무심코 폭소하고 싶어질 만큼 단순하고 알기 쉬웠다.

"지금 있는 자유를 실컷 만끽해 둬. 일이 끝나면 너희는 모두 처벌받을 테니까."

"흐, 흥! 나는 위슬러 가문, 왕족의 혈족이다. 누가 감히 그런 짓을……."

"할 수 있어. 설령 너희 어머니가 할아버지의 이복 남매의 혈연이라도 위슬러 공작가는 거기까지 옹호할 수 없지. 같은 왕족 혈통으로는 내가 더 우위니까. 어떻게 처분해도 문제는 없다고. 넌 선을 넘었어, 샘트롤."

왕족의 혈통은 우대받는다. 어떤 죄를 지어도 불가침으로 취급받아 처벌받지 않는 일이 많았다.

샘트롤의 어머니는 선왕의 배다른 여동생— 즉, 츠베이트의 할아버지인 크레스톤 전 공작의 이복 남매에 해당했다. 여성의 왕위 계승권은 높지 않아 필연적으로 그 혈족인 샘트롤의 왕위 계승권은 17위로 낮은 편이었다. 그리고 크레스톤의 계승권이 2위이기 때문에 손자인 츠베이트의 왕위 계승권은 필연적으로 높아 6위에 해당했다.

왕족의 혈통을 처벌할 수 있는 자는 같은 왕족의 혈통뿐이며 계승권이 높을수록 의견이 받아들여지기 쉬웠다. 솔리스테어 공작가는 샘트롤을 단죄할 권한을 충분히 가졌다.

"나한테는 아무래도 상관없는 일이야. 나머지는 네 문제지. 앞으로 어떻게 처신할지나 곰곰이 생각해 놔."

그렇게 말을 남기고 츠베이트와 디오는 그 자리를 떠났다.

그 후에 남은 샘트롤과 브레마이트는 파랗게 질려 있었다.

"성공해도 실패해도 지옥행…… 이딴 게 어딨어!"

"어쩌지, 샘트롤……. 솔리스테어 공작가는 완전히 적으로 돌아섰어. 츠베이트를 처리해 봤자 우리는…….”

물론 이것이 츠베이트의 허풍이라고는 눈치채지 못했다.

츠베이트의 태도가 너무 당당해 신빙성을 높였고, 더불어 위기감을 부채질당한 그들은 냉정한 사고가 마비됐다.

무엇보다 츠베이트의 부모인 델사시스 공작의 존재가 크게 작용했다. 아니, 존재가 위험했다.

설령 증거가 없어도 솔리스테어 공작가라면 자신들을 쉽게 처분할 힘이 있었다. 심지어 위슬러 공작가는 자신을 지켜주지 않는다. 정확히 말하면 지켜줄 수 없다. 권력 차이가 너무 컸다.

암살 의뢰를 내지 않았다면 처신할 방법도 있었겠지만, 이제 그를 기다리는 것은 죽음밖에 없었다.

“제기랄! 이렇게 된 이상…… 놈도 길동무로 삼아주겠어…….”

어리석은 자는 끝까지 어리석었다.

오만한 성격인 샘트롤은 단락적인 사고에 사로잡혀 있었다. 주위에서 가만히 이야기를 듣던 혈통주의파들도 이쯤 되자 자신들도 위험함을 깨달았다.

‘이거 위험한데……. 나는 이런 곳에서 머저리와 동반 자살 할 생각은 없어.’

브레마이트는 자신의 보신을 위해서 샘트롤을 팔아넘기기로 결심했다. 자신의 안전을 최우선하기로 한 것이었다.

어차피 권력을 바라며 뭉친 집단에 불과했다. 거기에 신뢰 관계따위 존재하지 않았다.

어찌 됐건 사태는 이미 움직이고 있었다.

제5화 아저씨, S랭크 길드 마스터와 검을 나누다

제로스는 스틸라 앞 언덕에서 마도식 바이크를 세웠다.

결론부터 말하자면 이 언덕에서 걸어서 마을로 들어가게 되지만, 마을로 가기 전에 문제가 하나 발생했다.

"우읍! 속 을렁거려……."

"토할 것 같아…… 우웩~!"

레나와 쟈네가 심하게 멀미를 한 것이었다.

배에서는 괜찮았던 두 사람도 처음 타는 리어카에는 버티지 못한 것 같았다. 안전 운전이었을 텐데, 익숙하지 않은 탈것이었기 때문일까?

시속 60킬로의 이동은 이세계인에게는 미지의 영역이었나 보다.

"설마 두 사람이 탈것에 약할 줄은 몰랐네요. 배에서는 괜찮았으면서……."

"내 말이. 그냥 길 따라서 똑바로 달렸을 뿐인걸?"

"똑바로는 무슨…… 읍! 엄청 흔들렸다고……."

"무서웠어……. 계속 몸이 흔들리고 무서운 속도로 커브를 꺾고…… 우으……."

확실히 가도가 똑바르다고는 말하기 어려웠고 가끔 커브나 고저차가 있어서 차체가 흔들렸다.

게다가 포장이라고 해 봤자 돌 포장이고 바퀴 자국 따위로 경사면이 심하게 울퉁불퉁했는데, 그런 길을 달리는 상인들의 마차를 족족 추월해 왔다. 조금 달린 후에 레나와 쟈네를 쉬게 하려고 휴식도 했지만—.

분명히 말해 마차보다 빨랐다. 그런 속도에 내성이 없는 두 사람에게는 그야말로 지옥 같은 시간이었다. 멀미를 할 만도 했다.

"너희 둘 다 이상해……. 배에서는 그렇게 토했으면서…… 우웩!"

"이거…… 사람이 탈 게 못 돼…… 웁!"

"뭐, 바이크니까 처음 탔으면 별수 없다고 봐."

"의외로 마을이 가까웠네요. 휴식을 하면서 왔는데 세 시간도 안 걸렸잖아요. 바퀴가 빠지거나 도적을 만나는 사고도 염두에 뒀었는데……."

마차로는 편도 열 시간 거리도 바이크로는 그다지 오래 걸리지 않는다.

속도가 압도적으로 빠르니까 당연한 일이지만, 실제 소요 시간과 타는 사람이 체감 시간은 별개였나 보다. 쟈네와 레나에게는 바이크를 타고 고속으로 달리는 짧은 시간이 영원히 이어질 것처럼 느껴졌다. 처음에야 경치를 즐겼지만, 곧 여유가 없어지고 고속으로 주행하는 리어카 안에서 차멀미를 호소했다. 그 이후로 두 사람은 살아도 산 것 같지 않았다.

처음 타는 롤러코스터가 실신자 속출 기절 머신이란 섯과 같은 상황이었다.

"마을도 보이니까 여기서부터는 걸어갈까요? 이걸 타고 마을에 가면 소란이 벌어질 테니까요. 마차와는 다르다, 마차와는[5]."

"두 사람도 더는 못 버틸 것 같아. 접수 시간에도 여유가 있으니까 그렇게 할까?"

레나와 쟈네는 입을 막을 기력도 없었다. 배에 탔을 때와 처지가 정반대였다.

파랗게 질린 얼굴로 아저씨와 이리스 뒤를 따라오는 것만 해도 벅차 보였다.

20분 후, 느리게 걸은 아저씨 일행은 겨우 스틸라 정문을 통과했다.

이스톨 마법 학교를 중심으로 융성한 스틸라는 이른바 학원도시였다.

도시를 둘러싸듯 초등과, 중등과, 고등과가 각 학년에 맞춰 교사를 세 동씩 가지며, 학생이 사는 기숙사를 포함하면 광대한 부지 면적을 자랑했다.

주로 연금과, 약학과, 금속 공예과가 있고 그 외에도 비주류 학과가 여럿 존재하지만, 교사가 여러 곳에 세워져 어쩐지 난잡하다는 인상을 줬다.

원래는 귀족과 일반 학생 교사를 나눠서 썼지만, 마도사를 목표로 하는 일반인 출신 학생이 급증해 당연하게도 차별 문제가 대두됐다.『귀족 학생의 인원이 적은데 빈 교실이 많은 교사를 독점하

#5 마차와는 다르다. 마차와는 『기동전사 건담』의 등장인물 람바 랄의 명대사, '자쿠와는 다르다! 자쿠와는!'의 패러디.

는 것은 부당하다」는 것이 이유 중 하나였다. 당시에는 마법 귀족이 권위를 자랑했지만, 파벌이 권위를 가지면서 머지않아 많은 일반 학생을 끌어들여 항쟁을 일으켰다. 그리고 승리를 쟁취한 파벌은 신분 차별을 폐지하고 학교를 총괄하는 데 성공했다.

그러나 그 파벌도 지금은 권위에 빠지고 말았으니, 이런 것이 역사의 아이러니인가 싶다.

그런 학원도시 스틸라의 용병 길드는 일반 학생이 학비를 벌기 위해 자주 이용하는 곳이었다.

용병 활동도 학교 성적에 다소나마 영향을 주지만, 많은 사람은 연구직이 되므로 지금은 학생 이용자가 많지 않았다. 이것도 파벌 다툼이 시작된 영향이었다.

한편, 학교에서 약초 등의 채집 의뢰가 오게 되면서 그런 의뢰를 받고 싶다는 용병들이 이 도시로 모이게 됐다. 특히 많이 찾는 의뢰가 처음 제작한 마법약을 사용하는 성능 실험, 바꿔 말하자면 인체 실험 같은 의뢰였다.

용병에게는 위험 부담이 따르는 일이지만, 보수로 받는 마법약은 대단히 귀중해 돈이 궁한 용병에게 인기가 많았다.

물론 위험한 약품의 경우 범죄자를 상대로 실험하지만, 안전이 확인된 후에는 용병들로 실증 실험을 행했다. 완성되면 상인들에게 팔리고 이 수익이 학교의 귀중한 운영 자금으로 이어졌다.

이러한 측면을 보면 마법 학교라기보다 오히려 기술자 육성을 목적으로 한 전문학교가 옳을지도 몰랐다.

"여기가 용병 길드구나~. 건물이 꽤 깨끗하네?"

"산토르 용병 길드는 어떻게 보나 술집 같은 건물이었죠. 저녁만 되면 주정뱅이가 증식하는 것도 그렇고……. 여기는 꼭 스테이크 전문점 같군요."

"제로스 씨, 용병 길드에 간 적 있어?"

"술 마시러 자주 갔습니다. 햄버 토목 공사 드워프들과 마시러 갔었죠. 식사는 맛있지만, 거기서 용케 길드 영업을 하는군요. 너무 소란스럽잖아요."

"그야 용병이 모이는 장소니까. 우리도 이상한 인간이 자주 꼬여."

불한당 같은 용병이 모이는 곳이라서 용병 길드는 술집인 경우가 많았다.

그러나 스틸라 용병 길드는 학생이 이용하기도 하여 그들을 배려해 레스토랑풍 외관을 채택한 것 같았다. 그리고 실제로 레스토랑이기도 했다.

"그러고 보니 아저씨. 용병 신분증, 길드 카드는 있어?"

"이번에는 사정이 있어서 델사시스 공작님이 준비해주기로 하셨습니다. 다만, 이 편지를 길드 마스터에게 건네야 길드 카드를 받을 수 있다고 하더군요."

제로스는 그렇게 말하며 지도 따위가 동봉된 봉투에서 편지를 꺼냈다.

"역시 공작가 연줄은 대단해. 우리는 돈을 찔끔찔끔 모아서 길드에 등록했는데……."

"그 무렵에 고생했던 게 바보 같아지네……. 아저씨, 치사해."

"등록에 돈이 얼마나 드는지 모르지만, 어느 정도라면 벌 자신이 있는데요? 하진 않겠지만요~. 유명해지고 싶지 않아서 말이죠."

세 사람의 눈총이 따끔따끔 찔렸다.

절대로 빈정거리려고 한 말은 아니었지만, 용병 세 사람에게 아저씨는 비겁 그 자체였다.

그러나 애초에 온라인 게임 【소드 앤 소서리스】는 아이템부터 무기에 이르기까지 제작 과정이 황당할 만큼 사실적이라서 실제로 수작업을 거쳐야 했다. 즉, 작업도 현실과 다를 바 없을 만큼 수고가 든다는 말이었다.

가령 검을 만든다고 쳐도 도중에 일을 대충하면 고철이 된다. 한순간도 긴장을 풀 수 없다는 점은 정말로 기술자의 작업이나 다름이 없었다. 제작의 성공과 실패 판정 시스템도 무섭도록 까다로워서 현실 기술자의 감각과 비교해도 크게 손색이 없었다.

분명히 현시점에서 제로스는 치트 능력으로 무장했지만, 거기에 걸맞은 노력을 해 왔다. 비록 그것이 게임 속이기는 했어도 말이다. 그 성과가 지금의 능력이며 극한까지 연마한 마도 연성이지만, 생산직이 아닌 이리스나 용병으로 살아온 쟈네와 레나에게는 모를 일이었다.

세로스는 【소드 앤 소서리스】를 꿰고 있기 때문에 이 이세계와의 유사점을 깨닫고 게임 세계가 이 이세계의 복제가 아닌가, 라는 의문을 가졌다.

그러나 세 사람에게 그런 사실은 상관없었다. 그녀들이 제로스를 치사하다고 생각하는 점은 달라지지 않으니까.

세 사람의 원망스러운 시선을 등으로 받으며 아저씨는 접수처로 걸음을 옮겼다.

접수처를 담당하는 사람은 젊은 남성 직원이었다.

"실례합니다. 학생 호위 의뢰를 받고 싶은데 여기서 접수하면 되나요?"

"네. 여기서 하시면 됩니다. 조금만 더 늦었으면 이 접수는 마감할 예정이었는데, 안 늦으셔서 다행이네요."

"오? 아슬아슬했나 보군요……. 의뢰를 받으려면 길드 카드나 소개장이 필요하다고 들었습니다만, 소개장은 어디에 제출하면 될까요?"

"소개장이요? 보여주실 수 있겠습니까?"

"이게 소개장입니다. 길드 마스터에게 건네라고 들었는데, 전해주실 수 있겠습니까?"

"잠시만 기다려주세요. ……이, 이건…….."

제로스가 건넨 편지의 봉인에는 솔리스테어 공작가의 문양이 찍혀 있었다.

남성은 경악을 가슴 속으로 밀어 넣고 곧장 뒤쪽 문으로 사라졌다.

"……어지간히 당황한 모양이네요. 같은 방향 팔다리가 동시에 나가던데, 그렇게 놀랄 일인가?"

"아저씨…… 공작가 편지를 받으면 보통은 저래."

"제로스 씨도 가끔 보면 상식이 없는 것 같아서 당황스러워."

"레나 씨에게 그런 소리 들으면 이미 끝난 거라고 봐…….."

미성년자를 『먹는』 호색가에게 상식을 의심받다니, 조금 유감스러웠다.

그러나 솔리스테어 공작가는 왕족의 말석에 앉은 일족이었다. 서둘러 행동해도 이상하지 않았다.

그리고 아저씨가 아는 권력자 대부분은 실업가나 재벌 관계자라서 귀족의 권력이 얼마나 강력한지 잘 모르는 것도 사실이었다.

그래도 일상생활에는 아무런 영향도 없으므로 신경조차 쓰지 않고 있었다.

아저씨의 사고방식은 이 세계 사람에게도 특이하게 비치는 모양이었다. 전생자와 이 세계 인간의 생각에는 큰 간극이 있지 않을까 싶었다.

얼마 지나지 않아 용병 길드의 남성 직원은 20대로 보이는 청년을 데리고 돌아왔다. 그런데 이 청년이 어디를 어떻게 봐도 수상했다.

아름다운 얼굴인데 몸을 묘하게 살랑거렸고, 들쩍지근한 향수 냄새와 화장이 뭐라고 말하기 힘든 본능적 경계심을 불러 일으켰다.

한마디로 하면 『뉴 하프』였다.

"당신이 공작님이 소개하신 제로스 씨구나~. 난 이 길드 지부를 맡은 세이폰이라는 사람이야. 잘 부탁해~♡"

"……아, 안녕하십니까? 제가 제로스입니다만…… 델사시스 공작님이 뭐라고 쓰셨던가요? 불길한 예감만 드는데……."

"음~, 거두절미하고 말하면 제로스 씨에게 S랭크 용병 자격을 부여해달라셔. 뜬금없이 무리한 부탁을 하신다니깐, **그 어르신**……."

"그 어르신……? S랭크 어쩌고 하는 건 둘째 치더라도 델사시스 공작님과는 무슨 관계신지?"

"우후후, 궁금해? 그치만 그건 비.밀♡"

짜증 난다, 그리고 재수 없다는 두 마디로 모든 것을 설명할 수 있었다.

얼핏 보면 외모 단정한 미청년이지만, 그 행동에는 빈틈이 없었다.

실력자인 것은 분명해 보이건만 어쩐지 그리운 공포심을 자극했다.

"바로 본론으로 들어갈게~. 제로스 씨의 실력을 보여줬으면 해~. 딱 보니까 상당히…… 강하겠어."

한순간이지만, 『뉴 하프』에게서 예리한 칼날 같은 기운을 느꼈다. 아마 길드 안에서 가장 강하다. 그러나…… 아저씨 기준으로 말하면 주위에 있는 용병들보다는 훨씬 강하다고 해 봤자 썩 위협적이지 않았다. 다른 의미로는 위협적이지만…….

"그건…… 당신과 겨뤄 보자는 의미인가요? 검으로 대화하자?"

"맞아. 나도 나보다 강한 상대와 겨룬다고 생각하면, 오랜만에…… 젖을 거 같아♡"

"""""어디가?!"""""

유난히 허리를 강조하는 세이폰의 몸짓이 마음 안쪽에서 잊고 있던 무언가를 떠오르게 할 것 같았다.

왠지 아저씨는 세이폰의 국부에 초점이 맞춰진 상태로『욱씬욱씬』이라는 효과음이 들리는 것만 같았다. 본능이 『위험해! 전속력으로 도망쳐어어어어어어어!』라고 알려줬다.

누구의 눈으로 봐도, 다양한 관점에서 위험했다.

"저는 평화주의자인데 말이죠……."

"파프란 대산림 지대에서 살아남은 사람이 무슨 염치로 평화주의

자를 자칭하실까? 평범하지 않다는 건 지나가는 어린애라도 알아."

"편지에 그런 내용도 적혀 있었나요! 이 양반이 참……. 도망치고 싶어졌어."

"아니면 침대 위라도 괜찮아. 앞에서든 뒤에서든, 위든 아래든 마음껏 즐겨도 돼. 그러면 길드 카드와 내 모든 걸 당신에게 줄.게♡"

"칼로 대련하겠습니다……. 침대 위보다는 싸우는 게 나아요."

"어머, 아쉬워라……."

아저씨는 뒤탈 없는 쪽으로 도망쳤다. 세이폰은 진심으로 아쉬워 보였다.

『노리고 있어?!』라고, 이때 아저씨는 생각했다.

"잠깐만! 세이폰이라면…… 【섬광의 세이폰】이야? S랭크 용병이잖아!"

"어머? 가슴 큰 아가씨는 잘 아네? 요즘은 모르는 사람도 많은데."

"가슴 얘기는 왜 해! 모를 리가 없잖아. 레이피어로 와이번이나 헬 키마이라를 해치운 최강의 검사 아니야!"

"그런 일도 있었지~. 너무 그립다……."

길드 마스터가 아련한 눈으로 허공을 올려다봤다.

그는 【섬광의 세이폰】. S랭크가 될 때까지는 무명의 검사였으며 용병이 된 직후 두각을 드러내어 난이도가 높은 의뢰를 잇달아 달성한 최강의 검사 중 한 명이었다. 무기는 날이 가는 검 【레이피어】였다. 급소를 찌르는 솜씨가 탁월하며 그 고속의 검술로 【섬광】이라는 이명을 가지기에 이른 실력자였다.

단, 많은 남자를 순식간에 침대로 끌어들이는 속도로 【섬광】이라고 불린다는 소문도 있었다. 어느샌가 침대 위로 끌어들여 아물지 않는 마음의 상처를 남긴다는 이야기로 유명한 자였다.

다른 하나의 별명은【100인 베기 세이폰】. 이건 다른 의미로 100명과 잠자리를 함께해 붙은 이명이기도 하다지만, 진실은 확인한 자는 없었다.

그의 신원은 모두 베일에 가려져 있으나, 아무도 깊이 추궁하지 않았다.

그 이유는 단순 명쾌, 무섭기 때문이지만…….

"아저씨, 관둬! 상대가 너무 안 좋아."

"그럴 수만 있으면 그러고 싶죠……. 하지만 길드 카드는 필요한데……."

"다른 의미로 상대가 안 좋아. 자칫 잘못하면 장미의 세계로 끌려 들어갈 거야."

"아저씨…… 치질약 조합법 알아? 지면 침대로 끌려가니까 잘 생각해."

"그것만은 사양하고 싶네요……. 델사시스 공작님, 두고 봅시다……."

언젠가 본 흰 원숭이를 뛰어넘는 위험이었다.

하지만 호위 의뢰를 받으려면 길드 카드는 필수였다. 이제야 용병 등록을 해 둘 걸 그랬다며 격하게 후회했다. 뼈아픈 실수였다.

사실 이런 곳에서 이런 사람과 만날 줄은 아무도 몰랐겠지만…….

"그럼 한판 해볼까? 안내할게. 뒤편이 훈련장이니까 그곳에서 실력을 확인할게."

"지금…… 뉘앙스가 이상하지 않았나요? 뭘 노리는 거죠?"

"……기분 탓이겠지. 그럴 리가 없잖아?"

"대답할 때까지 제법 시간이 걸리네요?"

"기분 탓이래두, 기분 탓♡"

아저씨 일행은 안내받는 대로 뒤쪽 훈련장으로 따라갔다. 하지만 그동안에도 제로스의 등줄기에는 차가운 기운이 달라붙어 떨어지지 않았다.

안내받은 훈련장은 이용하는 사람이 그다지 없어 한산했다. 기껏해야 신인 용병이 훈련을 받는 정도였다.

"무기는 어떻게 해? 훈련용 모형 검을 쓸래? 부수지만 않으면 써도 돼."

"이런 건 소모품 아닌가요? 부서지면 경비로 다시 사면 되지 않습니까?"

"용병 길드라도 경비는 운영 자금으로 충당해야 해. 아무리 소모품이라도 쉽게는 못 구해."

"팍팍하군요……. 어딜 가나 불경기인가요? 소모품 보충은 필요 경비일 텐데."

"벌이가 시원찮아서 어쩔 수 없어. 당신처럼 파프란 대산림 지대에서 사냥할 수 있는 실력이 용병들에게도 있었다면 이 길드도 레스토랑 같은 거 안 해도 되는데 말이야~."

아무래도 경비를 벌 목적으로 레스토랑을 운영하는 듯했다.

마물의 질이 떨어진다면 길드 벌이도 비교적 적은 것이 당연했다. 이 인근 마물은 마석조차 좀처럼 주지 않았고, 하물며 용병들의 실력도 대단하지 않았다.

"어쩔 수 없군요. 제가 가진 무기로 상대하죠……."

"우후후, 즐겁게 해줘. 만약 나한테 이기면 아침까지 상대해.줄.게♡"

"일부러 져도 됩니까?"

"그때는 당신이 내 상대를 해야겠지? 그것도 아침까지 진득하게……."

"이기든 지든 지옥이잖아요?!"

가능하면 농담이길 진심으로 빌었다.

그러나 안타깝게도 세이폰은 어느 쪽이건 진심인 모양이었다.

"길드 카드 말고는 필요 없습니다. 어차피 이번에만 쓸 거니까요."

"어머~, 미움받았나? 그럼 슬슬 **제로스 공**의 실력을 확인할게?"

"네. 그럼 시작하죠. 저는 카드 말고는 필요 없습니다."

"우후후…… 어디 한번 구경해 볼까. 최강 마도사의 힘을……."

처음에는 웬일로 길드 마스터의 대련을 볼 수 있다는 생각에 훈련 중이던 젊은 용병과 교관 역할 직원도 그 광경을 구경하려고 했지만, 두 사람이 마주하는 순간 그곳의 분위기가 바뀌었다.

조금 전 장난스러운 분위기에서 일변해 훈련장의 분위기가 순식간에 차갑고 무겁게 깔렸다.

구경꾼이던 이리스 파티와 주위에서 훈련하던 용병들도 숨을 쉴 수 없을 정도였다. 마치 흉악한 짐승과 대치한 느낌이었다.

아저씨는 양손에 컴뱃 나이프를 들고, 세이폰은 오른손에 애용하는 레이피어를 들고 자세를 잡고 있을 뿐이었지만, 마치 시간이 멈춘 것처럼 미동도 하지 않았다.

"뭐야…… 이건?"

"공기가 팽팽해…… 숨을 못 쉬겠어. 게다가 움직이지도 않아……."

"움직이지 않는 게 아냐……. 못 움직이는 거지……. 설마 아저씨가 이 정도 괴물이었을 줄은 몰랐어……."

"아저씨는 안 약해. 괜히 【섬멸자】라고 불린 게 아니야."

"별명 살벌하네……. 대체 얼마나 대단한 실력자길래……. 빨리 끝났으면 좋겠어."

쟈네와 레나는 처음으로 【섬멸자】의 실력을 목격했다. 그러나 그마저도 빙산의 일각이었다.

나이프를 설렁설렁 들고 서 있을 뿐이거늘 눈을 뗄 수가 없었다.

용병 경험으로 키운 감각으로 말하자면 이 상황은 강한 마물과 싸울 때와 가까웠다.

눈을 떼면 그 직후 죽을 수밖에 없는, 그런 상황.

"후후후…… 설마 이 정도일 줄은 몰랐는걸. 세상은 넓어. 짜릿해♪"

"즐거워 보이네요. 그런데 이 경우에는 제가 먼저 움직여야 할까요?"

"그랬으면 좋겠지만, 아쉽게도 나한테 여유가 없겠어~. 도전자의 기분을 맛보는 게 몇 년 만인지 몰라."

"그럼 제가 코인 토스를 하죠. 땅에 떨어진 순간 서로 행동을 개시하는 건 어떻습니까?"

"어머나, 근사해♡ 오싹오싹해……."

아저씨는 나이프를 한번 칼집에 돌려놓고 주머니에서 동화를 하나 꺼내 엄지로 튕겼다.

동전이 두 사람 사이로 떨어진다. 대치한 자들의 눈에는 마치 슬로 모션처럼 몹시 느리게 낙하하는 것처럼 보였다.

그리고 동화가 바닥에 떨어짐과 동시에, 두 사람이 움직였다.

직전까지의 정적에서 180도 바뀌어 격렬하리만큼 빠르게 움직이는 두 사람. 동시에 울려 퍼지는 금속음은 서로의 무기가 맞부딪치며 발생한 소리였다.

리치가 긴 레이피어는 찌르기를 전문으로 하는 무기지만, 어느샌가 왼손에 장비한 망고슈라는 단검으로 방어해 공방 일체의 검술을 실현하고 있었다.

컴뱃 나이프로 싸우는 제로스 또한 나이프와 건틀릿을 조합해 카운터나 격투 기능을 추가함으로써 상황에 대응했다.

가까이 붙어 우위를 점하려는 아저씨와 그를 정확하게 공격해 파고들지 못하게 하는 세이폰.

서로에게 결정타를 주지 못하는 상황에서 검극의 공방이 이어졌다.

"대단해……. 저 아저씨, 정체가 뭐야……?"

"길드 마스터와 대등하게 붙고 있어……. 무서운 기량이야."

구경꾼들은 감탄했다. 실력자들의 대련은 할 말을 잃게 할 정도로 강렬한 광경으로 비쳤다.

상황이 바뀐 것은 그 직후였다.

근접전을 펼치던 세이폰이 갑자기 후방으로 물러나더니 그가 있던 곳 지면에 깊은 균열이 발생했다. 제로스가 사용한 격투 스킬 【열공축】이었다.

발을 노리고 예비 동작도 없이 대뜸 공격이 들어와 세이폰은 물러나는 수밖에 방법이 없었다. 하지만 거기서 세이폰은 순식간에 가속해 간격을 좁히고 제로스에게 예리한 찌르기를 내질렀다.

"윽?!"

그러나 공격을 가하려고 한 세이폰이 갑자기 사이드 스텝으로 제로스에게서 떨어졌다. 그가 이마에 땀을 흘리며 쓴웃음 지었다.

"무서운 짓을 하는구나……. 설마 그 상황에서 무기 파괴를 노릴 줄은……."

"그걸 깨닫는 당신도 대단하군요. 카운터를 노렸는데 먼저 간파해 버리다니……. 실전에서 키운 감인가요?"

"솔직히 위험했어. 발밑을 노린 【열공축】도 설마 무기 파괴를 위한 포석이었어?"

"글쎄요. 하지만 들키면 의미가 없지 않을까요?"

세이폰이 찌르기를 날린 순간에 맞춰서 제로스는 나이프를 쥔 건틀릿 주먹을 내밀었다. 눈치채지 못했다면 레이피어가 파괴됐을 가능성이 높았다.

잠깐의 방심이 패배로 직결될 상황이었다.

"설마 【이빨 꺾기】를 이런 식으로 쓸 줄은 몰랐어~. ……솔직히 말해 무시무시해."

"들키면 무슨 의미가 있겠습니까? 그럼 이걸 어쩐다……."

"이런 말 하기 뭣하지만, 마도사의 전투법이 아니야."

"멀쩡한 마도사가 아니거든요. 사용할 수 있는 건 어떤 비겁한 수단이라도 사용합니다."

"더욱더 멋져⋯⋯. 몸이 달아오르는걸. 이번에는 나부터 갈게?"

세이폰의 몸이 흐려짐과 동시에 그의 모습이 여러 명으로 나뉘었다.

거기서 곧바로 연속한 찌르기 공격이 들어오지만, 제로스는 컴뱃 나이프로 그것을 모두 막아 냈다.

그러나 이래서는 수세에 몰리고 만다.

"패, 【팬텀 스트랏슈】?! 하지만⋯⋯."

"말도 안 돼⋯⋯. 아저씨, 전부 나이프로 받아내고 있어."

"그야 아저씨니까. 그렇지만 섣불리 공격하진 못해."

연속되어 들어오는 찌르기를 어쭙잖게 피하면 오히려 공격당한다.

그래서 아저씨는 이에 다른 방법으로 대응했다. 세이폰이 그 방어법에 경악했다.

"뭐?!"

제로스는 같은 기술로 레이피어를 공격해 나이프 끝을 레이피어 끝에 맞춰서 공격을 막기 시작했다.

격투 기술과 검술, 간파를 합친 【점첨격(点尖擊)】이었다.

그러나 여기서 그칠 【섬멸자】가 아니었다.

레이피어는 한 손 검으로 분류되며 망고슈로 방어해 몸을 지킨다. 말하자면 수비가 탄탄한 쌍검술이었다. 공격 수단은 어디까지나 레이피어가 주가 되며 망고슈의 역할은 방패와 다르지 않았다.

같은 이도류로 보여도 사실상 일도류와 이도류의 싸움이었다.

망고슈로 공격해도 잘 쓰는 손이 아니므로 공격의 매서움은 한 단계 떨어진다. 간파하기란 용이했다.

세이폰은 갑자기 눈앞으로 온 나이프를 보고 황급히 목을 꺾어 레이피어의 너클 가드로 튕겨냈다. 제로스가 나이프를 던졌다고 깨달은 것은 튕겨낸 후였다.

그때, 【준동(蠢動)】으로 이동해 온 제로스가 튕겨 나간 나이프를 왼손으로 잡아 이번에는 오른손 나이프를 그의 목에 들이댔다. 제로스가 나이프를 던진 것은 세이폰의 시선을 자신에게서 한순간이라도 떨어뜨려 놓기 위함이었다.

예비 동작도 없이 나이프가 날아오리라고는 생각하지 못했지만, 그 나이프에 반응하는 신체 능력도 경이로웠다. 그래도 깨달았을 때는 이미 컴뱃 나이프가 목에 닿은 상태였다.

"여기서 검기 【이 · 순천쌍아(裏 · 瞬天双牙)】……. 갈수록 마도사답지 않아. 상대의 허를 찌르는 싸움법에 익숙해. 굳이 따지면 【검사】보다 【암살자】 스타일에 가까울까?"

"마도사입니다. **일단은** 말이죠."

한때는 PK 플레이어를 혼자서 요격해 초 단위로 쓸어버리던 제로스였다.

근접 전투조차 암살자 수준으로 해내는 시점에서 마도사라는 직업과는 거리가 멀었다.

"섣불리 흥분한 내 패배구나……. 틀림없이 S랭크야. 어쩌면, 그 이상일지도 모르지만."

"랭크에 무슨 의미가 있겠습니까~. 저는 마도사라구요."

"뻔뻔하기도 해라……. 나도 S랭크인데 가볍게 꺾어 놓고는……."

"아뇨, 솔직히 힘들었습니다. 나이가 나이인지라."

"못 믿을 사람이야. 내 눈에는 제법 여유가 있어 보이던걸?"

아저씨는 진심으로 상대했지만, 도중부터 여유가 있다는 사실을 깨달았다.

세이폰도 진심으로 검을 휘둘렀다는 것은 이해하지만, 그 이상으로 자신의 능력이 훨씬 뛰어나 경악했을 정도였다.

아저씨 입장에서는 S랭크도 일반인도 큰 차이가 없었다. 1,800을 넘은 레벨이 장식은 아니라지만, 그래도 너무 압도적인 자신에게 당황스러웠다. 대체 얼마나 역량 차이가 나는 것일까? 자기 힘을 모두 활용할 수도 없었다.

"제 기준을 잘 알 수가 없네요……. 진심으로 상대한 건 분명하지만……."

"정말로 세계는 넓어~. 나보다 강한 사람은 당신이 다섯 명째야. 게다가, 다른 사람들보다도 확연하게 강해."

"의외로 많네……. 역시 기준을 모르겠어……."

"나보다 강한 사람은 이 나라에 몇 명 없어. 제로스 공은 그중에서 가장 강해~. 멋. 져♡"

"사랑에 빠진 처녀 같은 눈으로 절 보지 말아주시겠습니까……."

"안 돼. 나…… 서 버렸어."

─쿠구구구구~궁!

이번에는 정말로 관능적인 포즈를 잡으며 국부를 중심으로 효과음이 작렬했다.

아저씨는 도망갔다. 있는 힘껏. 젖 먹던 힘까지 다해…….

"쑥스럼쟁이라니깐. 그 점이 멋져…… 반해 버리겠어."

"……아니, 저건 진짜 싫어하는 거야."

"제로스 씨…… 엉덩이를 조심하셔야겠어. 빈틈을 보이면 **먹힐 거야**……."

"레나 씨가 할 소리는 아니지 않을까. 아저씨…… 이제 여기로 는 안 돌아오겠지……."

이리스의 말대로 아저씨는 그대로 델사시스가 준비한 숙소로 도 망쳤다. 길드의 위험인물에게서 도망치기 위해…….

결국 제로스의 길드 카드는 발행됐으나, 그것을 수령한 곳은 숙 소였다. 가지고 온 사람은 당연히 이리스 일행이었다. 아저씨는 카드를 건네받을 때 이상하리만치 떨고 있었다고 한다.

그는 수개월 전의 악몽을 떠올리고 이 세계의 부조리함을 저주 했다.

아무튼 아저씨는 무사히(?) 용병으로 등록되었다. 랭크는 S. 타 당한 결과라 하겠다.

이후 아저씨는 S랭크 용병에게 승리한 마도사로 일약 스타덤에 오르지만, 그것은 또 별개의 이야기다.

◇ ◇ ◇ ◇ ◇ ◇ ◇

여담이지만, 제로스가 S랭크 뉴 하프와 대치했을 때, 꼬꼬들은 접수처 앞에서 대기하고 있었다.

"우와~♡ 털 곱다……. 게다가 폭신폭신해."

"꼬꼬는 흉악하다고 들었는데 잘 보니까 귀여워."

"귀여움 속에, 뭐라고 하지? 그래, 늠름함이 배어 나와. 다른 남자들보다 강해 보여♡"

그리고 여성 직원에게 둘러싸여 사랑받고 있었다.

"꼬끼…….(왠지…… 쑥스러운데?)"

"꼬꼬…… 꼬끼오.(소인은 이런 건 거북하오만…….)"

"꼬꼬, 꼬꼬댁.(멋진 것도 죄로군. 설마 종족을 뛰어넘어 암컷들을 사로잡을 줄이야.)"

아무리 흉악 진화를 했어도 가만히 있으면 그냥 닭이었다.

게다가 제로스의 손질 덕분에 깃털은 윤기가 흘러 한눈에 봐도 품격이 흘렀다.

평범한 농가의 와일드 꼬꼬와는 하나부터 열까지 달랐다.

"왜 의뢰를 못 받냐고! 사고가 났었다니까!"

"그렇게 말씀하셔도…… 규칙인지라."

"규칙은 얼어 죽을! 우리가 누군지 알아?!"

아무래도 접수처에서는 학생 호위 의뢰의 마감 시간이 지났는지, 늦게 찾아 온 용병들이 클레임을 걸고 있었다.

아마 스틸라 밖에서 온 용병 같았다. 분개한 그들은 돌아가려던 남성 직원의 멱살을 잡고 의뢰를 받아들이게 하려고 협박했다.

―번쩌―――억!

그것을 본 순간, 꼬꼬들의 눈이 사냥감을 노리는 맹금류처럼 변했다.

""""꼬끼오!(처단한다!)""""

찰나의 일이었다. 다 큰 어른들이 순식간에 공중으로 떠올라 강렬한 타격과 참격으로 죽지 않을 정도로 얻어터졌다. 말 그대로 눈 깜짝할 사이에 벌어진 일이었다.

"꼬끼…….(하찮은 걸 베어 버렸군…….)"

"꼬끼, 꼬끼오, 꼬꼬댁?(잔케이, 베었다고? 그보다 센케이는 언제 격투술을 배웠지? 전에 봤을 때는 어설펐는데…….)"

"꼬꼬댁, 꼬꼬!(활만으로는 싸울 수 없으니까. 호신을 겸해 사부에게 수련받았지.)"

"꼬끼, 꼬꼬꼬꼭꼬.(소인은 베지 않았소. 단, 옷가지는 조각 냈지만…….)"

용병들은 어떤 자는 장비를 잘게 썰려 알몸으로, 또 어떤 자는 비만증으로 착각할 정도로 온몸이 부었다.

이 닭들의 힘은 예전보다도 현격히 강해져 있었다.

세 마리가 있는 곳 외에는 무거운 침묵이 흘렀다. 길드 직원들의 시선도 모두 세 마리에게 집중됐다.

그리고…….

""""꺄아아아아아아아아아아아아아아아악♡""""

귀를 찢는 환성이 터졌다.

"꼬꼬들, 강해!"

"불량 용병을 순식간에 해치웠어. 멋져! 귀엽고 강하고, 최고야!"

"인간이었으면 안겨도 좋아♡"

꼬꼬들은 단숨에 인기인으로 부상했다.

그 후 아저씨가 전속력으로 도망칠 때까지 세 마리는 여성 직원들에게 둘러싸여 있었다.

그로부터 한 달 뒤, 와일드 꼬꼬를 대동하는 용병들이 이상하게 늘어났지만, 아무래도 좋은 이야기였다.

좌우지간 우케이, 잔케이, 센케이 세 마리는 전설을 만들었다!

용병을 순식간에 처치한 『삼무계(三武鷄)』라는 이름으로!

그들, 격투가 꼬꼬 전설이 여기서부터 시작됐지만, 정말로 아무래도 좋은 이야기였다.

 ## 제6화 아저씨, 크로이사스와 만나다

"이게…… 뭐야……?"

용병 길드에서 쏜살같이 도주한 아저씨는 델사시스에게 지정받은 여관으로 도망쳐 왔다. 그런데 이 여관이 또 특이했다.

혼자서 체류하기에는 너무 넓었고 그림이나 아름다운 색채의 꽃병과 꽃들이 장식됐으며, 바닥에 깔린 융단에 두세 명이라면 여유롭게 잘 수 있는 커다란 침대.

어떻게 생각해도 평범한 여관에서는 생각할 수 없는 고급스러움 넘치는 방에 제로스는 그저 얼이 빠져 있었다. 소파도 푹신푹신하고 종업원도 철저하게 교육받아 세련됨이 있었다.

접대하려는 마음이 과도하게 흘러나와 도리어 미안해질 수준을 돌파할 기세였다.

"이 방…… 아무리 봐도 혼자 묵는 방이 아니지?"

굳이 말하면 3성 호텔 VIP룸이었다.

방 자체는 품격이 넘쳤지만, 소시민인 제로스에게는 조금 요란한 방이었다.

침대 시트에도 주름 하나 없어 손님에 대한 배려가 상당히 잘 이루어진다는 것을 알 수 있었다.

좋은 의미로 눈부시게 어울리지 않는 방이었다.

"델사시스 공작님…… 이건 아무리 생각해도 제 분수에 안 맞잖아요……."

자기 말고는 아무도 없는 널찍한 방을 보자 어떻게 해야 할지 막막했다.

어지간히 좋은 수준의 여관정도였어도 침대에 다이빙해서 심신의 피로를 풀었을 것이다. 하지만 주름 하나 없는 시트가 깔린 고급스러운 침대에 힘차게 다이빙하자니 마음이 켕겼다.

아저씨는 고급 호텔에 숙박한 경험은 있어도 실제로는 소시민이었다. 이런 고급스러운 분위기가 나는 장소는 거북했다. 기본적으로 쪽방처럼 아담한 방이 마음 편한 성격인지라 쓸데없이 넓으면 주눅이 드는 것이었다.

오랜 시골 생활이 몸에 밴 지금은 이런 여관에 묵으려면 심신 양면으로 불편했다.

회사원 시절이었다면 적응했겠지만, 이미 아저씨는 그런 세계에서 떨어져 나온 지 오래라 이런 환경에 당황할 수밖에 없었다.

"아무리 그래도 너무 넓잖아……. 넓어서 바이크 장비를 변경하기에는 좋지만, 이 고급스러운 융단을 치워야 하잖아. 바닥은……
뭐야? 대리석 타일?!"

어떻게 된 까닭인지 델사시스는 분수에 맞지 않는 고급 여관을
수배해준 모양이었다. 이런 곳에 묵는 게 근 10년 만인 아저씨는
면역이 완전히 사라져 있었다. 싼 숙소라도 괜찮았거늘…….

용병 길드의 길드 마스터도 그렇고 불만이 쌓여 가는 느낌이었다.

—똑! 똑!

어떻게 해야 할지 몰라 우두커니 서 있던 마침 그때, 문밖에서
노크 소리가 들려 아저씨는 고개를 갸웃거렸다. 전속력으로 달려
도망쳤으므로 이리스 일행은 아직 용병 길드에 있을 게 확실했다.
스테이터스도 아저씨가 훨씬 높아 달리는 속도가 압도적으로 빠르
므로 이렇게 일찍 합류할 리가 없었다.

생각해도 별수 없어서 일단 문을 열기로 했다.

설령 방문자가 강도여도 쉽게 처리할 힘이 있으니까 망설일 필
요는 없었다.

"네, 누구십…… 응?"

문을 열자 그리운 얼굴이 있었다.

남색 머리에 안경을 쓴 메이드, 세레스티나를 시중드는 미스카
였다.

"그간 격조하였습니다, 제로스 님."

"미스카 씨잖습니까? 오랜만에 뵙네요. 조금 더 있다가 뵙게 되
리라고 생각했는데, 생각보다 행동이 빠르시군요."

"제로스 님께서 오늘 중으로 스틸라에 오신다는 건 알고 있었으

니까요. 시간을 보고 숙소를 방문했을 뿐입니다. 그렇게 놀랄 일도 아닙니다."

"아니, 놀라죠. 저도 지금 막 숙소에 도착한 참인데…… 설마 여기저기에 밀정이?"

"기업 비밀입니다. 아무리 제로스 님이라도 알려드릴 수 없습니다."

그 한마디로 학원도시 내부에 상당수의 밀정이 있다는 것을 알았다.

누가 뭐래도 수완가 델사시스였다. 자신의 아이를 지킬 수단 정도는 강구했겠지만, 이토록 행동이 빠르다면 몇 명 수준이 아닐 것이다.

그의 부하가 어느 정도 규모일지 생각하자 등이 오싹해졌다.

"아쉽지만, 츠베이트 님과 아가씨는 오지 못하십니다. 학업……은 아니지만, 약속이 있으셔서요. 대신 크로이사스 님이 오셨습니다."

"크로이사스…… 아! 츠베이트 군 동생 말이죠? 전에 보낸 리포트는 잘 봤습니다. 마법 매체인 반지를 자세하게 조사한 것 같더군요. ……그런데 그 학생은 어디 있죠?"

미스카 뒤로 크로이사스는 보이지 않고 왠지 동아줄로 꽁꽁 싸맨 이상한 물체가 복도를 굴러다니고 있었다. 하지만 잘 보니 그 물체가 애벌레처럼 꿈틀댔다.

"……설마, 그 밧줄로 칭칭 감은 물체가…….."

"크로이사스 님입니다. 눈을 떼면 몹쓸 노점상 쪽으로 가 버리시는 터라 어쩔 수 없이…… **정말**로 어쩔 수 없이 결박해서 모셔

왔습니다."

미스카의 안경이 수상하게 빛났다.

정말이라는 한마디에 이상하게 힘이 들어갔지만, 제로스가 보기에는 본인이 좋아서 묶은 듯했다. 그녀의 입매가 묘하게 올라가 있었다.

100퍼센트 즐기고 있다고 생각했지만, 입 밖으로 내지는 않았다. 왜냐면 그녀는 애벌레 상태인 크로이사스를 밟고 있었으니까.

고용주의 아들에게도 거리낌이 없는 그녀의 행동에 아저씨는 공포를 느꼈다.

"하지만 조금 지나치다는 생각도 드는데요?"

"아무리 기다려도 크로이사스 님께서 방에서 나오지 않으셔서 과감하게 돌입했더니 수상한 노점상이 나타날 것으로 추정되는 곳을 기록한 마을 지도를 손에 쥐고 나오시던 참이었습니다. 전부터 제로스 님과 만나고 싶다고 말씀하셨으면서 그새 예정을 잊고 자신의 취미를 우선하셔서 그만······. 후회는 하지 않습니다. 오히려 즐거웠죠."

"아니····· 괜찮습니까? 일단 공작가의 차남이잖아요? 대놓고 밟고 계신데요?"

"그게 용서되는 게 접니다! 무엇보다 목적을 잊고 한눈을 판 크로이사스 님 잘못이지요."

당당할 정도로 망설임 없이 말했다.

횡포 메이드. 아저씨는 미스카의 행동력에 벌어진 입을 다물지 못했다.

공작가 차남에게도 전혀 가차가 없고 자비도 없었다.

"그, 그런가요······. 계속 입구에 서 있기도 그러니까 안으로 들어오시죠."

"실례합니다."

미스카는 쿨하게 가벼운 목례를 하고 크로이사스를 밧줄로 질질 끌며 방으로 들어왔다.

아저씨는 『설마 이 상태로 끌고 온 건 아니겠지?』라고 내심 의문을 품었다.

그런 아저씨의 속내를 꿰뚫어 본 것처럼 쿨 메이드는 안경을 위로 올리며 소리 죽여 한마디를 날렸다.

"안심하십시오. 도중까지는 마차로 옮겼으니까요. 매달고 왔지만······."

"죽어요! 그건 진짜로 위험하다고요!"

"괜찮습니다. 거리를 계산해서 끌고 와도 죽지 않을 정도로 밧줄을 두껍게 묶었습니다. 크로이사스 님께 쾌적한 스릴을 제공하기 위해 공을 들였지요."

"전혀 안심 못 해요! 이상한 방향으로 안전을 확보해서 어쩌자는 겁니까?!"

"평온한 일상에서는 언젠가 부패합니다. 때로는 스릴도 필요하지 않을까, 라고 생각해서요."

"없어도 돼요! 그런 스릴은 없어도 된다구요!"

아저씨는 당분간 만나지 않은 사이 정말로 데인저러스한 성격으로 변한 메이드에게 전율했다. 아니, 처음부터 이랬는지도 모르지만……

"뭐, 반은 농담이지만……."

"그럼 반은 사실인가요?! 어디까지가 거짓이고 어디까지가 사실입니까!"

"마차로 끌고 온 건 거짓말입니다. 정확하게는 말이었죠."

"어느 쪽이건 끌고 온 거 아닙니까?! 무슨 벌칙이에요?!"

무서운 메이드였다.

크레스톤의 저택에서는 일 처리가 깔끔해 평판이 좋은 메이드였거늘, 실체는 상당히 과격한 인물 같았다. 쿨한 외견에 속으면 다치는 정도로는 끝나지 않을 듯한 느낌이었다.

"뭐, 살아 있으니까 됐죠. 밧줄을 풀어주세요. 도움을 받고 싶은 일이 있으니까요."

"풀어야 하나요? ……귀찮네요. 이대로 있어도 괜찮지 않을까요?"

"아니, 그럼 안 되죠! 조금 귀찮은 작업이 있어서 그의 도움을 받고 싶습니다. 고속 이동용 마도구의 장비 교체를 하고 싶은데 일손이 부족하거든요."

"마도구?!"

"우왁?!"

애벌레 상태인 크로이사스가 벌떡 일어섰다.

그는 마법과 관련해서는 보통 사람보다 훨씬 크레이지했다.

그런 크로이사스의 반응에는 아저씨도 놀랄 수밖에 없었다.

"마도구는 어딨나요! 어떤 마도구죠? 성능은? 어떤 능력을 가졌습니까? 장착형인가요? 무기 같은 물리 공격 타입인가요? 유효

시간은? 범위는? 숨기지 말고 전부 알려주세요!"

"……그쪽, 분명히 저랑 초면이죠? 인사도 건너뛰고 마도구를 우선하나요?"

"그것이 크로이사스 님입니다. 마법과 마도구에 관한 연구만 바라보고 그 외에는 전혀 관심을 가지지 않으시죠. 이런 게 공작가 차남이니까 우리의 고생도 아시겠지요?"

"취미 말고는 관심이 없는 사람인가요……. 이번에도 개성 강한 일족이네요."

전 당주는 손녀를 편애하는 손녀 바보, 현 당주인 아버지는 뒤에서 무슨 짓을 하는지 모를 수수께끼의 인물, 형은 열혈한이고 동생은 마법 매니아. 여동생 세레스티나가 가장 정상 같았다.

"실례했습니다. 저는 크로이사스 반 솔리스테어라고 합니다. 대현자 제로스 님의 소문은 형과 동생에게 자주 들었습니다. 전부터 이야기를 여쭙고 싶었습니다만, 기회가 없어 안타깝게 생각했었죠. 그러나 이 기회에 제로스 님의 가르침을 받고 싶어 이렇게 찾아뵈었습니다."

"……끌려 왔겠지만요. 몸은 괜찮은가요? 말에 연행되어 왔다고 들었는데."

"정말로 생명의 위기를 느꼈습니다. 미스카가 요즘 밑도 끝도 없이 막 나가서 곤란하군요……. 정말이지, 죽으면 어쩌려고 이러는 걸까요?"

크로이사스의 눈총을 미스카는 새침한 얼굴로 받아넘겼다.

보통이라면 죽을 수도 있는 위험한 행위였지만, 크로이사스도 마치 당연한 일인 양 받아들이는 것을 보면서 솔리스테어 공작가의 기이함을 다시 한번 엿볼 수 있었다.

"그보다 어서 밧줄을 풀어주시겠습니까? 또 쓰러져서 일어날 수가 없어서요……."

"그렇죠……. 조금만 기다리세요. 나이프가…… 이게 아니야……. 이건 독 효과가 강하고, 으음……."

인벤토리를 뒤지며 나이프를 찾지만, 추가 효과가 위험한 것밖에 없었다. 밧줄을 자를 뿐인데 위험한 마법이 발동할지 모르는 나이프뿐이었다.

컴뱃 나이프는 칼날이 두껍고 너무 예리해서 밧줄 사이로 비집어 넣을 수 없었다.

다른 나이프도 유쾌하고 웃기게 개조한 흉악한 무기라서 이런 단순한 작업에 적합하지 않았다. 부여된 마법의 위력이 높거니와 어느 것이고 팔다 남은 실패작이었다.

"……차라리 큰맘 먹고 밀리미터 단위로 잘라 볼까요? 실패하면 다치지만, 다행히 저는 회복 마법도 쓸 수 있습니다. 어떻게 할까요? 가령 손가락이 절단돼도 붙일 수 있는데……?"

"……평범하게 잘라주시죠. 이야기만 들으면, 당신이 무기를 휘두르면 실패하지 않아도 죽을 것 같아요."

"즉사하면 치료를 못 하는데 이걸 어떻게 한다……."

밧줄은 노련한 솜씨로 아주 단단히 묶여 있었다. 작은 나이프로도 밧줄을 끊기는 어려울 것 같다. 심지어 잘 보면 밧줄에 철사가 들어가 있었다.

나이프로 끊으려면 꽤나 예리한 것이 아니면 자를 수 없을 듯했다.

"제로스 님, 이렇게 많은 나이프를 가지셨으면서 정상적인 나이프는 없으신가요?"

"없네요~. 비교적 정상적인 물건이라도 중범위 공격 마법이 발동합니다. 반쯤 장난으로 제작한 것밖에 남지 않았어요. 평범하고 정상적인 나이프는 죄다 팔아 버렸으니까요……."

"어쩔 수 없군요. 제가 애용하는 나이프를 빌려드리겠습니다. 쓰고 돌려주셔야 합니다?"

"있었어요?! 그럼 미스카 씨가 밧줄을 자르면 되잖습니까?"

"이 예술적인 포장을 한 저에게 스스로 작품을 부수라고요? 제로스 님은…… 잔인한 분이세요……."

아무래도 결박에 어떤 고집이 있는 듯했다.

무섭도록 틈이 없고 밧줄 자체에도 철사가 들어가 엄청나게 튼튼했다.

"언젠가는 아가씨를 귀갑…… 어험! 못 들은 것으로 해주십시오."

"……지금 은근슬쩍 엄청난 말이 나올 뻔하지 않았나요? 그보다도 이 나이프, 형태가 이상하게 무서운데 어디에 쓰는 건가요? 그보다 왜 나이프를 항상 들고 다니시죠?"

"그건 여자의 비밀입니다."

빌린 나이프는 뭐라고 말해야 할지, 기괴할 만큼 무시무시한 형태였다.

도신은 굉장히 특이해서 나이프라고 알아보기도 어려웠다. 어떤 민족이 의식에서 쓸 것 같은 그 모양은 이상하리만치 사악하고 괴괴한 분위기를 자아내고 있었다.

게다가 명백히 피를 빨아 슨 녹이 남아 있었다. 해골이나 뱀 등 섬뜩한 장식이 들어가 한눈에도 암흑의 기운이 감돌았다. 저주받았다고밖에 생각할 수 없는 형상이었다.

정말로 어디에 쓰는 물건인지 수수께끼였다.

"그런 얘기는 됐으니까 어서 밧줄을 잘라주세요. 솔직히 이 상태는 괴롭습니다."

"이거…… 어디서 구한 건가요? 흡사 악마에게 바치는 제물의 숨통을 끊기 위한 물건인데……."

섬뜩한 나이프를 든 아저씨는 여러 이유로 당혹스러웠다.

최종적으로 크로이사스가 해방된 것은 그로부터 15분 후였다.

아저씨는 속박에서 풀려난 크로이사스와 함께 바이크 장비 교체를 실시했다.

방이 넓고 석재 타일이 깔려서 바이크를 인벤토리에서 꺼낼 수 있었다.

이곳이 목조 가옥이었다면 바닥이 뚫릴 우려가 있었다.

"거기, 뒷바퀴 프레임을 수평으로 유지하세요. 지금 사이드카 샤프트를 고정할 테니까 반대쪽을 잡아주시고요."

"소박한 의문인데 지금 붙이는 건 뭡니까? 튀어나온 게 방해돼서 작업하기 어렵습니다만……."

"전에 재미로 제작한 무기가 내장됐습니다. 정면으로밖에 쓸 수 없지만, 견제 정도는 되겠죠.(조금 위력이 강한 느낌은 들지만.)"

"지금 위험한 말을 하지 않으셨습니까? 위력이 어떻다는 둥…….'

"환청이겠죠, 환청……. 볼트 고정이 어렵네. 설계가 잘못됐나?"

미국을 연상하게 하는 겉모습이지만, 그곳에 사이드카가 붙어도 그다지 어색한 느낌은 없었다. 그 사이드카에는 사람이 타는 공간이 없는 대신 얇고 긴 컨테이너 같은 것이 돌출되어 있었다.

그 탓에 프레임 섀시에 사이드카 샤프트를 고정하려니 심하게 걸리적거렸다.

"……이 안에 무기가? 척 봐도 마도 무기 같은 느낌이…….'

"여기서는 비밀로 해 두죠. 어디서 누가 듣고 있을지 모르고 이 바이크를 양산할 생각은 없으니까요. 원한다면 직접 만드십시오. 적어도 저는 안 만듭니다. 그다지 공공연히 밝히고 싶지 않거든요…….'

"……위험한 무기인가 보군요. 대체 어떤 물건인지 궁금하네요……. 분해해서 보고 싶은데요? 연구자의 본능을 자극하는군요."

"안 돼요. 그거 분해하면 조립하기 귀찮다고요~. 게다가 미완성이라 사람에게 보여주기 창피한 물건입니다. 너무 깊이 추궁하지 말아주면 고맙겠군요."

"이게 미완성품인가요? ……훌륭한 기술력입니다."

아저씨가 보면 취미로 제작한 장난감이라도 크로이사스에게는 미지의 기술이었다.

호기심이 자극받은 크로이사스의 표정은 나이보다 어려 보였다.

"【마도 연성】으로 적당히 만들었으니까 겉모습과 외장 말고는 날림이 따로 없어요. 외부 무장에 너무 힘을 써서 성능도 불안정하고요."

"기다리세요! 지금 【마도 연성】이라고 하셨죠? 쓸 수 있습니까?! 마도사가 목표로 하는 최고 도달점 중 하나인 【마도 연성】을?!"

"네? 【마도 연성】은 연금술사나 대장장이 같은 직업 스킬이나 금속 가공 등 창작 계열 스킬 레벨을 어느 정도 높이면 배울 수 있는데요? 오히려 배운 다음이 문제 아닌가……. 불량품과 결함품이 대량으로 나오고, 원하는 성능이나 효과를 만들 때까지 대체 얼마나 소재와 광물을 낭비했는지……."

"……마도 연성은 마도사가 궁극적으로 노리는 도달점 중 하나 아닙니까? 저는 그렇게 들었습니다만……."

"쉽지는 않다지만 배울 수는 있는데요? 숙련되려면 상당히 많은 소재를 낭비할 각오가 필요하죠. 저는 소재를 모으기 위해 채굴과 채집, 약사 스킬도 획득했었고 스킬이 통합되어 직업 스킬로 발전됐죠. 최근 【신선인(神仙人)】이라는 직업 스킬도 나왔는데 대체 어떤 원리로 나온 스킬인지 전혀 모르겠어요."

예전부터 대량의 스킬을 획득해 직업 스킬로 발전시켰던 아저씨였다. 지금은 사소한 계기로 다른 직업 스킬을 얻는 경우도 있었다. 그 사실을 알았을 때부터 제로스는 자신의 스테이터스를 보지 않게 됐다. 자신이 가능한 일과 쓸 수 있는 능력이 저절로 머릿속에 떠오르기 때문이었다.

그래서 일일이 확인하기도 귀찮고 평소에는 별로 쓰지도 않으므로 신경 쓸 필요가 없다고 생각했다. 사실상 잡캐가 된 것이었다.

"【신선인】? 신인지 선인인지 이해하기 어렵네요……. 동방의 마도사였죠?"

"이 세계가 어떤 원리로 돌아가는지 전혀 모르겠어요. 일단 무술과 마법 관련 직업 스킬을 마스터하고 나온 스킬 같은데 이제 와서 저한테는 필요 없는 직업 스킬이란 말이죠. 모르는 직업이고 노사(老師) 같아서 이미지가 나빠요."

케이블 접속 작업을 하면서 아저씨와 크로이사스는 이야기꽃을 피웠다.

미스카는 소파에서 쉬며 우아하게 홍차를 즐겼다.

그 후에도 할리 선더스 13세는 추가 장갑이나 자잘한 부품을 교체해 겉모습이 군용 오토바이처럼 투박한 모습이 되었다.

그렇게 작업을 일단락 낸 두 사람은 테이블을 끼고 마법 담화에 돌입했다.

◇ ◇ ◇ ◇ ◇ ◇ ◇

"……그리고 이게 제가 독자적으로 해독해서 새롭게 재구축한 마법입니다. 어떻습니까?"

"마법 자체는 일반적이지만, 안정되었네요……. 독학으로 어기까지 왔다면 합격입니다. 정말로 정성스럽게 마법식을 구축했고 마법진 형태도 나쁘지 않아요. ……점수를 준다면 85점?"

"85점인가요? 15점 감점 요소는 어디인가요?"

"우선 마법진 자체가 너무 크다는 점일까요? 이걸 가능한 한 축소한다면 그만큼 다른 마법을 기억할 여유가 생깁니다. 마법 문자 자체는 문제없지만, 방해되는 라인이 일곱 개나 존재하는군요. 이게 없었으면 어엿한 마도사로 인정해도 됐겠죠. 그리고 신경 쓰이는 것이 마법식에 어설픈 부분이 몇 군데 보입니다. 뭐, 처음 하는 마법진 작성이니까 세세한 부분은 빼죠."

크로이사스는 독자적으로 기존 마법을 재편성해 아저씨에게 완성도를 물었다.

마법식 구성 자체는 아직 어설펐지만, 그래도 안정된 효과가 기대되는 마법이었다. 아저씨는 크로이사스가 생산직에도 재능이 있다고 판단했다.

마법 스크롤을 팔면 나름대로 돈을 벌 수 있을 듯했다.

대현자에게 합격을 받아 크로이사스는 대단히 흡족한 모양이었다.

"가능하다면 마도구를 만들고 싶네요. 마석에 마법식을 새긴다는 건 알지만, 실제로 제작한 적은 없습니다. 제로스 님, 뭔가 요령 같은 건 있습니까?"

"마석에 마법식을 새긴다면 【마법 제어】 스킬이 있는 편이 좋죠. 마법식을 새길 때 제대로 된 마법식 형태를 유지하지 않으면 마석 안에 왜곡된 마법식이 형성됩니다. 이렇게 되면 이상한 효과를 발휘하거나 마력이 새서 큰 효과가 나지 않는 경우가 있죠."

"그렇군요……. 그래서 세레스티나와 형님은 【마력 제어】 훈련을 했던 건가요……. 스킬을 상위 스킬로 단련해 다양한 분야에서 응용할 바탕으로 삼는 거군요."

"어떤 마도사를 목표로 하는지는 그 두 사람이 정할 일이니까 저는 아무 말도 하지 않지만요."

크로이사스는 연구자이기 때문인지 모르는 점이나 의문을 담담히 질문했다.

조금 대답하기 곤란한 질문도 있었지만, 아저씨에게도 정말로 즐거운 시간이었다. 마치 게임 시절 친구들과 대화하는 것 같은 착각을 느낄 정도였다.

"그나저나 이 마법식 다발 말인데…… 어디에 가지고 있었죠? 밧줄에 묶여 있었잖아요?"

"미스카가 가지고 오지 않았을까요? 저는 그녀에게 받았는데……."

"아뇨. 제가 문을 열었을 때 미스카 씨는 아무것도 안 가지고 있었습니다만……."

두 사람은 미스카에게로 시선을 돌렸다.

미스카는 쿨하게 안경을 올려 쓰며 이렇게 중얼거렸다.

"제로스 님, 크로이사스 님, 메이드의 치마 속은 비밀로 가득하답니다."

"치마 속이라니…… 이 서류 다발, 이렇게 두꺼운데요?!"

"어떻게 이 다발을……. 사전 버금가는 두께라 걷기도 힘들 텐데…… 미스터리네요."

"메이드의 비밀은 모르는 편이 낫다고 생각합니다. 만약 알게 되면 돌이킬 수 없으니까요."

"……그게 무슨 메이드예요?! 돌이킬 수 없다고……? 알면 어떻게 되길래?"

메이드는 고용되어 가사를 돕는 하우스키퍼가 아니었던가? 미스카가 말하는 메이드는 무엇인지 정체를 알 수 없었다. 묻고 싶긴 하지만, 동시에 안 좋은 예감과 오한이 들었다.

두 사람은 메이드란 직업에 어떤 불길함마저 느끼고 있었다.

미스카는 안경을 빛내며 조용히 미소를 보일 뿐이었다. 솔직히 무서웠다.

"그럼…… 슬슬 본론으로 들어갈까요? 우선은 이걸 건네 두겠습니다."

아저씨가 꺼낸 것은 반지와 애뮬릿이었다.

어느 것이고 장식은 없었지만, 반지에는 잘 보면 복잡한 기하학무늬가 새겨져 작은 마석이 구색이라도 맞추려는 양 끼워져 있었다.

애뮬릿도 마찬가지로 마석이 붙은 플레이트에 끈이 달린 간소한 모양새였지만, 믿어지지 않는 마력이 담긴 것을 알 수 있었다.

크로이사스는 그것들을 들고 무심결에 호흡을 멈췄다.

"이, 이건…… 마도구인가요? 어떤 효과가 있는지 여쭤봐도 되겠습니까?"

"애뮬릿은 공격에 자동으로 장벽을 전개하는 효과, 반지는 제가 가진 마스크에 연동해 위치를 전해줍니다. 위험이 다가왔을 때 마력을 해방하면 특수한 파동이 나와 위험을 알릴 수 있죠. 비상시 긴급 요청용 도구 중 하나입니다."

"그게 세 개씩 있다는 건…… 저희에게 하나씩 주신다는 뜻인가요?"

"네. 이번에 표적이 된 사람은 아마 츠베이트 군이지만, 어쩌면 두 사람도 위협받을지 모릅니다. 만약을 위해 준비했죠."

위슬러파를 좌지우지하던 혈통주의파에게 솔리스테어 공작가는 눈엣가시일 것이다.

한곳에 후계자를 포함한 세 남매가 모두 모인다면 전원을 노릴 가능성도 있었다.

학교 연례행사를 기회 삼아 사고로 위장해 처리한다는 얄팍한 수작을 부릴 가능성을 고려해, 만에 하나의 사태를 대비하고 마련한 마도구였다.

"하지만 세 사람을 동시에 습격하면 자기들이 했다고 광고하는 꼴입니다. 그래도 어리석은 생각을 품고 행동하는 자들 같으니까 준비해서 나쁠 건 없겠죠."

"이거 멋지군요……. 꼭 연구해 보고 싶습니다."

"……크로이사스 군. 츠베이트 군과 세레스티나 양에게 건네지 않고 꿀꺽할 생각은 아니겠죠? 하나만 있으면 되잖아요."

"뜨끔! ……왜, 왜 그렇게 생각하시죠?"

"저라면 당장 주머니에 넣어서 시치미 뗄 테니까요. 크로이사스 군은 저랑 성격이 비슷하니까 행동이 대충 예상돼요……."

"……."

엄청난 설득력이었다.

크로이사스는 예전부터 제로스와 성격이 비슷하다는 이야기를 들었지만, 설마 본인에게도 같은 말을 들을 줄은 생각하지도 못했다.

아니나 다를까 제로스의 예상은 정확하게 적중했다. 크로이사스는 손에 든 마도구의 유혹에 놀라울 만큼 저항력이 약해져 있었다. 틀림없이 기숙사로 들고 가서 두 사람에게 건네지 않으리라는 확신이 들었다.

크로이사스의 등에 식은땀이 흘렀다.

"미스카 씨, 이 아이템을 두 사람에게 건네주세요."

"알겠습니다, 제로스 님. 두 분께는 제가 전해드리겠습니다."

"부탁드릴게요. 이건 호위에 필요한 비상수단이니까 확실히 전달해주세요."

"제로스 님…… 저를 그렇게 못 믿으십니까? 확실히 마도구에 관심은 있지만……."

"저는 저를 못 믿으니까요. 취미와 관련되면 높은 확률로 그쪽을 우선하니까 특히 더 그래요. 닮은꼴이 하는 생각을 어쩐지 알 거 같단 말이죠."

크로이사스에게 아저씨는 천적이었다.

행동이 파악당할 뿐 아니라 두 사람의 인격이 비슷해서인지 크로이사스도 제로스의 생각을 알 것 같았다.

죽은 맞지만, 서로를 적으로 돌릴 수 없는 관계임을 자각한 것이었다.

"뭐, 이 두 개만 있어도 되겠죠. 꼭 효과를 시험해 보고 싶군요."

"정말로 꿀꺽할 생각이었나……. 역시 닮았어. 조심해야지……."

"괜찮을 겁니다, 제로스 님. 크로이사스 님은 심각한 방구석 폐인인지라 수양을 위한 노력도 어디까지나 실내에서 할 수 있는 범위로 한정됩니다. 격을 높이기 위해 마물과 싸울 일은 절대로 없습니다. 답도 없이 칠칠찮은 성격이거든요."

"닮지 않은 점도 있었군요……. 그거 하나는 다행인가."

아저씨는 자신과 닮은 사람은 만나고 싶지도 않았다. 실제로 최근 전투 스타일이 닮은 자와 싸운 적이 있는데 그렇게 까다로울 수 없었다.

크로이사스와는 성격이 닮았어도 어디까지나 닮았을 뿐이고 다른 일면이 있다는 사실을 알아 솔직히 안심했다. 마도구 전달과 크로이사스와의 첫 대면은 이렇게 막을 내렸다.

마도구는 그날 중으로 츠베이트와 세레스티나에게 전달됐다. 이렇게 호위 의뢰의 준비가 완료되었다.

 ## 제7화 아저씨, 충격을 받다

어느 도시 지하 깊은 곳. 한때는 지상에 존재했던 도시.

이미 유적으로 변한 지하 도시에 범죄 조직 【히드라】의 거점 중 하나가 있었다.

빛을 밝히는 마도구가 비추는 지하 깊숙한 곳, 폐허가 된 저택 방 안에 몇 명의 사람이 모여 있었다.

한 명은 검은 이브닝 드레스를 입은 여성.

흑발에 많은 장식품으로 몸을 치장한 그녀는 졸부 상인의 딸 같은 성격이 특징이었다.

비록 망토를 걸쳤으나, 이곳에 있는 것 자체가 어울리지 않는 차림새였다.

그러나 허리춤에는 검을 한 자루 찼고 장식품은 모두 마도구였다.

"달링…… 이 두 명은 누구야?"

"만약을 위해서 준비한 서포터다. 너에게 무슨 일이 있으면 안 되니까, 샤란라."

화려한 정장을 입은 남자는 히죽 웃음 지었다.

그 남자가 거느린 두 사람은 아무리 봐도 청소년 같은 외모였다.

한 사람은 갑옷을 입은 소년. 목줄이 그가 노예임을 말해줬다.

다른 한 사람은 머리를 작게 둘로 묶은 닌자 같은 복장의 소녀였지만, 이 복장이 유독 눈에 띄었다. 연한 분홍색을 띤 옷은 은밀성이 전혀 없었다.

"이거 봐, 갤런 씨. 이 일이 끝나면 정말로 노예에서 해방해주는 거겠지?"

"그래. 그건 네가 하기 나름이다. 쓸 만하다고 생각되면 해방해주마."

"그럼 됐어. 나도 목적이 있으니까 노예 생활로 시간을 잡아먹을 순 없어."

"어머, 꼬마는 목적이 있니? 어린 나이에 대견해라."

"꼬마라고 하지 마! 누굴 어린애로 알아?!"

"이 녀석, 합법 노예에 손을 댔다가 고발당했어. 그렇게 범죄 노예로 전락한 녀석을 내가 샀지."

합법 노예는 법률로 보호받으며 노예의 목줄은 찼어도 예속된 자는 아니다.

바꿔 말하면 돈으로 사는 사용인이다. 노예를 산 자가 억지로 손을 대려고 하면 그 주인을 고발할 수 있다.

그에 비해 범죄 노예는 예속의 목줄을 찬다. 예속의 목줄은 다른 노예 관리용 마도구와 연동해 특정 범위에서 나가면 정신계 마법이 발동해 몸에 격통을 주는 물건이다.

범죄에 따라 효과는 다르지만, 중범죄자라면 몸에 공격 마법이 발동한다고 일반적으로 알려졌다.

"바보구나. 조금 더 생각하고 노예를 샀어야지. 노예를 사면 정말로 마음대로 할 수 있다고 생각했어?"

"끄으으……. 판타지 세계니까 노예 하렘을 차릴 수 있을 줄 알았다고……."

"현실을 봤어야지. 세상이 그렇게 만만할 리 없잖니? 그러니까 꼬마라는 거야.(이 꼬마, 나랑 같은 부류야. 쓸 만하면 좋겠지만…… 멍청해 보여.)"

"이 녀석의 이름은 라인하르트 13세야. 얼빠진 녀석이 이름은 거창하지? 그렇지만 강해. 경비병 50명을 쓰러뜨리며 대판 날뛰었지. 쓸 만하리라 생각해서 사 봤어."

"그럼 그쪽 여자애는?"

분홍 닌자 소녀에게 눈길을 돌렸지만, 그 소녀는 무표정으로 피로시키 같은 빵을 입에 물고 행복하게 우물거리고 있었다.

아무리 봐도 초등학생이나 중학교 1학년 정도로밖에 안 보였다.

"이름은 몰라. 길거리에 쓰러져 있길래 먹을 걸 줬더니 왠지 따라왔어. 실력은 확실해."

"별일이네? 달링이 아이를 다 돕고……."

"……닌자는 어둠 속에 살며 어둠 속으로 사라질 운명. 신경 쓰지 마."

"닌자? 숨을 생각도 없어 보이는데? 오히려 눈에 띄어. 달링, 소아 성애는 범죄야. 아무리 범죄 조직이라도 이건 좀…….""

"생사람 잡지 마! 팔 수 있을지도 모른다고 생각했는데, 상상을 초월하는 물건을 주웠어. 생긴 건 이 모양이지만, 분명히 이쪽 세계 인간이야. 경쟁 세력 녀석이 시비를 걸었을 때 놈들을 쓸어버렸어."

샤란라는 갤런스를 못 믿을 눈으로 노려보며 한숨 쉬었다.

"보조할 사람도 붙여주고 상당히 조심스럽게 구네? 나 못 믿어?"

"아니, 상대는 그 솔리스테어 공작이야……. 어떤 수를 쓸지 몰라. 만약의 경우 널 지키기 위해서야."

"그럼 됐고…….""

샤란라는 호위 같은 건 필요 없다고 생각했다.

그녀에게 어지간한 인간은 약한 상대였다. 일격에 해치울 자신이 있었다.

설령 공작이라도 간단히 암살할 수 있다고 자부했다.

"발목만 안 잡으면 좋겠어. 특히 그 여자애는 예속된 게 아니지? 배신할 염려 없어?"

"그 점은 괜찮을 거다. 밥도 못 벌어먹을 정도로 미련해. 안 그러면 길거리에 쓰러지지도 않았겠지."

"그래? 그럼 됐어. 일하고 올게."

"그래…… 돌아오면 실컷 귀여워해주마."

"우후후, 그럼 빨리 끝내고 와야겠어. 바람피우면 안 된다?"

"그럴 시간 없어. 좀 있다가 다른 거래가 있어. 놀고 있을 순 없지."

갤런스는 샤란라를 팔로 안고 진한 키스를 나눴다.

혀가 얽히는 외설적인 소리가 조용히 흘렀다.

"젠장~, 부럽게시리……."

"우후후, 꼬마에게는 아직 이르단다. 그럼 다녀올게, 달링."

"그래. 좋은 소식 들려줘."

"나만 믿어. 금방 해치우고 올게♪"

샤란라와 호위 두 명은 흐릿한 조명이 비치는 방을 나가 어둠 속으로 사라졌다.

"크크크…… 빚은 갚아주겠다, 델사시스 공작. 지금까지 쌓인 원한을 두 배로……."

혼자 방에 남은 갤런스는 어두운 희열 섞인 웃음을 지었다.

어린애의 치기 어린 의뢰로 설마 원수에게 설욕할 기회가 돌아올 줄은 몰랐지만, 그는 이것을 호기로 생각하고 도박에 나섰다.

실패하면 이 나라에서 장사를 할 수 없게 된다. 물러설 곳이 없는 도박이었다.

그러나 그는 이 보복이 실패할 거라고 생각하지 않았다.

다양한 생각을 품은 자들이 움직이며 무대는 라마흐 숲으로 옮겨 간다.

◇ ◇ ◇ ◇ ◇ ◇ ◇

스틸라의 고급 여관 【샛별정】.

제로스는 크로이사스와 교대하듯 찾아온 이리스 일행과 합류했다.

현재 장소는 아저씨의 방이었다. 이리스에게 길드 카드를 받았지만, 그 후 이야기를 듣고 차츰 표정이 안 좋아졌다.

믿기 어려운 내용이었기 때문이었다.

"거, 거짓말이죠?! 말도 안 돼…… 어떻게, 그 뉴 하프가…….."

제로스는 충격을 받은 표정으로 이리스 파티가 전한 진실에 전율했다.

"아저씨…… 못 믿을지 모르겠지만, 사실이야."

"마음은 이해해. 하지만 현실을 받아들여……."

"제로스 씨, 세상에는 믿지 못할 진실이 얼마든지 있어. 지금은 똑바로 현실을 받아들여야 할 때야."

하지만 아저씨에게 세 사람의 이야기는 들리지 않았다.

이 세계의 부조리함에 몸서리났다. 현실을 받아들이려고 해도 이성이 그것을 거부했다. 아니, 온몸에서 거부하고 있었다.

"말도 안 돼…… 그 뉴 하프라고요?! 『지금부터 엉덩이를 노릴 거야♡』라고 단언한, 그 세이폰 씨라고요?!"

"단언하진 않았다고 생각하지만…… 비슷한 말이라면 했지?"

"뭐, 그렇게 생각하는 것도 어쩔 수 없지……."

"언행이 그러니까……. 아저씨 마음은 이해해."

"서, 설마…… 게이가 아니라 이성애자였다고? 심지어 기혼자라고?! 아내가 53명이나 있는 하렘 상태라고?! 이런 어이없는 이야기가 어딨습니까!"

아저씨, 영혼의 절규.

이리스 파티는 용병 길드에서 아저씨의 길드 카드를 받은 후 옆에 있던 길드 직원에게 진실을 전해 듣고 아저씨에게 알려줬을 뿐이었다.

그러나 아직 독신인 아저씨는 그 사실을 받아들이지 못했다.

"그럼 그 모습과 언동은……."

"신규 용병들을 놀리는 게 취미래. 아저씨, 놀아난 거야."

"뉴 하프로 보이지만, 그건 탐미적 취미 때문이라고 해. 나는 이해하지 못할 취미지만……."

"아무도 이해 못 할걸? 우리도 취향이 그쪽인 사람이라고 생각했으니까 제로스 씨가 모르는 것도 이상하진 않다고 봐."

S랭크 용병이며 스틸라 용병 길드의 마스터. 【섬광의 세이폰】은 사실 이성애자에 아내까지 있는 몸이었다.

소문으로는 남색 의혹이 돌았지만, 그는 보이시한 여성을 좋아해 아내가 모두 남성처럼 씩씩하고 파워풀할 뿐이었다. 게다가 그런 아내가 53명이나 있다고 하니까 놀라 자빠질 일이었다.

즉, 불륜녀냐 아내냐의 차이는 있지만, 델사시스와는 카사노바 콤비라고 할 수 있었다.

남성으로 착각할 생김새의 여성들과 관계를 가져 남색이라는 소문이 흐른 것이었다. 본래 성격은 충분히 남자다울 뻔더러 애처가라고 한다.

아이도 38명이나 있다고 하니 상당히 힘이 넘치는 남편 같았다.

"세상은 잘못됐어……. 왜 그런 인간에게 아내가…… 심지어 한 두 명도 아니고 자식까지 있어?! 심지어 그런 악질적인 취미를 가졌으면서 어떻게 결혼한 거야……. 나도 아직 못했는데……."

"절실하구나, 아저씨……."

"이해할 수 없는 심정을 이해할 수 있어서 싫어. 아무리 봐도 그쪽 사람인데……."

"그렇지만 현실이야. 나랑은 관계없지만."

쟈네는 아무래도 상관없다고 하지만, 레나는 달랐다. 히죽히죽 심술궂은 미소를 지으며 쟈네에게 묘한 시선을 보냈다.

"뭐, 뭐야……? 하고 싶은 말이 있으면 해, 기분 나쁘게 보지 말고……."

"우후후후……. 세이폰 씨 취향은 남성적인 여성이지? 그럼 쟈네가 취향에 들어가지 않겠어?"

"뭐, 뭐라고?!"

"앗! 듣고 보니……. 상관없기는커녕 정확한 이상형이지?"

그랬다. 쟈네는 겉모습만은 남자다워 충분히 그의 표적이 될 가능성이 있었다.

상관있는 정도가 아니라 정확하게 취향을 저격하고 있을지도 몰랐다.

"고백받으면 어떻게 해? 하렘 일원이 될래?"

"뭐?! 그, 그럴 리가 없잖아! 나 같은 걸 상대할 리가 없고 이런 괄괄한 여자를 좋아할 남자가 어딨어! 그 이전에 내 취향이 아냐!"

"과연 그럴까요~? 쟈네 씨는 누가 봐도 여성적이에요. 왠지 방에 인형을 뒀을 거 같군요. 생각 이상으로 소녀 같다고 봅니다."

"아저씨가 그걸 어떻게 알아?! 설마, 이리스……."

"나는 아무 말도 안 했어?! 아저씨는 억측으로 말했을 뿐인…… 응? 쟈네 씨, 인형 모았었어? 그 산더미 같은 인형, 아이들 게 아니었구나……."

쟈네는 제 무덤을 파고 말았다.

이리스와 쟈네는 양육원인 교회에서 루세리스에게 방을 빌려 쓰는 신세였다. 그리고 쟈네가 쓰는 방은 무수한 인형에 파묻힌 상태였다.

이리스는 교회 아이들이 가지고 노는 인형이라고 생각했지만, 사실은 쟈네가 몰래 들여온 개인용품이었다. 이리스가 무심결에 놀라서 말했다.

"용병 생활을 하면서 그 많은 인형을 다 어디 숨기고 다녔어? 나는 인형을 옮기는 걸 본 적 없는데……."

"윽…… 같은 양육원 친구에게 맡기고 있어. 계속 맡겨 두기도 미안해서 받아 온 거야……. 그게 뭐 잘못됐어!"

"괜히 성내지 마. 이런 성격으로 용병을 한다는 게 안 믿어지지?"

"뭐, 취미는 사람 나름이니까 딱히 상관없지 않을까요? 저는 귀엽다고 생각합니다."

"뉴아아아아아아아아아아아아!"

귀엽다고 말하자 쟈네는 수치심을 견디지 못하고 테이블에 엎드려 버렸다.

아무래도 생김새와 취미의 차이가 콤플렉스인 모양이었다.

"제로스 씨가 볼 때 쟈네는 어때? 이래 보여도 요리도 잘하고 아직 백마 탄 왕자님이 데리러 와주길 꿈꾸는 별난 구석도 있지만."

"어떻게 아는 거야?! 나는 말한 기억 없는데!"

"저번에 같이 술 마시러 갔지? 그때 취해서 말했어. 기억 안 나?"

"전혀 안 나……. 앞으로는 술 마시지 말아야지."

"술은 자멸의 첫걸음이지. 『술이 사람을 먹는다』고 하잖아. 조심하자."

쟈네와 레나의 대화를 듣고 이리스는 술의 무서움을 절실히 느꼈다.

현대 사회에서는 미성년자였기에 술을 마시지 못했지만, 이 세계에서 와인은 마실 수 있는 나이였다.

실수로 취해 이상한 소리를 할지도 모른다는 공포에 이리스는 술은 적당량만 마시기로 맹세했다. 그 이전에 아직도 술에 손을 댄 적이 없지만, 냄새만으로 기분이 나빠졌다. 알코올에 약한 체질인지도 모르겠다.

"그래서? 제로스 씨는 쟈네를 어떻게 생각해?"

"여성으로 보자면 귀엽죠. 시집와 줬으면 싶을 정도예요……. 지금이라도 오실래요? 행복하게 해드릴 수 있을지는 모르지만, 노력은 하겠습니다."

"흐냐아아아아아아아아아아?! 무무무…… 무슨 소리야?!"

"아저씨, 설마…… 좋아하는 사람 있어?"

"글쎄요…… 좋아한다고 해야 할지는 모르겠지만, 쟈네 씨와 루세리스 씨를 보면 왠지 가슴 언저리가 답답하긴 합니다. 왜 그럴까요?"

이 세계에 오고 처음으로 느낀 감각이었다.

특히 루세리스와 쟈네를 볼 때 문득 이 감각이 강해져 이대로 있으면 주체할 수 없게 될 것 같은 기분이 자꾸 밀려왔다.

아저씨가 무심결에 솔직한 마음을 털어놓자…….

""…….""

레나와 쟈네의 얼굴이 심각해졌다.

아니, 쟈네는 얼굴이 새빨갛게 물들어 아저씨를 힐끔거렸다.

'뭐야, 이 귀여운 생물……. 그나저나…… 순수해…….'

아저씨의 마음의 소리는 넘어가더라도, 레나는 어디의 사령관처럼 테이블 위로 깍지를 끼고 깊은 한숨을 뱉었다.

"제로스 씨……. 그거 연애 증후군이야."

"……What's?"

"연애 증후군이라고. 배 탈 때도 봤잖아. 속되게 말하면 발정기. 제로스 씨와 쟈네는 궁합이 좋다는 뜻이야. 루세리스 씨도 그렇고……."

"……진짜로?"

"진짜로. 쟈네도 비슷한 감각을 느끼는 모양이고, 추측이지만 루세리스 씨도 같은 징후가 있어 보여. 두 사람 다 아내로 들일래? 서로 어릴 적부터 친구니까 마누라끼리 싸우진 않을 거야."

"…….”

아저씨의 뇌가 정지했다.

머릿속에 연애 증후군으로 이성을 잃은 사람들이 떠올랐다. 그 모습이 자신으로 변해 머릿속에서 영상으로 흘러나왔다.

마음에 둔 여성 앞에서 해괴망측한 사랑 고백을 하고 얻어맞거나 남들 앞에서 민폐스러운 사랑의 폭로극을 연기하거나 높은 곳에서 뛰어내리거나 갑자기 알몸으로 다이빙하며 상대를 자빠뜨리는 등 소름 끼치는 광경이 떠오르고 사라졌다.

사태의 심각성에 아저씨는 차츰 새파랗게 질렸다.

참고로 꿔다 놓은 보릿자루인 이리스는…….

"루세리스 씨는 D컵은 됐지……. 쟈네 씨는 E컵…….”

……두 사람의 가슴을 비교하고 곧 자기 가슴으로 시선을 옮겼다.

"가슴이야? 아저씨도 가슴이 기준이야?! 그렇게 가슴 큰 여자가 좋아?!”

"……없는 거보다는 있는 게 좋죠. 그것도 사람 나름이겠지만…….”

"역시 가슴이냐! 그렇게 거유가 좋더냐~!”

격정에 휩싸인 이리스와 무의식중에 대답해 버린 아저씨.

몸집이 작은 이리스는 가슴이 없는 것이 콤플렉스였다. 아저씨의 멱살을 잡고 흔들지만, 정작 아저씨는 다른 일로 충격을 받아 마음이 다른 곳에 가 있었다.

쟈네는 그런 두 사람을 보며 몸을 꼼지락거렸다.

그러나 그녀는 몰랐다. 제로스는 백마 탄 왕자님이 아니라 칠흑의 바이크를 탄 섬멸자란 것을…….

말 위에서 눈부시고 상쾌한 웃음을 짓기는커녕 바이크 위에서

흉흉하게 빛나는 섬멸 마법을 날리는 위험인물이었다. 꿈꾸는 소녀 쟈네는 아직 그 사실을 깨닫지 못했다.

다만, 최근 느끼기 시작한 연애 증후군의 파장이 제로스에게도 영향을 주는 것을 알고 괜스레 의식하게 되는 쟈네였다.

◇ ◇ ◇ ◇ ◇ ◇ ◇

"……이야기가 샜지만, 슬슬 진지하게 의뢰 이야기를 할까요……."

"호위 이야기지? 그렇지만 우리가 그 귀족 자녀를 호위하리란 보장은 없어."

"그렇죠……. 파티를 맺는 사람들도 학생을 호위할 때는 따로 갈라지고 말이죠."

"우리도 호위 대상에게 배치될지 의문이야."

라마흐 숲으로 실전 훈련을 가는 학생은 학생 7명 파티당 한 명이 호위로 붙는다. 하지만 그 호위 대상을 용병이 임의로 고를 수는 없었다.

호위 대상인 츠베이트 곁에 배치될지 미지수란 뜻이었다.

"만약 안 될 경우에는 우리 집 삼인방을 붙이죠. 어중간한 용병보다는 강하니까요."

"그거 꼬꼬들 말하는 거야? 그 애들, 레벨은 어느 정도야? 전보다 파워풀해졌지?"

"아…… 솔직히 숲에서는 만나고 싶지 않아. 어지간한 마물보다 훨씬 강해……."

"아까도 모르는 사이 용병 길드에서 무용담을 만들었나 봐…….
제로스 씨, 그 꼬꼬에게 무슨 짓을 했어? 뭐, 삼인방이 아니라 닭
이지만."

평범한 용병이라면 홀로 처리할 수 있는 경이로운 닭이었다.

완전 진화한 코카트리스보다 강하고 힘에 무한한 집착을 보이는
강조(强鳥)들. 호위에 이토록 적합한 존재는 없지만, 그들은 싸움
이 벌어지면 제 역할을 잊을 것 같았다.

결국에는 그냥 마물이니까 그것도 어쩔 수 없는 일이겠지만…….

"아저씨…… 방금 뭔가 엄청 훈훈한 광경이 떠올랐어."

"나도. 학생들 뒤를 따라가는 닭 세 마리…… 긴장감이 전혀 없어."

"생긴 건 귀엽지만, 이렇게 흉악한 호위는 없을 거야. 적대할 사
람들이 불쌍해……."

"그야 레벨이 400을 넘었으니까요……. 진화하면 어떻게 될지
기대됩니다."

""""사아배액———?!""""

마물은 환경에 따라서 신체 능력이 변하는 존재였다.

인간의 영역에 사는 고블린과 혹독한 환경에 사는 고블린은 같
은 레벨이라도 힘이 극단적으로 달랐다. 당연히 그 힘의 차이는
싸움을 통한 경험이 크게 관여한다. 레벨 1,000을 넘는 아저씨와
훈련하는 꼬꼬들은 이미 【한계 돌파】 스킬까지 습득했다.

강자와의 대련이 성장을 가속시키는지 경험치가 오르는 속도가
경악스럽게 빨랐다.

추측이지만, 꼬꼬들이 코카트리스로 최종 진화라도 하면 그 힘

181

이 중급 용족과 동등해지지 않을까 싶었다.

심지어 레벨은 지금도 쑥쑥 오르는 중이었다. 아저씨는 자기도 모르는 사이 인류의 천적을 육성하고 있었다.

"아저씨…… 은근슬쩍 흉악 생물을 육성하는 거 아니야?"

"언어를 이해하는 지성이 있어서 다행이네요…… 이대로 야생으로 돌아가면 피해자가 얼마나 나올는지……."

"뭘 했는지 짐작도 안 가…… 제로스 씨는 그렇게 인간이 미워?"

의도하지는 않았지만, 성가신 생물을 키웠다는 점에는 변명의 여지가 없었다.

이 닭들이 세상으로 나갔을 때 기다리는 것은 절망밖에 없다고 생각하는 세 사람이었다.

"그럴 리가 없잖아요? 제가 미워하는 사람은…… 그 인간밖에 없습니다."

"아…… 귀찮은 누나 말이지? 그렇지만 지금은 없잖아?"

"천만다행입니다. 만약 그 인간이 있었다면…… 저는 다시 【섬멸자】로 돌아가겠죠. 이 세계에는 사람 하나 죽여도 시체 처리가 어렵지 않으니까요…… 크크크……."

""""무서워?!""""

떠올리고 싶지도 않은 누나의 모습이 머릿속을 스치고 제로스에게서 시커먼 살의가 솟았다.

이것도 그나마 살의를 억누른 편이었지만, 이리스 파티는 등줄기가 서늘해질 만큼 강렬한 압박감을 느꼈다. 다시 말해 아저씨의 원한은 그 정도로 뿌리가 깊었다. 그곳에 육친의 정 따위 티끌만큼도 없었다.

"누나 얘기는 넘어가죠. 그보다 여러분에게는 몸을 지킬 도구를 드리겠습니다. 제 사정으로 이 일에 따라오게 했으니까요."

아저씨는 크로이사스에게 건넨 것과 같은 애뮬릿과 반지를 세 사람에게 내밀었다.

무리하게 부탁해 호위 의뢰를 받게 했으므로 몸을 지키기 위한 장비는 필요하다고 생각해 미리 여분을 제작해 뒀었다.

"이거…… 생김새는 밋밋한데?"

"그렇지만 효과는 대단해. 자동 방어로 장벽을 펼치고…… 심지어 어지간한 마법으로는 부술 수 없을 만큼 튼튼해 보여. 자세한 점은 감정해도 모르겠지만……."

"잠깐, 이거 받아도 돼?! 팔면 비싼 값이 붙을 마도구잖아!"

"반지는 위치를 알려주는 물건 같아. 마력을 해방하면 긴급 사태라고 신호를 내나 봐. 역시 아저씨야. 이런 아이템도 직접 만드는구나~."

게임 시절의 섬멸자 다섯 명은 모두 생산직이었다.

놀랍다는 말로 다 표현할 수 없는 전설적 일화가 워낙 많아 그다지 유명하지 않지만, 그들은 이런 장비를 만드는 실력이 출중했다.

아저씨는 마법 제작이 메인이며 겸사겸사 무기나 방어구, 마도구 등도 제작하곤 했다.

마법약 같은 회복 아이템도 만들었지만, 이와 관련한 기술은 필요에 의해 뒤늦게 배웠으며 동료의 조수에 가까운 입장이었다.

"공짜로 만든 거니까 그냥 드리겠습니다. 자유롭게 쓰세요."

"······정말 받아도 되나 몰라. 팔면 당분간 놀면서 살 수 있을 물건인데······."

"이것만으로 의뢰를 받은 가치가 있어······. 아마 학생 호위 의뢰 보수보다 값지지 않을까?"

"아싸~♪ 고마워, 아저씨!"

솔직하게 기뻐하는 사람은 이리스뿐이었다.

제로스가 몰라서 하는 말이지만, 이 마도구는 【수호의 애뮬릿】이라고 불리며 팔면 20년은 놀고먹을 수 있는 값이 붙는다.

실제로 이 장비의 가치는 유적에서 발견된 마도구와 비교해도 손색이 없었다. 지금은 단순한 펜던트로밖에 보이지 않지만, 여기에 장식이 더해지고 보석이라도 박히면 정말로 국보급 보물로 탈바꿈할 것이다.

아저씨는 이런 물건의 가치에도 집착하지 않았다.

참고로 같은 마도구를 얻은 크로이사스가 기숙사로 돌아가 기뻐날뛴 것은 비밀이다.

"실전 훈련은 모레 시작됩니다. 내일은 자유롭게 행동하며 여독을 풀도록 합시다. 그 후에는 임기응변으로 대응해야겠지만, 이것만은 운이니까 생각해도 별수 없죠."

"알았어. 내일은 도시를 산책해야지~♪"

"이리스······ 우리 놀러 온 거 아니야. 생활이 걸렸어. 알지?"

"가난은 괴로워~. 일을 구한 것만으로도 제로스 씨에게는 감사해야지. 내일은 어떻게 할까♪"

"이 두 사람, 괜찮을까?"

제로스와 쟈네의 불안은 적중했다. 이튿날, 이리스는 관광이라도 가는 양 거리로 나갔고, 레나는 한때의 사랑을 구해 도시를 떠돌았다.

실전 훈련 개시 당일, 일부 저학년 남학생이 몸이 안 좋다는 이유로 훈련을 포기했다.

그들은 학점이 떨어졌지만, 왠지 행복해 보였다고 한다. 같은 학년 친구들은 그들이 일어서지도 못할 만큼 비틀대던 모습을 보고 신기하게 생각했다.

물론 레나의 피부가 이상하게 반질반질해진 것은 말할 필요도 없으리라.

육식동물은 때와 장소를 가리지 않는 듯했다.

크로이사스와 도중에 헤어진 미스카는 침착한 걸음걸이로 대도서관을 향했다.

원래는 대성당으로 지어진 이 도서관은 예산 사정으로 공사가 중단되고 얼마간 방치되었던 건물이었다.

학교를 만든다는 이야기가 나온 후, 학생이 지식을 얻기 위한 열린 장소로 개축되어 지금은 나라 제일의 장서량을 자랑하는 대도서관으로 유명했다.

대리석 계단을 올라가 거대한 문이 열린 입구를 지나면 그곳은 많은 책장이 늘어선 지식의 보고였다.

미스카는 설치된 책상 앞에 앉은 두 인물을 확인하고 낭비가 없는 우아한 걸음새로 책상으로 다가갔다.

"오래 기다리셨습니다, 츠베이트 님. 아가씨도 피곤하신 모양이군요."

"늦었군. 크로이사스 녀석이 허튼짓이라도 했어?"

"아시겠나요?"

"어떻게 모르겠어! 그 녀석, 보나 마나 자기가 개량한 마법진이라도 들고 갔겠지. 아니야?"

"정답입니다. 그 후에는 이것저것 질문하더군요."

"자유롭게 사는군……. 어떻게 보면 부러워."

크로이사스는 어디에 얽매이지 않고 자유롭게 살았다. 행동에 조금 문제는 있지만, 본인은 한없이 자유를 만끽하는 것처럼 보였다.

오히려 츠베이트가 괜한 책임까지 짊어지는 경향이 있지만, 그의 경우 결과적으로 그렇게 된 것이므로 파벌의 피해자라고도 할 수 있었다.

세뇌당한 끝에 뼈아픈 실연을 겪었는데 어떻게 원망하지 않을쏘냐.

"그런데 미스카, 선생님은 건강하시던가요?"

"그분이 건강하지 않을 수 있을까요? 만약 병에 걸려도 스스로 해결해 버릴 것 같습니다."

"듣고 보니……. 스승님이라면 그러고도 남지."

"그렇죠. 걱정할 까닭이 없었네요."

은근히 너무했다.

그러나 두 사람이 그렇게 생각하는 것도 분명히 납득할 수 있었다.

"그건 그렇고 스승님이 뭐라고 안 했어?"

"제로스 님은 만약을 위해 두 분께 마도구를 준비하셨습니다. 이것이 그 마도구입니다."

"애뮬릿과 반지? 어떤 효과가 있죠?"

"애뮬릿은 허를 찌른 공격을 자동으로 방어하는 효과가 있습니다. 반지는 언제나 두 분의 위치를 파악하게 하고 마력을 개방하면 위험을 알린다고 합니다. 원리는 잘 모르겠지만요."

"역시 스승님이야. 설마 이 단기간에 이런 물건을 준비하다니……."

"네……. 얼마나 대단한 걸까요? 선생님의 지식과 기술력은 끝이 안 보여요."

건네받은 아이템을 바라보며 두 사람은 감탄해 탄식했다.

그러나 미스카는 거기에 한 번 더 폭탄을 떨어뜨렸다.

"탈것 같은 마도구도 있었죠. 무기를 탑재한 2륜 마도구가……."

"뭐?! 스승님이 그런 것까지 만들었어?!"

"장비도 으스스했습니다. 온몸을 검은색으로 도배한 신부처럼 보였죠. 사악한 신을 모시는 신관이라고 해도 믿을 만한 복장이었습니다."

"선생님…… 너무 눈에 띄는 거 아닌가요? 호위하러 오신 거죠?"

"표면적으로는 그렇지만, 의외로 실험을 하러 온 게 아닐까요? 암살자라면 딱 좋은 표적이겠죠."

"“…….”"

그럴싸한 이야기라서 두 사람은 아무 말도 하지 못했다.

본인이 들으면 성이 찰 때까지 긴긴 **대화**를 했을 것이다.

두 사람의 인식이 어떤지 대단히 관심이 있었다.

"스승님이 있으면 안심되지만, 방심은 못 하겠어."

"제게도 같은 마도구를 준비했다면 노려질 가능성이 있다고 판단하신 걸까요? 상당히 신중하게 행동하시네요."

"내 생각에는 아버지의 지시야. 눈에 띄는 복장은 경고의 의미도 있겠지."

츠베이트는 제로스가 눈에 띄는 복장을 좋아하지 않는 것을 알기에 이런 정보로 숨은 의도를 파악할 수 있었다.

진실을 모르는 두 사람은 그만한 위험이 다가왔다고 해석했다.

아무튼 긴장의 끈을 조이기에는 충분한 정보였다.

"선생님을 뵙는 건 현장에 도착한 다음이겠네요."

"마차로 함께 이동하겠지만, 용병들과는 다른 마차에 타니까 그렇겠지."

"여쭙고 싶은 게 많은데 아쉬워요."

"참고로 제로스 님은 예비 전력으로 닭도 데리고 왔다고 합니다. 이야기에 따르면 무척 흉포하다는군요."

""닭?!""

두 사람은 닭 삼인방, 그리고 그들의 강함을 몰랐다.

그래서 아저씨가 닭을 데리고 왔다는 이야기에 당황한 것이었다.

이 닭의 힘을 알게 된다면 의도를 이해할 수 있겠지만, 지금은 아저씨의 의도가 무엇인지 헤아리지 못해 그저 고개만 갸웃거렸다.

이것이 일반적이고 평범한 생각이었다. 아저씨 주위에는 상식

밖의 존재뿐이었다.

어쨌든 츠베이트와 세레스티나의 준비도 끝나고 학생들은 라마흐 숲으로 실전 훈련을 떠나게 된다.

그러나 지금 두 사람의 머릿속은『왜 꼬꼬?』라는 의문이 가득 메우고 있었다.

상식이 비상식에 가려지는 것은 어느 시대건 똑같은 모양이었다.

설령 그것이 이세계라도 변함은 없었다.

 ## 제8화 아저씨, 라마흐 숲으로

라마흐 숲으로 가는 용병들은 일단 용병 길드에 모였다.

그곳에서 마차를 타고 출발해 도중에 학생을 태운 마차와 합류하는데, 전체 마차의 수가 무려 40여 대에 달해 거대 캐러밴을 이루었다.

가까운 농가나 상인에게 빌린 마차라서 적재량이 다른 것이 많았다. 대형 마차는 식량 따위를 나르고 학생과 용병은 마차 이동과 도보 이동을 번갈아 가며 목적지로 향했다.

학생을 태운 마차는 기사 2개 소대가 지켰다. 그들은 베이스캠프를 방어하는 역할도 겸했다. 한편, 숲 안쪽에서 훈련할 때는 용병들이 호위를 맡는데, 그들에게 소재 얻는 법이나 채집 방법을 배우는 것도 이 훈련의 과제 중 하나였다.

실전 훈련은 나흘로 예정되었지만, 왕복하는 시간을 합치면 대략 열흘에 이르는 일정이었다.

사흘이나 도보와 마차로 이동을 반복하면 피로가 쌓이므로 체력을 키우지 않은 학생은 도중에 기운이 빠져 훈련을 시작하기도 전에 낙오하는 자도 나온다.

이 실전 훈련은 학생의 레벨 올리기가 목적이며, 동시에 유사시에 전쟁터에 나가기 위한 예행연습이기도 했다. 도중에 낙오하는 자는 단련을 소홀히 한 미숙한 이로 여기며 감점 대상이 된다. 연구직에게는 괴로운 평가 방식이었다.

특히 크로이사스는 이미 이틀이나 걷느라 체력으로도 한계에 달해 있었다.

"어이…… 크로이사스, 괜찮아?"

"간신히요……. 하지만 슬슬 마차에 타지 않으면 힘들겠어요."

"너는 체력이 없으니까……. 교대할 때까지 아직 한 시간은 남았어."

"마차는 많지만, 농가에서 빌린 운반용 마차라서 사람이 탈 공간은 한정되어 있다죠? 제가 탈 수 있을지 의문이군요."

"그 전에 쓰러지는 거 아냐? 그래서 체력 단련 좀 하라고 했잖아……."

크로이사스는 할 말이 없었다.

평소부터 방이나 연구실에 틀어박혀 허구한 날 연구만 했다.

남들보다 체력이 없는 것도 당연했다.

"수석도 할 게 못 되네요……. 강제 참가는 너무하다고요."

"그만 포기해. 그만큼 기대받는다는 뜻이잖아."

"원하지도 않은 기대는 강요나 다를 게 없잖아요……. 역시 너무해요."

성적 우수자를 강제 참가시키는 데는 이유가 있었다. 성적이 일정 수준에 미치지 못하는 자들에게 뛰어난 기량을 보여줘서 의욕을 고취한다는 의도였다. 이 시책이 실제로 기능하는지는 솔직히 의문이지만.

참고로 실전 훈련을 바라는 자 대다수는 용병 지원자였다.

학생은 유사시 강제로 징병당할 예비 병력이지만, 용병이 되면 이 병역이 어느 정도 완화된다. 용병은 항상 나라 안에서 마물 토벌을 하며 국토 치안 유지에 한몫하기 때문이었다.

원래 싸움을 생업으로 삼는 자들에게는 병역을 부과할 의미가 없다는 판단이었다.

"네 동생이 더 체력 있겠다. 봐, 저 앞에 있네."

"……대산림 지대에서 격을 올렸다고 하니까 그야 저보다 체력은 있겠죠."

"그래 보여. 메이스까지 장비한 게 정말로 실전을 염두에 둔 모습이야."

마카로프는 학교 지정 방어구로 몸을 무장한 세레스티나가 최근 이틀 동안 마차에 타지도 않고 걷는 모습이 마냥 신기했다.

장비만으로도 무게 때문에 의외로 부담이 컸다. 그런데 몸집이 작고 마른 세레스티나가 이렇게 체력이 있을 줄 누가 알았겠는가. 레벨 차이는 그렇다 치더라도 크로이사스와 세레스티나는 체격부터 달라 체력에 차이가 있어 보이지만, 실제로는 세레스티나가 훨씬 강인했다.

"너, 오빠로서 안 부끄럽냐?"

"……."

세레스티나는 수인 소녀와 즐겁게 이야기하며 쉬지 않고 걷고 있었다.

크로이사스는 그런 동생을 부러운 눈으로 바라봤다.

세레스티나는 친구인 우르나와 캐럴스티와 함께 행동했다.

세레스티나와 우르나는 쭉 걸어서 왔지만, 체력이 없는 캐럴스티는 마차에 올라타 피로를 풀고 있었다. 학교생활 대부분을 약초 조합이나 연구에 쓰는 캐럴스티는 이런 대규모 훈련에 맞지 않았지만, 몇 번이나 강의를 빼먹은 탓에 학점이 부족했다.

물론 연금술이나 조제 평가는 높았지만, 실전 강의 시간을 연구에 썼기 때문에 이 실전 훈련에 참가할 수밖에 없었다.

"캐럴스티도 참 체력이 없어. 세레스티나 님은 아무렇지도 않은데……."

"저, 저는 이런 일에 맞지 않아요! 동년배 아이들도 똑같이 피곤해하잖아요."

"저는 단련했으니까 다른 사람들과 상황이 조금 달라요, 우르나."

"의외야. 세레스티나 님은 창가에서 책을 읽는 고상한 이미지였는데 말이야~."

수인인 우르나에게 온화한 세레스티나가 무장한 모습은 의외였다. 그리고 왜 장시간 걸어도 피로를 느끼지 않는지도 신기했다.

심지어 우르나는 세레스티나에게 동년배 학생보다 훨씬 강한 기운을 느끼고 있었다. 수인족은 상대의 힘을 민감하게 느낄 수 있었다.

그런 우르나가 더욱 강한 기운을 감지했다.

"그건 그렇고 세레스티나 님……. 유독 강한 기운이 느껴져. 그것도 두 개…… 그중 하나는 아주 무서운 느낌이 들어."

"강한 기운이요? 선생님일까요? 그리고 다른 하나는…… 잘 모르겠네요."

"그리고 방금 엄청난 속도로 이 행렬에서 이동한 기척이 세 개 있었어. 그 기운도 아주 강해."

"우르나 양. 그건 이 호위병 중에 강력한 실력자가 적어도 다섯 명은 있다는 뜻인가요? 한 사람은 세레스티나 양의 가정교사라고 치고 나머지 네 명이 누구인지 궁금하네요."

캐럴스티는 세레스티나와 크로이사스의 이야기를 통해 이 용병 중에 제로스가 있다는 사실을 알았다.

실제로 만나고 싶다고 생각은 했지만, 아무래도 초면에 말을 걸기는 주저됐다.

평온하게 은거하길 바라는 마도사라고 들은 터라 자신 같은 후작가의 인간이 섣불리 말을 걸 수는 없었다. 더구나 상대는 공작가의 손님이었다.

"가까이에 한 명 있어. 이쪽으로 다가오는 것 같은데……."

"네? 누구인지 알겠나요?"

"궁금하네요. 어쩌면 멋진 남자분일지도 몰라요."

"이제 곧 보일 거야. 아, 저 애야."

우르나가 가리킨 방향에는 여성만으로 이루어진 용병 파티가 있었다.

소란스럽게 걸어오는 모습을 보건대 세레스티나 일행이 주목한다는 사실을 눈치채지 못한 듯했다.

"아~, 심심해~. 오크라도 안 나오려나~."

"위험한 소리 하지 마! 이렇게 호위 대상이 많으면 솔직히 귀찮다고."

"이리스…… 넌 귀엽게 생긴 애가 너무 과격해. 무사히 숲에 도착할 때까지 참아. 나도 참고 있으니까."

"뭐~? 그치만 심심한 걸 어떡해~. 아저씨랑 내가 있으면 웬만한 마물은 해치울 수 있다구~. ……그리고 레나 씨랑 같은 취급 받기 싫어~!"

"아니, 그 전에 사냥감을 빼앗기지 않을까? 저 세 마리한테……."

모두 피로한 기색을 드러내는 가운데, 여성 용병 파티는 수다를 떨며 걷고 있었다.

적갈색 트윈 테일이 인상적인, 세레스티나와 또래로 보이는 소녀 마도사와 붉은 머리와 밤색 머리를 한 여성 두 명이었다.

다만, 세레스티나와 캐럴스티는 다른 곳을 보고 있었다.

"……크……네요."

"네…… 무척……."

두 사람이 보는 곳은 붉은 머리 여성 용병의 가슴이었다.

그리고 두 사람은 동시에 자신의 가슴을 봤다.

"저건 비겁해요……. 광역 마법급 파괴력이에요."

"동감이어요……. 어떻게 하면 저렇게……. 부러워."

"그래~? 나는 싸울 때 불편할 것 같은데~."

"키도 크고 몸매도 좋아요. 여자인 제가 봐도 매력적인 스타일……. 왠지 패배감이……."

"이해해요. 저도 같은 기분을 느끼고 있으니까……. 특히 가슴이……. 그렇지만……."

"저 트윈테일 애한테는 이겼어요!"

마음의 소리가 훌륭하게 맞아떨어졌다. 그리고 조금이지만 자신감을 되찾았다.

이미 알겠지만, 여성 용병 파티란 당연히 이리스 일행이었다.

두 사람에게 패배감을 안겨준 사람은 쟈네였고 세레스티나 일행은 이리스에게서 희망을 보았다.

이리스도 설마 자신의 짜리몽땅 유아 체형이 남에게 도움이 되리라고는 생각하지 못했겠지만, 잘 생각해 보면 무례하기 짝이 없는 이야기였다.

"그래도 저 머리 붉은 사람, 성격이 거칠어 보여."

"뭘 모르시네요, 우르나 양! 저런 분일수록 묘하게 귀여운 법이에요!"

"요리, 빨래를 완벽하게 소화하고 시집을 읽을지도 몰라요. 그리고 아마 귀여운 거에 사족을 못 쓰시겠죠!"

"어, 어떻게 알아?"

두 사람이 가진 여자력 스카우터는 장난 아니게 정밀했다.

천적을 감지하고 그 전투력을 놀랍도록 정확하게 맞춰 버렸다.

여자력이 낮은 우르나는 두 사람의 귀기까지 느껴지는 박력에 흠칫했다.

"앗!"

"응?!"

왠지 세레스티나를 손가락으로 가리킨 트윈테일— 이리스 때문에 세레스티나는 당황했다.

속으로 『설마 무례한 생각을 한 걸 들켰나?』라고 생각해 초조함에 식은땀이 줄줄 흘렀다.

"아— 역시! 아저씨 제자지? 이름은…… 뭐였더라?"

"이리스…… 사람을 손가락질하면 못써. 그보다 아저씨랑 아는 사람이야?"

"응. 아저씨가 가정교사로 맡았던 게 저 애였을 거야. 도적에게 잡혔을 때 본 거 같아. 선생님이라고 했었어."

"그리고 보니 어쩐지 눈에 익어. 그때는 고마웠어. 하마터면 더리운 쓰레기한테 더러워질 참이었어."

"“아니, 레나(씨)는 이미 더러워……. 어젯밤에도 몇 명이 먹잇감이 된 거야?"”

생각은 해도 입 밖으로는 내지 않는 것이 여자의 우정이었다.

전에 이리스와 레나는 상인의 호위 임무 중에 도적에게 습격받아 붙잡혔는데, 그 궁지를 구해준 사람이 제로스였다. 이리스는 그때 세레스티나를 봤었다.

물론 감염증으로 앓아누워 있던 쟈네는 알 리가 없지만…….

"아, 아저씨? 설마 선생님의 지인이신가요? 아…… 확실히 어디서 본 것 같은 느낌이……. 설마 대산림 지대에서 돌아오는 길에 구조한……?!"

"응, 맞아. 다행이다~. 착각이면 어쩌나 했어. 우리가 왜 이런 곳에 있냐면, 아저씨에게 동행해서 호위 임무를 받았기 때문이야♪"

"교회에 신세지는 처지니까 조금이라도 벌어 둬야지. 이 이상 루에게 폐를 끼치고 싶지도 않고…….."

"교회? 루?! 설마 루세리스 씨와도 아는 사이신가요?"

"뭐야? 루를 알아? 같은 양육원에서 자란 친구야. 생각하지도 못한 연관점이 있었군."

"그, 그랬나요……."

세레스티나는 내심 『말 못 해……. 방금까지 무례한 얘기를 했다고는 절대로 말 못 해!』라며 꽤나 초조해했다.

사람의 인연은 어떻게 이어질지 아무도 모르는 법이었다.

이 경우는 아저씨와 이어져 있었지만ㅡ.

"그래서 선생님은 어디 계시죠? 안 보이시는데……."

"아저씨? 어라? 그러고 보니 어디 있지? 방금까지만 해도 옆에 있었는데……."

ㅡ콰과아아아아아아아아아아아아아아앙!

뜬금없이 주위 숲에서 무언가가 높이 솟아올랐다. 그리고 회전하며 낙하해 땅에 처박혔다.

잘 보니 사람 같지만, 용병치고는 너저분한 복장이었다.

여성들은 또 똑같이 사람이 숲에서 날아오는 광경을 목격했다.

"레나, 이거 도적인가?"

"아마도. 설마……."

"사, 사람이 하늘에서 떨어졌어요?! 이게 다 무슨 일이죠?"

"우와…… 땅에 박혔어."

"설마 선생님이?!"

"음, 가깝지만, 아마 아니야. 아마도 하얀 악마들인가?"

세레스티나 일행은 사태를 이해하지 못했지만, 이리스 파티는 충분히 이해할 수 있는 상황이었다.

이곳에 그 흉악한 세 마리가 보이지 않아 정답을 알아차린 것이었다.

""""하얀 악마?!""""

세레스티나를 비롯한 솔리스테어 삼남매는 몰랐다.

호위에 참가한 자가 인간만이 아니란 것을…….

하얀 악마들은 각자 독단으로 장애를 배제하고 있었다.

츠베이트는 용병들이 타는 마차 뒤에서 걷고 있었다.

츠베이트 본인은 별로 피로한 기색이 없어 보였지만, 친구인 디오는 지팡이를 짚으며 걷는 모습이 영락없는 조난자였다. 아무래도 그도 체력이 없는 것 같았다.

"……디오. 넌 슬슬 마차에 타."

"훗…… 츠베이트. 남자에게는 고집을 꺾을 수 없을 때가 있어. 세레스티나 양이 출발한 후로 계속 걷고 있는데 어떻게 내가 마차에 탈 수 있을까……."

"아니, 현지에 도착하고 못 움직이면 어떡하려고? 폼 잡다가 싸우지도 못하면 오히려 그게 더 창피하지 않아? 페이스 분배를 생각하고 쉴 때는 쉬어."

"설령 꼴사납더라도 고집을 꺾지 않기로 결심했어. 웃어도 좋아. 하지만 이게 나란 남자야……."

디오는 완강했다.

이것도 세레스티나를 생각하는 마음에서 오는 것이겠지만, 이렇게 무리하다가 실전 훈련 중에 나가떨어지면 피를 보는 사람은 츠베이트였다.

그럼에도 걸음을 멈추지 않는 그의 모습은 방향성은 잘못됐을지언정 남자다웠다.

"이러다가 쓰러지면 세레스티나 앞에서 뭐라고 변명할 거야? 『네가 걷는데 내가 마차에서 쉴 수는 없었어……』라고 하게? 걔 생각은 안 하냐?"

"윽?! 그것도 그런가……. 하지만 한심한 인간으로 보이고 싶지 않아."

"저 녀석은 훨씬 후방에 있다고. 너를 보고 있지도 않을 거야. 애초에 『왜 휴식을 취하지 않았죠?』라고 물으면 뭐라고 할래? 세레스티나를 핑계로 댈 순 없을 거 아냐."

"……그건 꼴사납지. 알았어, 츠베이트. 나는 다음번 마차에 탈게."

"페이스 분배 잘해. 지금부터 지치면 안 되잖아?"

사랑에 빠진 디오의 노력은 헛돌았다.

좋은 인상을 남기려고 너무 기를 쓴 나머지 잘못된 방향으로 힘 쓰다가 꼴사나운 모습을 보이고 있었다.

마음에 둔 여성에게 멋있는 모습을 보이려는 마음은 모르는 바 도 아니지만, 그 탓에 남에게 피해를 끼치면 오히려 인상이 나빠 지기도 한다.

디오는 최근 인기 급상승 중인 세레스티나를 사랑하는 마음에 애가 타서 생각 없는 행동이 많아졌다. 이번 일도 스스로 페이스 분배를 하면 되겠건만, 안타깝게도 그의 머리에는 그럴 여유가 없 었다. 어떻게든 세레스티나에게 좋은 인상을 주고 싶다는 일념만 이 그를 움직이고 있었다.

한편, 정작 세레스티나는 그의 호의는커녕 자신의 인기가 급상 승 중이란 사실도 모르고 있었다. 그녀는 주위 일에 한없이 무심 했다.

잠시 후, 디오는 마차에 올라 숨을 돌렸다.

"음? 거기 있는 사람은 츠베이트 군인가요?"

"누구야……? 헉…… 스승님?!"

갑자기 이름을 불려 돌아봤더니 그곳에는 검은 복장으로 몸을 꽁꽁 싸맨 아저씨가 있었다.

그는 흑룡의 피막으로 만든 칠흑의 로브를 두르고 흑갑룡의 갑 각으로 만든 건틀릿과 그리브를 장착했으며 허리에는 컴뱃 나이프

두 자루를 차고 있었다.

게다가 흑광(黑鑛) 거미의 실과 미스릴 섬유로 짠 모자를 눈까지 푹 눌러썼고 눈가를 가리듯 마스크까지 썼다. 암흑 사제가 따로 없었다.

손에 든 마법봉도 역시 칠흑색이었다. 지팡이에 검 모양 무기가 일체화되어 세세하게 새겨진 마법식이 아름다운 장식처럼 보였다. 【마개조 마법 지팡이 54식 개】. 형태는 십자창처럼 보이지만, 이래봬도 엄연한 마법사 전용 지팡이다.

겉으로 주는 인상은 신부이거늘 왠지 사악한 느낌이 물씬 풍겼다.

한순간 츠베이트가 누구인지 못 알아봤을 정도였다.

"잘못 본 줄 알았어⋯⋯. 미스카에게 들은 대로 평소와 복장이 다른데?"

"델사시스 공작님의 요청이 있어서요. 겉으로도 실력자가 있다는 인상을 주고 싶다고 하시더군요. 척 보기에도 강한 상대가 있으면 습격을 주저할지도 모르니까요. 소소한 위압이죠."

"⋯⋯엄청, 눈에 띄긴 해. 다른 용병들과는 급이 다르다고 해야하나? 사악함이 장난 아니야⋯⋯."

"일을 마치면 원래대로 돌아갈 겁니다. 어떻게 봐도 전투력 과잉이니까요. 이번 일에서는 뒤에서 델사시스 공작님도 움직이고 계실 테니까 지금은 경계하는 정도로 충분합니다."

"역시 아버지가⋯⋯. 범죄 조직을 뿌리 뽑아 버릴 생각이군."

"그 사람은 뒤에서 대체 무슨 짓을 하는 건지⋯⋯. 겉모습도 마피아의 돈(don)이지, 도저히 공작으로는 안 보여요."

"나한테 말하지 마. 친부모지만 아버지는 수수께끼가 너무 많아…….."

델사시스 공작은 귀족 중에서도 수수께끼가 많은 인물로 유명했다.

한번은 적대 의사를 보인 귀족이 있었는데, 뭘 어떻게 했는지 영지 재정을 모조리 파탄 내서 결국 그 귀족이 울며불며 머리 숙이고 목숨을 구걸했다고 한다.

적대자에게 자비가 없는 것은 아저씨도 마찬가지였지만, 델사시스 공작은 표면적으로는 움직이지 않고 물밑에서 파멸로 이끄는 책략가였다. 도저히 귀족 같지 않은 망나니라 하겠다.

"그보다 스승님에게 부탁했다는 건…… 정말로 이 훈련 중에 습격해 온다는 말이야?"

"델사시스 공작님의 예상으로는 아마도 그렇습니다. 소수 정예로 올 가능성이 높겠죠."

"샘트롤 자식, 귀찮은 녀석들을 끌고 나왔군……. 끝나면 밟아 버리겠어!"

"그 트롤 군은 참가하지 않았나요? 있다면 지금 마크해 둬야 편히겠는데."

"참가했을 텐데 안 보여. 아마도…….."

"습격자를 안내하고 있다? 정말로 잔챙이네요. 쓰고 버리기에는 딱 좋겠지만…….."

출발 전에는 샘트롤을 포함한 혈통주의자의 모습이 있었다.

그러나 현시점에서 그들은 보이지 않았다. 도중에 갈라져서 뒤에서 행동하고 있지 않을까.

"스승님 말고는 누가 왔어? 아버지 연줄로 다른 호위가 끼어 있어도 이상하지 않은데."

"저 말고는 지인 용병이 세 명, 그리고…… 이상 성장한 꼬꼬가 세 마리."

"그것도 미스카에게 들었지만…… 와일드 꼬꼬 말이야? 그런 새가 도움이 돼?"

"그들을 우습게 보면 안 됩니다. 언어를 이해하고 무엇보다 강하죠. 지금 여기 있는 용병들을 모두 쓰러뜨릴 수 있을 만큼 강합니다. 처음 봤을 때 이미 레벨이 200을 넘었으니까요."

"진짜?! 무슨 닭이 그렇게 강해?! 스승님…… 무슨 짓 했어?"

아저씨는 말없이 담배를 꺼내 마법으로 불을 붙이고 조용히 연기를 폐에 채웠다.

"후우~."

"왜 얼버무려! 대체 와일드 꼬꼬한테 무슨 짓을 했냐고!"

"홋…… 매일 주먹으로 대화를 나눴을 뿐입니다. 최근 좋은 주먹(날개)을 날리게 됐죠……. 슬슬 하산시켜도 되려나? 그리고 와일드 꼬꼬가 아니라 아종입니다."

"새…… 맞지? 주먹? 무슨 소리인지 모르겠어……."

"날개도 점점 날카로워지고 있습니다. 조만간 오리하르콘 검조차 벨지도 모르죠."

"날개로 어떻게 그런 짓이 가능해! 제대로 설명하라고!"

아저씨는 다시 담배를 빨고 나른하게 연기를 뿜었다.

"눈으로 보려고 하지 마라. 느껴라."

"글쎄, 무슨 소리인지 모르겠다니까! 모르는 걸 어떻게 느끼라는 소리야!"

"공부가 부족하군, 츠베이트 군……. 눈을 감고 귀를 기울이거라. 들리지 않느냐? 어리석은 자들의 단말마 비명이……."

"뭐라는 거야?!"

츠베이트가 황당해 소리친 순간, 20미터 정도 앞쪽 숲에서 무언가가 하늘 높이 치솟았다.

그것은 빙글빙글 회전하며 고속으로 접근해 행렬 후방으로 내꽂히다시피 추락했다.

"뭐, 뭐야?!"

"아마 도적 아닐까요? 선행한 꼬꼬들에게 발견당해 순식간에 전멸당한 모양이군요."

"뭐, 뭐냐고! 이상하잖아! 와일드 꼬꼬는 그렇게 안 강해!"

"츠베이트……."

"어떻게 하면 꼬꼬가 도적떼를 전멸시키는 괴물이 돼! 스승님이 무슨 짓을 했다고밖에 생각할 수 없잖아!"

"츠베이트!"

"뭐야, 디오! 나는 지금 묻고 싶은 게……."

"츠베이트…… 거기 있으면 위험해."

"엉?"

—쿠과과과아아아아아아아아아아아아아아아아앙!

얼빠진 소리를 낸 츠베이트 눈앞에 다시 도적 같은 남자가 하늘에서 회전하며 떨어졌다. 그리고 단단하게 다져진 가도에 흙먼지를 일으키며 꽂혔다.

"……큰일 날 뻔했네……. 아니, 근데 이 녀석은……."

"흠, 죽지는 않았네요. 좋아, 좋아. 힘 조절을 잘하고 있나 봅니다. 훗…… 예상 이상으로 실력이 늘었군요."

"……이게 힘 조절을 한 거야? 보통은 죽어."

"어떻게 보면 죽는 편이 행복했을지도 모르죠. 그 맹수들에게 발견당한 시점에서 끝난 겁니다."

"새…… 맞지?"

확실히 추락한 도적은 죽는 편이 나았을지도 몰랐다.

사지가 이상한 방향으로 꺾이고 온몸이 구타당해 팅팅 부었다. 보통은 죽었겠지만, 【봐주기】 기능 스킬 효과로 죽고 싶어도 죽지 못했다.

"허리ㅇ인 믹서[#6]라고 생각했더니 설마 승ㅇ권[#7]이었다니, 놀라운걸요. 마력을 두르고 자신을 회전시켜 초고속으로 뻗은 주먹은 순간적으로 음속을 뛰어넘죠. 거기서 발생한 선풍에 휘말려 그들은 회전하며 상승하고, 동시에 상하좌우 균형 감각을 잃은 채로 낙하합니다. 콤보를 먹인 후 필살의 일격으로 사용하다니. 훗…… 좋은 기술을 가졌어."

"닭이 사용할 기술이 아니야! 애초에 보통 닭은 그런 짓 못 해! 그보다 이 앞에 도적단이 있어?! 설마 매복……."

#6 허리ㅇ인 믹서 허리케인 믹서. 『근육맨』의 등장인물인 버팔로맨의 필살기.
#7 승ㅇ권 승룡권. 『스트리트 파이터』 시리즈를 대표하는 필살기.

냉정하게 생각하면 가도 앞에 도적이 매복했다는 말이었다. 그 것을 선행한 우케이 삼인방이 발견해 격멸했다.

언어를 이해하는 그들은 『쓰러뜨려도 딱히 상관없지 않나?』라고 해석한 듯했다. 가엾은지고. 도적들은 닭 세 마리가 사용하는 기술의 실험대가 되었다. 운이 안 좋았다고밖에 할 수 없었다.

아저씨는 대체 무엇을 키웠단 말인가? 츠베이트는 궁금해 참을 수 없었다.

정작 아저씨는 조용히 담배를 피우고 멋지게 웃으며 엄지를 척 들어 보였다.

"아니, 그렇게 상쾌하게 웃어도 어쩌라는 건지……."

"츠베이트 군, 이 세상에는 미지로 흘러넘칩니다. 사람이 세계의 모든 것을 알기란 불가능하다고 생각하지 않습니까?"

"나는 그 미지란 게 무서운데……. 비상식적이잖아?"

"듣던 것 이상으로…… 비상식적인 스승님이구나, 츠베이트……."

옆에서 이야기를 듣던 방관자 디오는 식은땀을 뻘뻘 흘리고 있었다.

츠베이트의 말을 무시하고 아저씨는 담배 연기를 뱉었다.

아저씨는 이미 사소한 일에 신경 쓰길 관뒀다.

아니, 그냥 포기했을 뿐인지도 모른다.

조금만 시간을 되돌리자.

라마흐 숲 앞에서 가도를 따라 잠복하던 도적들은 앞쪽 가도로 학생이 지나가길 기다렸다.

그들은 일주일 전에 평소 뒤를 봐주던 귀족에게 어떤 일을 의뢰받았다.

그 내용은 학생을 습격해 달라는 것이었다. 어느 귀족의 자식을 죽이면 나머지는 마음대로 해도 된다고 지시받았다.

남자에게는 볼일이 없지만, 여자는 조금 어려도 재미를 볼 수 있고 암거래로 팔면 돈이 됐다. 그들은 의욕이 부쩍 솟았다.

인간으로서 어떻게 그럴 수 있냐고 생각하겠지만, 도적이란 원래 이런 족속이었다.

"왔습니다요, 두목……."

"좋아…… 활 들어. 용병부터 우선적으로 처리해."

"한동안 여자를 안지 못했습죠. 어린애라도 좋으니까 즐겨야겠습니다."

"의뢰주도 몇 명 남기라고 했지. 반반한 것들은 남기고 나머지는……."

도적에게 윤리관은 없었다. 성욕의 배출구가 있다면 어린 소녀라도 개의치 않았다.

그러나 이번에는 너무 운이 나빴다.

"꼬꼬!"

"뭐야~? 왜 여기에 와일드 꼬꼬가……."

"글쎄요? 방해되니까 처리할깝쇼?"

"그래. 못 먹는 새는 아무짝에도 쓸데없어. 이것들 고기는 먹을 게 못 돼."

─퍼걱!

갑자기 발생한 타격음에 도적들은 목소리도 나오지 않았다.

정신을 차리자 두목 옆에 있던 남자가 사라졌다. 그는 뒤쪽 거목에 꽂혀 숨이 끊어진 상태였다.

우케이의 일격으로 날아가 거목에 격돌해 즉사한 것이었다. 어마어마한 위력이었다.

"꼬꼬…….(죽었나……. 힘 조절이 제법 어렵군.)"

"꼭꼬~.(뭐 하나? 죽이면 의미가 없소. 소인들은 기술을 습득하기 위해 상대를 찾아야 하지 않나?)"

"꼬꼬, 꼬꼬댁.(사부는 모든 힘을 다한 우리를 상대해 왔어. 이제 와서 죽이지 않도록 조절하라고 해도 쉽지는 않아.)"

우케이, 잔케이, 센케이는 너무 강해졌다.

웬만한 상대는 일격필살이며 잘못하면 동료까지 죽일지도 몰랐다. 그것을 방지하기 위한 훈련이었지만, 조금 난항을 겪을 듯했다.

"꼬끼~.(음…… 길드란 곳에서는 잘 됐었는데 그리 쉽게 숙달되지는 않는군.)"

"꼬꼭꼬.(괘념치 마시오. 다행히 사냥감은 많소. 이번에는 소인이 해 보겠소.)"

"꼬꼬.(내 몫도 남겨 놔. 잔케이는 전부 베어 죽일 것 같아.)"

"꼬끼오, 꼬꼬~.(빠른 사람이 임자요. 아니면 사냥감을 얼마나 해치울지 겨뤄 보겠소? 물론 소인은 질 생각이 없소.)"

""꼬꼬~!(재미있군. 받아들이겠다!)""

닭 세 마리는 동시에 도적들에게로 고개를 돌렸다.

모습은 닭이지만, 기이할 만큼 패기가 방출되었다.

흉악한 대화가 이루어지는 줄 모르는 도적들이라도 안 좋은 예감을 느끼고 도망칠 준비를 하고 있었다.

그러나 이미 늦었다. 그리고 참극이 시작됐다.

우케이는 거리를 좁히고 몸을 회전시키도록 주먹(날개)을 내질러 도적의 턱에 강렬한 일격을 때려 박았다.

턱뼈가 부서지는 끔찍한 소리가 남과 동시에 회오리가 발생해 도적을 하늘 높이 날려 버렸다.

"뭐, 뭐야…… 뭐냐고, 이 꼬꼬들은―――?!"

잔케이도 도적을 향해 달려 나갔다.

그저 달릴 뿐인데 왠지 잔상이 무수히 출현했고, 그 잔상이 지나친 순간 도적들의 무기와 방어구 등이 죄다 해체되고 말았다.

개중에는 강렬한 일격에 베여 피를 뿜으며 쓰러지는 자도 있었다.

기고만장하던 도적들은 눈앞에서 펼쳐지는 악몽에 몸서리쳤다.

"꼬꼬…….(음…… 이 녀석들, 너무 약해. 봐주기도 어렵군.)"

"힉, 히이이이이이이이이이이이이이이이익?!"

"도, 도망쳐어어어어어어어! 이것들, 정상이 아냐!"

"위험해! 이 녀석들 아무리 봐도 이상…… 그헉?!"

도적의 머리에 검은 깃털 하나가 꽂혔다.

모습을 보이지 않고 확실하게 도적을 처리하는 것은 센케이였다. 나무와 공중을 자유자재로 뛰어다니며 날개깃을 수리검처럼 투척해 일격필살을 노렸다.

"젠장할!"

"꼬꼬…… 꼬끼오꼬.(그건 그냥 잔상이다……. 지옥에 떨어져라.)"

쿨하게 중얼거리고 뒤에서 도적의 머리에 깃털을 꽂았다.

다행히 이 도적은 죽지 않았지만, 공격을 맞은 곳이 좋지 않았다. 뇌에 꽂힌 깃털에서 강력한 마비독이 침투되어 몸이 마음대로 움직이지 않아 반년 이상을 침대에서 보내야만 했다.

꼬꼬들의 공격이 무서운 점은 강력한 일격이 아니라 오히려 추가 효과에 의한 후유증 쪽이었다.

우케이의 공격은 때때로 【석화】가 포함되어 몸이 돌처럼 경직되어 낫지 않았다. 잔케이는 【맹독】을 가져 보통 해독 방법으로는 고칠 수 없었고, 센케이의 경우 【마비독】으로 사지의 자유를 당분간 앗아갔다.

세 마리 모두 거의 공통된 능력을 보유했지만, 전투 스타일의 차이로 【석화】나 【마비】 등 상태 이상 효과는 저마다 싸움법에 맞게 변화했다. 레벨 차이도 있거니와 상위종인 코카트리스의 능력이 생기기 시작했는지 그 추가 효과는 무시무시한 능력을 발휘했다.

아비규환의 지옥도.

꼬꼬들의 표적이 된 도적들은 눈 깜짝할 사이에 제압당해 자신들의 악행을 평생 후회하게 됐다.

이 사건과 함께 꼬꼬라는 마물에 대한 소문이 퍼져 범죄자 사이에서 공포의 대상이 됐다.

그러나 몇 번이나 말했다시피 우케이 삼인방은 아종이었다. 학자들이 그 사실을 깨달을 때까지는 50년이란 세월이 필요했다.

◇ ◇ ◇ ◇ ◇ ◇ ◇

"……차, 참혹해……."

"이 녀석들은 뭐야……."

"실패했나……. 젠장! 츠베이트 자식, 운도 좋군……."

""""아니, 운의 문제가 아니잖아?! 암만 봐도 이상하다고, 이 꼬꼬—!""""

샘트롤의 혼잣말에 모두가 걸고넘어졌다.

도적에게 학생 습격을 의뢰한 혈통주의파 면면이 조금 떨어진 곳에서 【혈통 마법】인 【망원】을 사용해 상황을 관찰하고 있었다.

혈통 마법은 구시대에 실험해 만들어진 마법을 범죄자에게 인스톨하여 육체에 어떤 영향이 나오는지 조사하는 실험 과정에서 탄생했다. 본래대로라면 이데아 영역에 마법식이 구축되지만, 실험을 몇 차례 반복하는 사이 마법식이 상호 간섭해 예상하지 못한 마법으로 변질하고 말았다.

게다가 왠지 모르겠지만 모체를 통해 마법이 아이에게 유전되었다. 이 현상을 구시대 마도사들은 끝끝내 해명하지 못했고, 사신 전쟁 시기의 혼란을 틈타 범죄자들은 세상으로 나가고 말았다.

부모에게서 아이에게로 유전하는 특수성으로 그들은 『구시대에서부터 이어진 정통한 마도사 혈통』이라고 말하지만, 『유전한다』는 특수성과 이질적 변이를 이룬 마법 때문에 그들은 다른 마법을 배우기 어려웠다. 이데아 영역의 용량이 일반 마도사보다 적기 때문이었다.

【망원】도 그런 마법 중 하나였다. 특정 범위의 영상을 수정구 등 마법 매체에 비추는 마법이었다. 언뜻 보면 편리할 것 같지만, 아무리 노력해도 효과 범위는 1킬로미터 안이 한계며 거리가 멀어질수록 소비 마력도 늘어나므로 쓰기가 상당히 어려웠다.

더불어 스킬로도 【매의 눈】이라고 불리는 원거리 탐색 기술이 있어서 큰 의미가 없는 능력이기도 했다. 혈통 마법 【망원】을 사용하는 것보다 스킬을 배우는 게 더 빠르기 때문이었다.

"저 꼬꼬, 초커를 찼어. 누가 키우는 거 아냐?"

"말도 안 돼! 저렇게 어이없이 강한 꼬꼬를 누가 키워! 가뜩이나 성질이 거칠기로 유명한데!"

"솔리스테어 공작이 보낸 건가……. 모습은 저 모양이지만, 전투력으로 보면 무시무시해……."

눈앞에서 확인한 꼬꼬의 비정상적 힘은 샘트롤을 포함한 혈통주의파에게 경악과 공포를 안겨줬다. 일격으로 도적을 처치할 정도라면 일반적인 꼬꼬의 힘을 넘어섰다. 아니, 크게 일탈했다.

"대산림 지대에 서식하던 거 아냐? 그걸 테이밍했다거나……."

"즉, 저 닭보다 더 강한 녀석이 있다는 소리잖아! 어떡할 거야? 이번 일을 들키면 우리는 범죄자라고!"

"난 이제 몰라! 샘트롤이 마음대로 시작한 일이야!"

"그래. 책임은 이 녀석에게 전부 넘기자."

만전을 기한 샘트롤의 행동이 역효과를 내고 말았다.

동포에게도 버림받고 지금도 고립되어 가는 상태였다.

혈통주의파는 옛날부터 존재했고 뒷세계와도 다소 이어질 정도의 조직력을 가졌다.

그러나 그들은 태어나면서부터 결함 있는 마법을 소유했을 뿐이지 거만하게 굴 만큼 대단한 일은 하지 않았다. 남의 발목을 잡기 좋아하는 단순한 피해망상 집단이었다.

개중에는 분명히 강력한 혈통 마법도 존재했다. 그렇지만 그런 마법은 적잖은 위험을 가지거나 범용성에 문제가 있어서 쓸 만한 마법이냐고 묻는다면 그렇지 않은 것이 많았다.

또한, 아무런 공적도 남기지 않았는데도 불구하고 그들의 태도는 대단히 거만해 다른 마도사들에게도 미운털이 박혔다.

"젠장! 【미래 예지】 혈통 마법 후계자가 있으면 이런 일은…….."

"그 혈족은 이미 끊겼다고 하잖아? 없는 걸 찾아서 뭐 해?"

"이 녀석은 하는 짓은 쩨쩨하면서 권력욕만 강하다니까…….."

여기 있는 자들은 자신이 우수하다고 진심으로 믿어 동포가 비아냥거리는 말에 속이 부글부글 끓었다. 자존심이 강하다면 더더욱 그랬다.

"열 받지만, 뒷일은 녀석들에게 맡기는 수밖에…….."

"실패하지 않을까? 저런 녀석들을 무슨 수로 이겨?"

"이 조직도 이제 끝인가? 적으로 돌릴 인간을 잘못 골랐어…….."

이제 와서 후회해 봤자 엎질러진 물이었다.

그들은 어차피 학생에 불과하며 권모술수가 판치는 세계와는 인연이 없었다.

사람을 괴롭히는 것은 특기라도 국가 기관을 움직이는 공작가와 적대한 시점에서 이미 끝난 싸움이었다. 이들은 그 사실을 아직도 깨닫지 못했다.

결국에는 현실을 보지 못하는 어린애 집단이었다.

"어쩔 수 없지……. 합류 지점으로 가자."

"책임은 네가 져라. 우리를 끌어들이지 마."

"그래그래, 네가 마음대로 시작한 거다?"

"……."

이곳에 있는 자들은 아직도 자기는 안전하다고 생각했다.

그것이 착각임을 깨닫기에는 그들의 정신 수준은 너무 미숙했다.

결국 혈통주의의 말단인 학생들은 예정대로 자객과 합류할 장소로 이동을 개시했다.

다만 이중에 브레마이트의 모습은 보이지 않았다.

그가 어디로 사라졌는지는 아무도 몰랐다.

 제9화 아저씨, 라마흐 숲에 도착하다

라마흐 숲.

솔리스테어 마법 왕국 거의 중앙에 위치한 광대한 숲이었다.

파프란 대산림 지대 정도는 아니지만, 많은 마물이 서식하는 영역이기도 했다.

주로 용병이나 학생이 약초나 광석, 마물 소재 따위를 모으는 장소였지만, 기사나 마도사의 수련 장소로도 유명한 숲이었다.

마물 서식지로도 적합한 환경인데, 어느 학자의 가설에 의하면 대지를 흐르는 마력이 어딘가에 머물기 때문이라고 한다.

파프란 대산림 지대에 흐르는 마력이 이 숲에 머물며 마물이 서식할 최적의 환경을 만들고 있다는 가설이지만, 진실인지는 확인되지 않았다.

"즉, 레이 라인 위에 숲이 있다는 말인가요? 그렇다면 점점 더 대산림 지대의 의문이 커지네요~. 그 숲은 이상할 정도로 동식물의 생명력이 강하니까……."

"용맥의 마력이 산토르 아래를 흐른다고 하지만, 그걸 증명한 학자는 아무도 없어."

"아~, 만드라고라의 번식력이 그렇게 강한 이유를 알겠네요. 지하를 흐르는 마력에 영향을 받았던 건가? 다른 식물도 다소 영향을 받는 것 같고."

라마흐 숲 앞 캠프장에서 학생과 용병들이 진지 설치로 움직이는 가운데, 아저씨는 츠베이트와 이 땅에 관한 이야기를 주고받고 있었다.

대산림 지대 정도로 강하지는 않아도 이 숲에 서식하는 마물은 나름대로 강하고 위험했다.

"그러고 보니 스틸라로 이어진 가도가 유난히 넓어 보이던데 요새라도 있나요?"

"맞아, 이 나라 최대의 요새 중 하나가 스틸라 앞에 있어. 병사와 식량, 물자를 이송하기 위해 가도를 넓게 만들었지. 도중에 길폭이 좁아지는 곳은 적을 매복하거나 지형 때문에 넓힐 수 없던 곳이야."

"갑자기 폭이 좁아지긴 하더군요. 하마터면 리어카가 날아갈 뻔했어요."

"스승님…… 대체 뭘 타고 온 거야?"

츠베이트의 질문에 아저씨는 어떻게 대답할지 궁리했다.

주위에는 사람이 많아서 자세한 내용을 말하는 것은 현명하지 않았다.

"그냥 그런 마도구가 있습니다. 사람이 타고 이동할 수 있을 뿐인 장난감이죠."

"장난감…… 마도구는 쉽게 만들 수 있는 게 아닌데……. 크로이사스 녀석도 신났었겠지. 그 녀석은 마법과 관련되면 눈이 돌아가니까."

"질문 공세를 퍼붓더군요. 이건 뭐냐, 이건 어떤 기능이 있느냐……. 덕분에 장비를 교체하는 데 시간이 걸렸어요."

"그 멍청이…… 조금은 자제할 것이지."

그만큼 크로이사스는 할리 선더스 13세에 큰 관심을 보였다.

그러나 제로스에게는 아직 불만이 남는 마도구였다. 본체 자체는 문제가 없었지만, 크로이사스와 함께 붙인 사이드카가 문제였다.

무엇보다 아직 기능 테스트를 하지 않아 어느 정도 성능을 발휘할지도 미지수였다.

바이크와의 균형 문제를 생각해 사이드카에 마도포 컨테이너를 장착했지만, 안정성이 확보되었다고는 생각하기 어려웠다. 포격을 쏘면 반동으로 날아가지 않을까, 하는 불안이 남았다.

폐품을 이용했을 뿐이므로 실제로 써 보지 않는 한 판단할 수 없었다.

"역시 제대로 설계해야겠어……. 기억에 있는 걸 재현해서 폐기물을 적당히 이어붙인 것만으로는 역시 위험하겠지~."

"무슨 이야기야? 정말로 스승님은 뭘 타고 온 거야……."

"한마디로 하면 『커다란 장난감』일까요? 미완성품이라고 해야 하나? 한 번 사고가 났었지만, 아무도 안 죽고 여기까지 온 것만 해도 다행이죠."

"위험하잖아! 안전성은 생각 안 해? 보통은 그쪽부터 고려해 제작하지 않아? 마도구 맞지?"

"시간이 없었으니까요. 도중부터 이것저것 붙였더니 상태가 이상해졌어요. 개량하기에도 시간이 부족했고요. 끝까지 매달려 봤지만, 결과는 최악이었습니다. 하하하하하."

"……그 이것저것이 문제였던 거 아냐? 웃을 일이 아니라고."

가도에서는 급커브에서 리어카가 걸려서 균형을 유지하기 어려웠다.

멀미 때문에 휴식을 오래 취했기 때문에 늦은 만큼 속도를 냈는데, 하마터면 사고가 날 뻔한 적이 한두 번이 아니었다.

그 도중에 설마 전설의 발 브레이크를 하게 될 줄은 꿈에도 생각하지 못했다.

"앗…… 배○ 모빌#8로 할 걸 그랬나? 그건 자동차고 가령 차체가 부서져도 바이크로 분리할 수 있는데……."

#8 배○ 모빌 배트모빌. 배트맨이 타고 다니는 자동차.

"아니, 나한테 말해도 몰라. 무슨 소리야?"

강력한 모터라면 여럿 있었다. 딱히 ㅇ트 모빌을 제작해도 문제는 없었을 것이다.

이제야 그 사실을 깨닫고 제작 시에는 참 여유가 없었다며 아저씨는 당시를 추억했다. 츠베이트는 당연히 이해하지 못했다.

"츠베이트! 수다만 떨지 말고 도와줘. 일손이 부족해."

"아, 미안. 지금 갈게~."

"학생이 텐트 설치인가요? 참 바쁘네요……."

"전쟁이 났을 때를 대비한 훈련이기도 해. 마도사는 병역 의무가 있으니까. 그건 학교 학생도 마찬가지야. 언제든 거부권이 있는 용병이 부러워……."

"쓸모 있다는 생각은 안 드는데 말이죠. 여기서 실전을 경험해도 군과 연계하기는 어렵지 않을까요? 작전 행동을 할 지식도 없을 테고요. 그냥 죽으러 가는 것 아닙니까?"

"이 훈련에 참가하는 사람 중에는 용병 지망자도 많아. 싫어도 실전으로 배우겠지. 신경 써 봤자 시간 낭비야."

병역 의무를 피하기 위해 용병이 된다. 아저씨에게는 본말전도라는 생각만 들었다.

길드 카드와 함께 용병 의무가 적힌 설명서도 받았는데, 용병은 일정 랭크까지 전쟁 참가 의무가 있으며 길드 랭크가 올라감에 따라서 그 책무가 완화되었다.

또한, 용병은 일정 의뢰를 받지 않으면 등록이 취소되어 재등록해야만 했다. 그리고 그때는 랭크가 떨어지는 등 페널티가 존재한다는 귀찮은 내용이 상세하게 적혀 있었다.

제로스는 길드 카드가 실효되어도 상관없었지만, 이리스는 전쟁 참가 의무가 부과되어 만약 전쟁이 일어나면 싫어도 전장으로 갈 운명이었다.

언뜻 보면 전쟁 참가 의무가 사라지는 것 같지만, 사실 용병이 되어도 전쟁터로 보내질 위험성은 사라지지 않았다. 츠베이트는 공작가 인간이며 전쟁 참가는 강제되기 때문에 이런 세세한 사항에는 어두운 듯했다.

상위 랭크 용병의 병역이 완화되는 큰 이유는 실력 있는 용병이 크는 시간을 고려하면 아무래도 상위 랭크 인재가 귀중하기 때문이었다. 숙련된 용병이 잘 육성되지 않는 이상 상위 랭크 용병은 병역이 면제되는 대신 미숙한 용병을 훈련시킬 의무가 발생한다.

마물의 위협이 언제나 존재하기 때문에 인재 확보는 심각한 문제였다.

"디오가 부르니까 나는 갈게. 나 참, 텐트 설치가 대체 얼마 만이야……."

"저도 용병 텐트나 설치하러 가 봐야겠습니다. 일단 제 텐트는 준비했지만요."

"스승님, 자기 텐트가 있으면 쓰는 게 좋을 걸? 용병 중에는 도둑이나 남색가도 있다고 하니까. 전에 실전 훈련에 참가했을 때 텐트로 끌려 들어간 녀석이 있었어……. 여자 대신이었다고 해."

"정말인가요?! 이게 무슨 끔찍한 직업인가요……. 하긴, 꼬꼬들도 있으니까 제 텐트를 쓰는 게 낫겠죠……."

아무리 그래도 이 나이 먹은 아저씨를 노릴 변태는 없겠지만, 무슨 일에도 예외가 있는 법이라고 몸소 경험한 바 있으니 경계만은 하자고 마음먹었다.

아저씨는 싫어하는 것에 대해서는 철저하게 방어책을 강구하는 사람이었다.

츠베이트와 헤어진 후, 제로스는 자신의 텐트를 칠 장소를 확보하고자 용병들의 숙영지로 갔다.

◇ ◇ ◇ ◇ ◇ ◇ ◇

"이거…… 어떻게 해야 하나요? 저는 통 모르겠네요……."

"지지대를 조립해서…… 이 천 안에 넣어 고정한다고 들었어요……."

"이 쇠망치는 어디 쓰는 거지? 나도 잘 모르겠어. ……응?"

세레스티나 일행은 현재 텐트를 치느라 고군분투 중이었다.

태생이 귀족 아가씨인 캐럴스티는 캠프라고는 해 본 적이 없다. 당연히 텐트 설치도 미경험이었다. 세레스티나는 전에 대산림 지대에서 실전 훈련을 했지만, 텐트 설치는 기사들이 한 터라 조립법을 몰랐다.

우르나도 사정은 다르지 않았다. 애초에 수인은 이런 도구를 사용하는 성격이 아니었다.

좋게 말하면 대범하고, 나쁘게 말하면 매사에 건성인 종족이므로 텐트를 칠 바에야 노숙을 하겠다는 시원시원함을 가졌다. 이 특성이 야만적인 종족이라고 불리는 원인이지만, 수인족 대부분은 사소한 일에 신경 쓰지 않는 성격이었다.

편리한 도구라면 써먹으려고 배우겠지만, 귀찮은 일은 싫어하기 때문에 지지대로 골격을 만들어 치는 텐트는 경원시했다. 애초에 흙 위에서 자기를 전혀 꺼리지 않는 종족이기도 했다.

"병역 의무가 있는 건 알지만, 이런 훈련은 가장 먼저 강의로 가르쳤어야 했어요. 갑자기 조립하라고 시켜도 우리가 어떻게 아나요!"

"으음~. 이 파이프는 어디에 연결하는 거지~? 어라? 길이가 달라……. 이 밧줄은 또 뭐야? 어우, 하나도 모르겠어~!"

"이 커다란 주머니는 뭘까요? 파이프를 감싸던 것인데 조금 큰 느낌이…… 음?"

세상 물정 모르는 귀족 아가씨 두 명과 친구가 없어 캠프를 해 본 적 없는 우르나에게는 이런 작업은 솔직히 힘들었다.

가까운 곳에서는 크로이사스와 친구들이 텐트를 치고 있었지만, 그들은 마카로프가 주도해 지시를 내리는 덕분에 대단히 효율적으로 설치가 진행됐다.

곤란하게도 텐트 설치를 할 때는 다른 팀과 상담해서는 안 된다는 규칙이 있고 강사들이 항상 순찰을 돌며 감시했다. 일반 학생은 텐트를 순조롭게 설치했으나, 귀족 출신은 상당히 난항을 겪고 있었다. 조립 설명서가 없고 경험이 없으니까 당연한 일이지만…….

"말뚝은 땅에 박는 거겠지만, 지지대 조립하는 법을 잘 모르겠어요. 가느다란 파이프와 긴 파이프가 있고, 짧은 끈은 뭘까요?"

"땅에서 자도 딱히 상관없지 않아? 누구한테 피해 주는 것도 아니고."

"싫어요! 옷은 어떻게 갈아입으시려고 그러나요? 사람들 앞에서 그런 상스러운 짓은 못 해요!"

"뭐~? 나는 신경 안 쓰는데? 본다고 닳는 것도 아니고."

"'그건 여자로서 조금 아닌 듯한…….'"

우르나에게 수치심은 없었다.

수인인 그녀는 아무리 인간이 있는 환경에서 자라도 야생아였다.

"우르나…… 여자니까 주위 시선을 조금 신경 쓰세요."

"맞아요. 그런데 조금 궁금한 게, 저는 이름으로 부르면서 왜 세레스티나 양에게는 님을 붙이죠?"

"뭐~? 세레스티나 님은 세레스티나 님이잖아? 캐럴스티는 캐럴스티고. 뭐가 이상해?"

"저도 귀족인데…… 왜 님을 안 붙이죠? 받아들일 수 없어요."

"???????"

우르나는 캐럴스티의 말뜻을 정말로 이해하지 못했다.

설명을 덧붙이자면, 수인족은 의리에 충실한 종족이었다. 은인이나 강자에게는 경의를 표하지만, 그 외에는 데면데면하게 굴었다. 세레스티나에게 경의를 표하는 이유는 괴롭힘을 받을 때 구해 줬기 때문이었다.

거의 본능으로 판단할 뿐이고 딱히 사람에게 순위를 매길 생각은 없었다.

요컨대 세레스티나는 강아지를 주운 것과 비슷했다. 그리고 사랑받았다.

생김새가 인간과 같은 탓에 캐럴스티가 자신을 업신여긴다고 느끼는 것도 어쩔 수 없는 일이지만, 애당초 수인족에게는 귀족이라는 지위나 권력자의 분별은 없는 것이나 다름없었다.

가령 있다고 한다면 은인인가 강자인가의 차이뿐이었다.

세레스티나는 어색하게 웃으며 그 사실을 설명했다.

"이해했어요. 즉, 수인족은 인간과 함께 살아도 야생의 직감만으로 살아가는 종족이란 말이로군요?"

"저도 처음에는 당황했어요. 이름으로 불러 달라고 했지만, 완강하게 『님』을 붙이겠다고 고집하더라구요. 솔직히 캐럴스티 양이 부러워요."

"그런가요? 의외예요. 저는 받아들이고 있는 줄만 알았는데……."

"경칭을 붙여 부르면 소외감을 느끼는 법이에요. 저는 가벼운 마음으로 대화하고 싶은데……. 솔직히 별명으로 불리고 싶다는 생각도 들어요."

"『님』자를 붙인다는 것 말고는 이보다 더 자유분방할 수 없어요. 신경 쓸 필요가 있나요?"

"그게 다행이에요. 괜히 공손히 굴면 제가 불편해서……."

원래 첩의 자식인 세레스티나는 공손하게 이름을 불리길 싫어했다.

다행히 우르나는 『님』을 붙이지만, 그것 말고는 실로 자유롭고 거리낌 없이 말을 걸어줬다. 다소 불만은 있으나, 친구가 생긴 것은 솔직히 기뻤다.

"앗……."

"응?"

세레스티나가 문득 눈을 돌리자 그곳에는 온몸을 검게 감싸고 태평하게 담배를 피우며 걷는 아저씨가 있었다. 완벽한 매너 위반이었지만, 이 세계에 그런 규칙은 존재하지 않았다.

"어? 서, 설마 선생님? 왜 이런 곳에?!"

"조금 전까지 츠베이트 군과 같이 있었습니다. 그보다 이 복장으로는 알아보기 힘든가요……?"

"한눈에 알아보지는 못했어요. 선생님은 지금 뭘 하고 계시죠?"

"저요? 지금 용병이 모인 곳으로 돌아가는 참입니다. 학생들과는 따로 텐트를 치니까요."

이 훈련에서는 학생들에게도 경계심을 가지도록 하기 위해서 호위 용병들과 텐트 설치 장소가 나뉘어 있었다. 항상 호위할 수 없는 제로스 입장에서는 학교의 방침이 못마땅했다.

"딱히 이쪽에 계셔도 되지 않나요? 오라버니 호위를 위해서니까 딱히 문제는 없을 텐데요?"

"그건 어디까지나 우리 쪽 사정이죠. 저는 용병으로 참가했으니까 츠베이트 군 호위가 되리라는 보장도 없습니다."

용병들은 내일 제비뽑기로 호위할 학생 파티를 정한다.

누가 어느 파티를 호위할지 모르는 이상 다양한 가능성을 생각해 예정을 짜는 것이 가장 바람직했다. 무슨 일이든 완벽하지 않은 한 수단은 다다익선이었다.

"……여기까지 오는 사흘간 선생님을 뵙지 못했는데요?"

"선행해서 마물을 해치우거나 꼬꼬들의 훈련을 도왔어요. 그리고 츠베이트 군의 호위를 했습니다. 그게 일이니까요."

"그렇게나 위험한 상황인가요?"

"도적들도 어떤 귀족한테 고용됐다고 말했으니까 분명히 움직이겠죠."

꼬꼬들에게 전멸당한 도적들은 그 후 용병들에게 인도되어 가까운 요새로 연행되었다.

절반은 무참하게 살해당하고 나머지는 중, 경상자였다. 도적들이 준비한 마차를 이용해 옮겼지만, 아마 중상자는 범죄 노예조차 되지 못하고 처형당할 것이다.

치료할 바에야 경상인 자를 남기고 처분하는 편이 경비가 적게 들기 때문이었다. 범죄자에게 인권은 없었다.

"후…… 왜 이런 일이 벌어진 걸까요? 츠베이트 오라버니는 잘못을 지적했을 뿐이에요. 그게 설마 이런 사태로 번지다니……."

"능력도 없으면서 야심을 품는 자는 남의 의견을 듣지 않습니다. 한없이 거만하고 타인을 업신여기는 것을 당연하게 생각하니까요."

"역사 속에는 영웅이라고 칭송받는 야심가도 있는걸요?"

"조사해 봤는데 대개는 나라의 정책에 불만이 있거나 섬기는 인물이 어리석은 경우가 많더군요. 같은 야심가라도 냉정하면서 백성도 생각하는 큰 그릇을 가진 인물이 성공합니다."

"자기만족에 빠진 야심가는 대성하지 않는다는 말씀인가요? 오라버니는 혈통주의파라고 했지만, 혈통 마법이 그렇게 우수할까요?"

"유전적으로 이어받은 마법 따위 대단할 것도 없습니다. 갓난아

기일 때부터 갖는 마법 아닙니까. 이데아 영역 용량만 차지하고 효과 자체는 내세울 만한 게 아니에요. 드물게 강력한 마법도 존재하지만, 제대로 다룰 수 있을 때까지 성장할 수 있을지 의문이군요. 배울 수 있는 마법도 한정되니까 고위력 마법은 쓰지도 못합니다. 마도사가 아니라 다른 길을 추천하고 싶군요."

왕정 국가가 난립하는 이 세계에는 오만하게 백성을 멸시하는 왕족이 제법 있었다.

귀족도 그렇지만, 권력에 맛 들여 백성을 무시한 바람에 반란이 일어나 지위를 빼앗기는 경우가 많았다. 반란 주모자는 뒤에서 수작을 부려 정당성을 전파하고 후세에 영웅이라고 불리게 된다.

쉽게 말해 얼마나 백성에게 지지받느냐가 중요하며, 그것을 무시한 자들은 결과적으로 파멸할 운명이란 것이었다. 하지만 반드시 반란이 성공하지는 않았다. 간혹 악행을 저지르고도 편안하게 천수를 누리는 위정자도 있었다.

그렇지만 왠지 혈통 마법을 계승하는 마도사는 번번이 반란을 일으키고 막대한 희생자를 냈다. 그것은 【소드 앤 소서리스】에 등장하는 NPC 혈통 마도사도 마찬가지였다며, 아저씨는 묘한 기시감에 사로잡혀 있었다.

'그건 정말로 NPC였을까? 만약 그게 NPC가 아니라 진짜 인간이었다면 【소드 앤 소서리스】 세계는 대체 뭐지? 무엇을 위해 만들어진 세계지?'

이 세계와 게임 속 세계는 닮았지만, 다른 점도 많았다.

그러나 지금 공통된 점은 혈통 마법을 가진 마도사가 반란을 일으키는 경향이 강하다는 점이었다.

【소드 앤 소서리스】에서 혈통 마법을 계승한 NPC 마도사를 팬 경험은 있지만, 그때 감촉은 현실과 다르지 않았다. 현실 세계와 견주어 손색이 없다는 것이 되레 꺼림칙했다.

아니꼬운 태도도 마찬가지라서 게임과 현실의 경계선을 알 수 없어졌다. 지금이라면 이 기이함에 대한 의문이 떠오르지만, 전생 전에는 전혀 신경 쓴 적이 없었다.

"그런데…… 텐트를 안 쳐도 괜찮나요? 두 사람이 원망스럽게 이쪽을 보는데요?"

"네? 아앗?!"

등 뒤에서는 텐트를 치지 못해 불만스러운 눈으로 세레스티나를 노려보는 캐럴스티가 있었다.

우르나는 그녀를 흉내 내고 있을 뿐이었다.

"세레스티나 양, 아는 분과 이야기하는 건 좋지만, 이쪽 일을 잊지 않으셨나요?"

"죄송해요! 기뻐서 그만……."

"그 아저씨가 세레스티나 님의 선생님? ……우와, 이 사람…… 무서워."

우르나는 기운차게 세레스티나에게 다가왔으나, 제로스의 기운을 느낀 순간 꼬리와 짐승 귀가 아래로 내렸다. 적이 되면 안 되는 상대라고 판단한 모양이었다.

"흠, 아무래도 텐트 설치에 애를 먹는 것 같군요. 지지대를 연결해 주머니 모양 시트 안에서 입체적으로 조립하는 타입인가요? 구조가 구식이네……."

"선생님! 이 훈련은 다른 사람에게 텐트 설치법을 물으면 안 된다고……."

"용병에게도 말인가요? 애초에 경험이 전혀 없는 학생에게 갑자기 텐트를 치라고 해도 고전할 텐데요?"

"앗…… 그러고 보니 『용병에게 물으면 안 된다』는 규칙은 없었어요……."

그랬다. 이 실전 훈련은 유사시 용병들과 교류하기 위한 훈련도 겸하고 있었다.

전쟁이 벌어지면 용병과도 면밀하게 작전을 연계해 실행해야 하므로 학생과 용병을 교류시켜 많은 것을 배우게 하겠다는 의도였다. 전쟁은 기사나 귀족만 싸우는 게 아니었다. 세레스티나는 겨우 이 훈련의 의미를 이해했다.

"어쩔 수 없죠. 저도 돕겠습니다. 힘들어 보이니까요."

"부, 부탁드릴게요……. 이대로는 쉬지도 못할 것 같아요."

"귀족 자녀와 수인족인가요……. 이거 참, 이런 작업에 어울리지 않은 멤버만 모였군요~. 수인족은 대부분 꼼꼼함과 벽을 쌓고 사니까요."

세레스티나 파티는 멤버 조합 자체에 문제가 있었다.

간단한 조립 작업조차 못 하거니와 무엇보다 그녀들의 텐트는 구식이라 부품 수가 많았다.

지지대도 무거운 철제라서 여자 세 명이 설치하기에는 조금 힘들어 보였다.

제로스는 어쩔 수 없다는 투로 그녀들을 도왔다. 이 훈련은 용병과 교류를 나누는 것뿐 아니라 텐트 조립법이나 기술을 확실히 익히는 것 또한 목적이었다.

아무튼 이리하여 세레스티나 파티는 어렵사리 잘 곳을 확보했다.

여담이지만, 아저씨의 텐트는 던지면 펼쳐지는 타입이라서 고생고생 텐트를 치던 학생들에게 눈총을 샀다고 한다.

지구의 아웃도어 제품을 복제한 물건인데 그들 눈에는 치사하게 보인 듯했다.

다음 날 아침, 학생들은 마침내 실전 훈련에 돌입했다.

라마흐 숲으로 들어가 마물을 발견해 쓰러뜨릴 뿐이지만, 저학년 학생에게는 첫 실전이었다. 고학년 중에서도 실전 훈련에 처음 참가한 사람이 있었지만, 그들 대부분이 학점을 따려는 목적일 것이다.

또한, 실전 훈련은 장소가 바뀌므로 장소에 따라서는 한 번도 전투가 벌어지지 않는 경우도 있었다. 약한 마물은 인기척을 느끼면 바로 도망가므로 헛걸음을 하게 될 확률이 높아 마물을 찾는 것도 운에 크게 좌우되었다. 그래서 학생 대다수가 기대와 긴장의 틈새를 오갔다.

하지만 우선은 아침 식사를 해결해야 했다.

사흘이나 걸어 움직이지 못하는 학생도 많았다. 아무리 마물이 약해도 죽을 위험이 없다고는 장담할 수 없으므로 배를 채워 기운을 차리지 않으면 여기서 더 나아가기란 힘들었다.

마차에는 조리 기구가 설비된 포장마차 같은 것도 있었다. 용병 길드가 마련한 그 마차에서는 요리사들이 항상 식사를 준비해줬다. 학생들에게는 생명선이라고 할 수 있으리라.

이 마차와 식량을 지키기 위해 몇몇 용병이 호위로 붙어 있었다. 그런데 아저씨는 아침을 준비하는 요리사를 바라보며 의문스럽게 신음했다.

그런 제로스가 신경 쓰여 이리스가 말했다.

"아저씨, 왜 그래?"

"아뇨, 저 요리사들 엄청 강한데 호위가 필요할까 싶어서요."

"확실히 몸을 단련한 방식이 요리사가 아니야. 마치 군인 같아. 특수 부대?"

"메탈한 솔리드[#9] 느낌이 풀풀 나네요. 당장에라도 골판지 박스 안에 숨어 적을 배후에서 암살할 거 같군요."

요리사는 모두 직업에 어울리는 복장이었지만, 가죽 벨트에 크기가 다양한 식칼을 차고 허리띠에 향신료 용기 따위가 꽂힌 점이 이색적이었다.

요리 재료를 보는 눈이 먹잇감을 노리는 사냥꾼을 방불케 했다. 그들은 앞에 놓인 재료를 보고 짐승 같은 웃음을 짓더니 경이적인 솜씨와 무시무시한 속도로 조리를 시작했다.

"스콜피온, 밑간은 맡기겠다!"

#9 메탈한 솔리드 『메탈기어 솔리드』 코나미에서 발매한 전략 잠입 액션 게임.

"헷. 맛있게 요리해주지. 너는 왼쪽 고기를 부탁한다. 실수하지 마."

"누구한테 하는 소리냐? 내가 실수를 할 리가 없지!"

"큭, 적(식사를 기다리는 학생)의 증원이다! 대장(주방장), 엄호를 부탁해!"

"이쪽도 그럴 여유 없어! 10분 버텨라, 내가 직접 가겠다!"

"이쪽에도 증원이다! 보급(손질한 재료)은 멀었나?! 더는 못 버텨!"

"쳇, 굶주린 늑대들(배고픈 학생과 용병) 같으니…… 조금은 사양할 줄도 알아야지!"

대화만 들으면 도무지 요리하는 것처럼 보이지 않았다.

그들은 그야말로 조리장이라는 전장에 서 있었다.

"……왜일까요? 긴장감 넘치고 눈을 뗄 수가 없는데……."

"엄청 조마조마해……. 요리사의 세계는 언제나 전쟁터구나."

"그들은 프로페셔널입니다. 어떤 상황에서도 손님에게 요리가 담긴 접시를 내기 위해 목숨을 걸죠……. 조리장이 전장이라고 들은 적은 있지만, 실제로 보니 장엄하군요."

"굶주린 적(손님)이 모조리 격파당하고 있어. 정체가 뭘까, 저 요리사들……."

이리스와 아저씨는 요리 전사들의 긴박한 전투(요리 광경)를 지켜보며 마른침을 삼켰다.

그들의 전투는 흡사 진검 승부. 어떤 실수도 용납되지 않는 하드한 미션이었다.

그들은 줄선 손님을 모조리 요리로 격파해 가며 위장에 확실한 타격을 줬다.

그렇다. 그들의 임무는 적(손님)을 완전 제압(배 채우기)하는 것이었다.

"엄청 맛있어 보이네요~. 우리도 줄설까요?"

"그러자. 냄새를 맡으니까 배가 고파졌어."

보기만 해서는 만족할 수 없었다. 요리에서 감도는 먹음직스러운 향이 아저씨의 위장에 다이렉트 어택을 꽂았다. 그 냄새는 줄선 자들에게도 막대한 파괴력이 되어 직격했다.

더는 식욕을 주체할 수 없었다. 흡사 스나이퍼에게 저격당하는 기분이었다.

"새로운 적 증원! 기습이다!"

"뭐야? 어떻게든 견뎌! 보급이 도착할 때까지 버텨라!"

"옛! 기필코 이곳을 사수하겠습니다!"

"여기는 바이퍼, 보급 완료! 언제든 출격 가능합니다!"

"좋다, 반격한다! 죽지 마라!"

""""""옛!"""""""

라마흐 숲에 설치된 진지에서 불꽃 튀는 전투가 시작됐다.

그로부터 한 시간 후, 눈앞에 쓰러진 짐승들(배가 불러서 못 움직이는 학생과 용병) 앞에서 요리 전사들은 해냈다는 표정으로 나란히 섰다.

오늘도 전장에서 살아남은 그들은 새로운 전장에 도전할 준비(점심 준비)를 시작했다.

요리 전사들의 싸움은 끝나지 않는다.

◇ ◇ ◇ ◇ ◇ ◇ ◇

아침 식사에 만족한 학생과 용병들은 드디어 숲으로 발을 들이기로 했다.

그러기 위해 조를 편성하는데 학생들은 마음 편하게 친구나 동급생끼리 조를 짜려고 했다.

문제는 제로스 쪽이었다. 이번 제비뽑기로 츠베이트 호위 담당이 되지 못하면 의뢰 수행이 상당히 까다로워진다. 당연히 긴장도 고조되었고…….

"""……."""

아저씨 일행은 말이 없었다.

왜냐하면 아무도 츠베이트의 호위가 되지 못했기 때문이었다.

순전히 운에 달린 문제이므로 어쩔 수 없긴 하지만, 호위를 의뢰받은 입장에서는 심각한 문제였다.

"저는…… 평범한 학생 조 담당이군요…….

"나랑 이리스는 호위 대상이 아니라 여동생 쪽이야…….

"레나 씨는?"

세 사람이 레나 쪽으로 눈을 돌리자 그녀는 새파란 얼굴로 절망에 몸을 떨고 있었다.

"나는…… 남동생 쪽. 하늘도 무심하시지. 귀여운 스위트 보이가 이렇게 많은데…… 참아야 한다니…….

"아니, 우리는 호위를 하러 왔거든요? 목적을 잊지 않으셨습니까?"

"레나, 너…… 우리 일 잊었어? 생계가 걸렸다고."

"여기는 레나 씨의 먹잇감이 많으니까 목적을 잊을 만한 조건이 풍족하긴 해. 전에도 일하다가 갑자기 사라졌지……."

"아~, 그런 일도 있었죠……."

와일드 꼬꼬 토벌 의뢰 당시도 레나는 도중에 행방이 묘연해졌다.

마음에 드는 소년을 앞에 뒀을 때, 그녀의 마음은 그 미성숙한 먹잇감을 우선하기에 골치가 아팠다.

레나는 풋풋한 과실과 같은 소년들에게 어른의 계단을 오르게 하는 기쁨으로 살아가는 여자였다.

아저씨는 희생자들이 그 계단에서 굴러떨어지지나 않을지 걱정이었다.

"하는 수 없죠. 꼬꼬들에게 츠베이트 군 호위를 맡깁시다. 조금 과잉 전력이라는 느낌도 들지만…… 상대가 범죄자면 상관없겠죠, 뭐."

"그건 아저씨도 마찬가지야. 아저씨라면 이 숲을 혼자 홀랑 태워 버리지 않을까?"

"초장부터 문제에 직면했군. 우리 모두 호위 대상이 되지 못한 건 문제잖아? 꼬꼬들은 정말로 괜찮아?"

애초에 이 의뢰에는 문제가 너무 많았다. 호위 대상 곁을 지킬 수 있을지 불확실하며 인원도 한정되었다. 과하게 강력한 아이템을 건네주기는 했지만, 그것만으로는 안전을 확신할 수 없었다.

"가능한 한 숲 안쪽으로 가지 않게 해야 하지 않을까? 우리가 제때 도착할 수 있을지 모르잖아?"

"그렇지……. 아무리 습격자라도 사람이 많은 곳은 피할 거야."

"그런 상식이 통하는 상대라면 좋겠는데 말이죠……. 무슨 일이든 예외가 있으니까요."

호위 임무는 시작부터 위기에 봉착했다.

예상은 했었지만, 실제로 문제가 발생하면 불안의 무게감이 달랐다.

훈련 기간은 나흘. 의뢰는 앞길이 막막한 채로 스타트를 끊었다.

 ## 제10화 아저씨, 소년들의 호위로 붙다

예상대로라고 해야 할까? 제로스 일행은 츠베이트의 호위가 되지 못했다.

제비뽑기로 담당하게 된 호위는 솔리스테어 가문과는 무관한 학생들이었고, 정작 중요한 츠베이트를 아무도 마크할 수 없게 됐다. 이렇게 되면 모든 것은 믿음직한 닭들에게 맡길 수밖에 없었다.

문제는 꼬꼬 세 마리는 전투가 벌어지면 지나치게 흥분한다는 점이었다.

그들은 강자를 찾아 자신의 경지를 높이는 데 무서울 정도로 적극적이었고 앞길을 가로막는 자에게는 앞뒤 가리지 않고 싸움을 거는 호전적 성격을 가졌다.

즉, 전투에 정신이 팔려 호위 임무를 잊을 가능성이 컸다. 믿을 건 그들밖에 없으므로 역할을 제대로 수행해줬으면 좋겠지만, 과연 믿어도 될지 조금 불안이 남았다.

"이거 참…… 뭐라고 설명을 해야 하지."

일반적으로 와일드 꼬꼬는 기질이 거칠지만 약한 마물이었다.

아종이라서 아예 다른 마물로 변질한 그들이라도 겉모습은 와일드 꼬꼬였다. 호위라고 말해도 츠베이트가 수긍하리라 생각하기 어려웠다.

다행히 도적을 섬멸했으니까 강하다는 사실은 알겠지만, 그렇다고 믿을 수 있겠냐고 하면 대답이 망설여졌다. 그도 그럴 게 마물이니까.

언어를 이해한다고 말해도 많은 사람은 개나 고양이 같은 느낌으로 생각할 테고, 솔직히 호위로도 우수하다고는 말하기 어려웠다. 그도 그럴 게 닭이니까.

아저씨는 무거운 걸음걸이로 츠베이트 곁으로 갔다.

"스승님?"

츠베이트는 제로스를 알아보고 잰걸음으로 다가왔다.

"츠베이트 군…… 나쁜 소식이 있습니다."

"스승님이 호위가 되지 못했다는 말이야? 그건 예상 범위인데……."

"눈치가 빨라서 좋네요. 그 대신…… 이 세 마리에게 호위를 맡기기로 했습니다."

"아…… 닭처럼 생긴 마물 말이지. 어떻게 하면 그렇게 강해지는 거야? 이미 다른 생물이잖아……."

"그래요. 이미 다른 종족인【그래플러 꼬꼬】와【슬래시 꼬꼬】, 그리고【스나이퍼 꼬꼬】죠. 최근 이런저런 기술을 배웠으니까 겉만 보고 판단하면 호된 꼴을 당합니다. 조심하세요."

"그런 이름 들은 적도 없어! 아종이 아니라 변이종 아냐?"

"하지만 강해요……. 보통 용병은 상대도 안 될 수준으로……."

시선이 향한 곳에 있는 꼬꼬들은 살기등등했다.

그들은 언제나 강자를 바라고 있었다.

"저 녀석들, 기백이 엄청나잖아……."

"으음, 그들은 오히려 습격자가 오길 기다리고 있겠죠. 강자를 쓰러뜨리고 강해지는 것에만 정신이 팔렸으니까……."

"성질이 거친 게 아니라 무지막지한 싸움꾼이잖아……. 그나저나 꼬꼬라…… 으음."

분명히 그들은 강했다.

그러나 전투 훈련에서 작은 꼬꼬 세 마리를 데리고 걷는 모습은 농담으로도 폼이 난다고는 할 수 없었다.

오히려 목가적 분위기가 흘러나와 훈훈함을 주리라.

"츠베이트…… 우리, 꼬꼬랑 마물 사냥을 하러 가? 애들이 웃지 않을까?"

"그러지 마……. 이 닭들이 우리보다 강한 건 분명하다고."

"그건 알지만, 좀 꼴사납지 않아? 꼬꼬를 데리고 걷는 모습을 세레스티나 양이 보면……."

"『귀엽다』고 할지도 모르지. 꼬꼬에게, 겠지만……."

"OK! 꼬꼬가 대수일쏘냐! 나는 인정할게. 그녀가 웃어준다면 나는 악당이라도 되어 보이겠어!"

디오의 태세 전환은 신속했다.

조금이라도 세레스티나의 관심을 끌 수 있다면 그는 신조차 적으로 돌릴 각오가 되어 있었다.

사랑하는 남자는 무모했다.

"츠베이트 군⋯⋯. 그는 설마⋯⋯."

"예상하는 대로야, 스승님. 저 녀석은 꽤 오래전부터 세레스티나에게 푹 빠져 있어⋯⋯."

"이, 이리도 무모하고 목숨 아까운 줄 모르는 사람이 있다니⋯⋯. 저 친구, 죽고 싶답니까?"

"나도 알지만, 저 녀석은⋯⋯ 큭⋯⋯."

"츠베이트 군도 괴로웠겠군요⋯⋯. 자칫 잘못하면, 아니, 잘못하지 않아도 그는 죽을 겁니다⋯⋯. 그 노인이 모를 리가 없어요."

"나도 말렸어⋯⋯. 기회를 봐서 몇 번이나⋯⋯. 하지만 저 녀석은 진심이야. 나는 친구의 마음을 멈출 수 없어⋯⋯."

츠베이트의 입장은 괴로웠다.

디오가 세레스티나에게 호의를 품는 이상 장애는 손녀 바보인 크레스톤이었다.

아저씨와 츠베이트의 머릿속에는 맛있게 통구이가 된 디오밖에 떠오르지 않았다. 할아버지의 폭거에 눈물 흘리는 세레스티나의 모습이 눈에 선했다.

어느 쪽이든 불행한 결과밖에 나오지 않을 것이 뻔했다.

"아무튼 간에 꼬꼬들을 호위로 붙이겠습니다. 위험해지면, 알죠⋯⋯?"

"알아. 가능하다면 쓰지 않고 끝났으면 좋겠는데⋯⋯."

"멍청하면 용감하다고 하죠. 틀림없이 이 기회에 행동에 나설 겁니다. 옛날에 델사시스 공작님이 철저하게 짓뭉갰다고 하니까 원한도 이만저만이 아니겠죠."

"아버지…… 정말로 뒤에서 무슨 짓을 하는 거야? 나한테까지 불똥이 튀잖아……."

"기다려!"

갑작스러운 목소리에 돌아보자 두 용병이 제로스를 노려보고 있었다.

그들이 츠베이트를 담당하는 용병이겠지만, 아무리 봐도 얼치기 느낌이 풍기는 20대 남성들이었다.

도저히 호위가 되리라는 생각이 들지 않았다.

"우리를 무시하고 무슨 호위를 붙이느니 마느니 해!"

"우리보다 그 꼬꼬들이 도움이 된다는 거야 뭐야? 어어엉?"

"솔직히 말해서, 네. 그쪽들보다 우리 집 닭 세 마리가 훨씬 강합니다."

""단언했겠다?!""

사실인데 어쩌겠는가.

"웃기지 마! 잔챙이 꼬꼬가 강할 리가 있냐!"

"강하고말고요~. 요즘 점점 더 강해져서 슬슬 다른 마물과 붙여 보고 싶어졌어요."

"꼬꼬는 최약체 마물이잖아! 헛소리 작작해, 아저씨. 죽여 버리기 전에!"

"야, 아서라. 반대로 침대 신세 질 뿐이야."

"귀족 꼬맹이는 닥쳐! 너희는 우리한테 보호나 받으면 돼!"

거만한 언동을 보이는 용병, 그것을 주시하는 여섯 개의 눈이 빛난다.

—우둑! 서걱! 퍼억!

한순간이었다.

용병들은 꼬꼬들 발밑에 엎드려 땅에 얼굴을 박았다.

"……꼬꼬가 너무 강한 건지, 용병들이 너무 약한 건지 모르겠어……."

"둘 다 아닌가요? 큰소리치던 거에 비하면 별 볼 일 없네요."

"뭐…… 뭐야, 이것들……. 꼬, 꼬꼬가 아니야!"

"괴…… 괴물이야……."

"입 함부로 놀리지 않는 게 신상에 이롭습니다. 꼬꼬들은 인간의 언어를 이해하니까 잘못하면 아무도 모르게 묻힐지도 몰라요."

두 용병의 낯빛이 빠르게 질리고 더는 꼬꼬들에게 거스르지 않게 됐다.

용병도 마물도 힘이 지배하는 세계에 사는 자. 건방지게 굴던 두 용병은 강자의 참교육을 받은 것이다.

"슬슬 시간이 됐군요. 그럼 우케이, 잔케이, 센케이, 부탁할게요. 모쪼록 싸움에 정신을 팔지 않도록 하시고요."

""""꼬꼬!(맡겨주십시오, 사부!)""""

"스승님은 누굴 호위해?"

"츠베이트 군의 후배인 남학생입니다. 그녀가 호위를 맡지 않아서 그나마 다행이지만…… 츠베이트 군, 꼭 조심해야 합니다?"

"알았어. 난 스승님네를 믿어. 일만 대군보다 더."

"너무 비행기 태우지 마세요~. 제법 부담된다고요⋯⋯."

담당이 되지 못했다면 호위 의뢰를 맡은 의미가 없었다.

하지만 용병으로 참가한 이상 길드의 결정에는 따라야만 했다.

이리스 파티는 적어도 2차 호위 대상을 담당했지만, 아저씨는 뽑기 운이 좋지 않았다. 아무런 관계도 없는 학생을 호위하게 되어 막막함이 앞섰지만, 일단 아저씨는 뽑기로 정해진 학생들을 찾아가기로 했다.

◇ ◇ ◇ ◇ ◇ ◇ ◇

학교 강사의 장황한 이야기가 끝난 뒤 학생들은 마침내 실전을 치르러 이동했다.

라마흐 숲은 많은 마물이 서식하며 용병이나 기사들이 경험을 쌓는 장소로 나날이 이용됐다.

약한 마물이라도 실제로 이 숲은 얕볼 수 없는 약육강식의 세계였다. 작년 실전 훈련에 참가한 자들은 장소가 달라 소형 마물을 사냥한 정도로 끝난 탓에 실전이라고 부를 만한 경험을 쌓지 못했다. 그에 비해 라마흐 숲은 용병 대부분이 사냥을 올 정도로 마물이 많았다. 방심하면 사상자가 나올 만큼 위험이 도사리며, 때로는 커다란 발견으로 세상을 떠들썩하게 하는 숨은 명당이었다.

이 숲의 마물에게서는 질 좋은 마석과 무기 소재를 얻을 수 있고 다른 지역 마물과는 달리 강한 마물도 서식해 용병들에게는 아주 좋은 일터였다.

사실 학생 호위 따위 아무래도 상관없다는 것이 용병들의 생각이었다. 막상 위험해지면 용병들은 자기 책임의 원리를 들먹이며 서슴없이 학생을 버리고 도망갈 것이다.

그것을 모르는 건 학생들뿐이었다.

"".......""

제로스와 무뚝뚝한 용병 두 사람은 말없이 서로를 바라봤다.

서로 어떻게 말문을 떼야 할지 모르는 눈치였다.

"제로스입니다."

"......라사스."

"".............""

솔직히 서로 거북했다.

"남자끼리 바라보며 뭐 하는 거지? 기분 나쁘군. 마법을 못 쓰는 용병 나부랭이가 도움이 될 것 같진 않으니, 내 발목이나 잡지 않도록 노력하게."

"".............""

"듣고 있나? 거기 있는 미천한 것들."

"".............""

"이봐!"

제로스가 호위하는 학생들 중에 딱 한 사람 귀족 출신자가 있었다.

나이는 세레스티나보다 한 살 아래일 것이다. 쓸데없이 엘레강스한 장비가 눈에 띄는, 척 보기에도 오냐오냐하며 자란 건방진 소년이었다.

겉보기에는 별 실력도 없어 보였고 건방진 말투도 세상 물정을 모른다는 증거이므로 제로스와 라사스는 그를 안중에 두지 않았다.

"내 말 듣고 있냐고 묻지 않나! 네놈들은 나를 무시하는 건가!"

"……약한 꼬맹이한테 관심 없다."

"마법밖에 못 쓰는 도련님이 뭘 할 수 있지? 솔직히 말해서 고블린 상대로 죽을 둥 살 둥 싸우는 모습밖에 안 떠오르는데? 학생은 전쟁에 나가 본 경험이라도 있나? 없다면 괜한 참견은 하지 말아 줬으면 좋겠는데~."

"네놈들, 내가 누군지 알아?!"

""……전혀.""

그 대답에 짜증을 느끼면서도 귀족 소년은 간신히 자제심을 발휘해 심호흡으로 마음을 가라앉혔다.

그리고 침착해진 후에 쓸데없이 느끼한 동작으로 머리를 쓸어 넘기고 멋 부리듯 말했다.

"모른다면 알려주지. 나는 판티스키 백작의 장남인 카브루노 카시라 판티스키라고 한다."

""풉!""

아저씨와 라사스는 무심결에 기침을 터뜨렸다.

이름이 웃겨서가 아니라 오히려 지독히 괴상해서였다.

'……팬티 좋아[10]?'

'뒤집어쓰는 걸까, 팬티 좋아? 무슨 놈의 이름이…….'

두 사람의 마음속에서 카브루노의 이름에 대한 무례한 해석이

#10 팬티 좋아 「카브루노 카시라 판티스키」는 일본어로 「뒤집어쓰는 걸까, 팬티 좋아」와 발음이 유사하다.

떠올랐다.

"“웃기려는 거 아니지?”"

"무슨 소리지……? 설마 네놈들, 내 이름을 이상한 식으로 해석한 건 아니겠지?"

"……사실이었구나."

뒷말은 마음속으로만 했지만, 그는 아무래도 감이 예리한 듯했다.

차츰 얼굴이 분노로 빨갛게 물들어 당장에라도 마법을 날릴 기세였다. 아마 일상에서 비슷한 말을 몇 번이나 들었겠지.

"자, 그럼 갈까요? 이번에는 이 아이들의 육성이 주목적 같으니까요."

"……알았다. 철부지 도련님 상대는 못 해 먹겠어."

"처, 철부지?! 감히 나를 두고……."

그러나 아저씨는 아랑곳하지 않고 숲 쪽으로 걸음을 옮겼다. 라사스도 마찬가지였다.

완전히 무시당한 카브루노는 이미 분노가 머리 꼭대기까지 오른 것 같았지만, 다른 학생과 함께 이동을 시작한 두 사람보다 늦을수 없으므로 빠른 걸음으로 조와 합류했다.

"두고 봐라…… 이 굴욕은 반드시 갚아주마……."

"카, 카브루노…… 그러지 마. 저 두 사람, 왠지 외양부터 예사롭지 않아."

"카브루노 님이라고 불러! 저딴 용병들은 아버지의 권위로 얼마든지……."

"자기 힘이 아니라 부모의 권위에 매달리니까 철부지 도련님이란 거야. 분하면 자기 힘으로 살아남는 힘을 보여주시든가~. 어차피 이 세상은 약육강식이니까."

"닥쳐, 새까만 놈! 네놈 같은 건 아버지한테 걸리면……."

"아무 짓도 못 하겠지. 나도 어떤 분과 아는 사이니까 오히려 학생 아버지가 위험하지 않을까……. 내가 가만히 있어도 그 사람이라면 어떻게 하려나? 모르는 곳에서 움직이고 있는 것 같던데……."

솔리스테어 공작가는 제로스에게 적의는 없지만 이용할 생각은 있는지, 그에 맞는 보수와 준비를 마친 뒤에 제로스에게 이야기를 가져왔다. 특히 델사시스 공작은 그런 의사를 숨기지 않았다.

반대로 그 의사를 보이고 아저씨의 이익도 고려해 교섭을 제안하는 수완가였다.

아저씨에게도 연줄은 중요하므로 서로에게 이용 가치가 있었고, 다른 사정에는 깊이 관여하지 않으면서 필요하다고 판단될 때 일 이야기를 가져왔다.

뭐, 아저씨가 생각하는 이용 가치란【솔리스테어 상회】쪽이고 솔리스테어 공작가의 권위는 중요하지 않았지만…….

"어떤 분이라고? 아버지의 힘이 미치지 않는 사람이 있을 리가 없지! 가령 있다면 누구란 말이냐?"

"그걸 너한테 알려줄 필요가 나한테 있을까? 미숙한 일개 학생에게 무슨 권한이 있다고? 조금은 주제 파악을 해."

"닥쳐, 나는 귀족이다!"

"그래서 뭐? 귀족 출신일 뿐이고 너 본인에게는 아무런 책무도 권위도 없잖아? 대답해줄 필요도 없고 말이야~. 말과 행동을 좀 더 생각하고 하지 않으면…… 너, 언젠가 죽는다?"

"윽?!"

마지막 한마디에는 몸속까지 얼어붙게 하는 냉혹한 기운이 서려 있었다.

감이 날카로운 카브루노의 등줄기에 차가운 땀을 흘렸다. 태어 나서 처음 받아보는 살의였다.

"……지나치지 않나?"

"감이 날카로운 건 좋네. 그 재능을 조금이라도 키우지 않으면 여기서는 죽음으로 이어질 거야. 경계심은 필요하다고 생각하거 든. 특히 마물이 서식하는 영역에서는."

"……동감이다. 하지만 그렇게 쉽게는 되지 않을 테지."

"괜찮습니다. 조금이라도 살기에 민감해질 수 있다면요. 아무리 자기 책임이라도 젊은이가 죽는 모습은 보고 싶지 않으니까요."

"……."

라사스도 동감하기에 대답하지 않았다.

파티는 호위병인 제로스와 라사스를 포함해 총 여덟 명이었다. 학생들은 사냥을 한 경험이 없는지 경계하면서도 조금씩 숲 안쪽 으로 들어갔다. 선두에 선 사람은 카브루노였지만, 특별히 목적도 생각도 없이 그냥 앞으로 걸어갈 뿐이었다.

가끔 어디선가 마법이 작렬하는 소리나 칼싸움 소리가 들렸지 만, 왠지 마물과 마주치지 않았다.

계속 걸으며 시간만 흘러갔다.

"젠장! 마물이 한 마리도 없잖아."

"그러게~. 이래서는 훈련이 안 돼."

"난 학점이 부족하다고. 적어도 오크를 잡아야 하는데……"

"레벨이 낮으니까 바로 강한 마물하고는 못 싸워."

마물과 만나지 못해 학생들은 서서히 경계심이 옅어져 갔다.

그리고 이럴 때만 꼭 마물이 나오는 법이다.

"기다리고 기다리던 마물이네요. 오크가 아니라 오거지만."

"""""못 이겨————!!"""""

"……정확하게는 레서 오거다. 난데없이 대물을 낚았군…….."

"동작은 굼뜨지만, 힘이 있습니다. 한 마리라면 여섯 명으로 간신히 이길 수 있는 수준일까요?"

【레서 오거】는 오거에 비해 몸집이 작지만, 그래도 오크나 고블린보다는 강한 마물이었다. 학생 수준이라면 한 마리를 상대하는 것만으로도 고전을 면치 못한다.

근육이 발달한 사지를 가졌고, 인간형이지만 모습은 원숭이에 가까웠다. 순발력보다 완력이 뛰어나고 오크보다 맷집도 있는 마물이었다. 피부가 단단해 미숙한 마도사의 마법으로는 상처도 입힐 수 없는 강도를 지녔으며, 일반적으로 용병 등 근접 전투를 하는 직종에게 귀중한 방어구 소재로 알려졌다.

만약 평범한 【오거】라면 가죽 소재의 가치가 다섯 배로 뛰어오고 간도 약용으로 고가에 거래된다.

레서 오거의 간도 약으로 쓰긴 하지만, 하위종이므로 효과는 썩좋지 않았다. 그래도 마법약을 만드는 연금술사에게는 귀중한 소재였다.

"안 해치우나요? 고대하던 마물인데~?"

"저딴 거랑 싸울 수 있겠냐! 오거라고!"

"도, 도망쳐야 해……."

"우리로는 못 이겨—!"

눈물을 글썽이는 소년들에게 한탄하며 아저씨는 레서 오거에게 눈길을 돌렸다.

"수는 세 마리. 한 마리 맡겨도 되겠습니까?"

"……나머지 두 마리는?"

"제가 처리하죠. 그럼 어디, 일을 해 볼까요……."

제로스는 허리춤에 찬 컴뱃 나이프를 뽑아 사냥감을 향해 여유롭게 웃었다.

라사스도 전투 도끼를 들고 레서 오거를 향해 달려 나갔다.

"크어어어어어어어엉!"

"흥!"

레서 오거는 곤봉을 들어 올려 라사스에게 육박했고, 다가오는 그에게 힘껏 내리쳤다.

그 곤봉을 전투 도끼로 막은 라사스는 힘만으로 레서 오거를 밀어내고 곤봉을 튕겨 냈다. 거기서 발생한 작은 빈틈으로 지체 없이 전투 도끼의 예리한 일격이 꽂혔다.

중량급 무기를 가볍게 다루는 힘도 힘이지만, 급소를 향해 순식간에 일격을 가하는 기량도 대단했다.

라사스는 보통 용병이 아니었다.

제로스도 레서 오거를 향해 달려 바람이 스치듯 지나치는 순간

목의 경동맥을 갈라 한 마리를 처치했다.

세 번째 레서 오거는 제로스에게 곤봉을 내리치려고 하지만, 마치 안개를 때리듯 곤봉이 제로스의 몸을 통과했다. 제로스는 어느새 등 뒤로 돌아가 컴뱃 나이프로 목 좌우를 찔렀다.

뛰어올라 대피한 순간, 혈액이 분출해 나무와 풀들을 붉게 칠했다.

"대, 대단해……."

"저 두 사람…… 엄청난 실력자야. 멋져———!"

"카브루노…… 엄청난 사람한테 싸움을 건 것 같은데?"

"잠깐, 저게 말이나 돼?! 저 무뚝뚝한 용병의 힘도 이상하지만, 새까만 놈은 마도사잖아! 왜 마법을 안 쓰냐고!"

"""""마법을 쓸 필요가 없을 정도로 강해서겠지."""""

강력한 힘은 하나의 선망이 될 수 있다.

간단하게 레서 오거를 해치운 두 용병의 낭비가 없는 싸움 방식은 소년들에게 강해지고 싶다는 동경심을 심어주고 한순간에 마음을 매료했다.

불과 한순간에 인생이 바뀌는 일도 있다. 제로스와 라사스는 소년들에게 힘에 대한 동경심을 강렬하게 심어줘, 이윽고 소년들은 강한 자신을 꿈꾸게 됐다.

그런 소년들의 심경에는 개의치 않고 아저씨와 라사스는 레서 오거 해체 작업에 착수했다. 사용할 수 있는 부위를 해체하는 기술은 용병에게 기본이었다.

"이 마물, 간과 가죽밖에 쓸데가 없군요……."

"……고기도 쓸모없군."

"이걸로 고블린이라도 낚을까요? 일단은 소년들을 훈련하는 게 목적이니까."

"……타당하군. 장소는 어디로 하지?"

"이 근처면 되지 않을까요? 숨어 있으면 굶주린 고블린이나 포레스트 울프 같은 게 나올지도 모르죠. 미숙한 소년들에게는 좋은 경험이 될 겁니다."

"……맞는 말이야. 그러면 그 계획대로 가지."

아저씨와 라사스는 쓰지 않는 레서 오거 고기를 모아 한곳에 쌓았다. 그리고 근처 공터에서 【가이아 컨트롤】로 흙을 모아 벙커를 만들었다.

정성스럽게 풀로 벙커를 덮어 위장까지 해 마물에게 보이지 않도록 했다.

소년들에게 이 벙커에 숨은 채로 공격시켜 레벨 업을 노린다는 계획이었다. 근접전이 가능할 리 없는 소년 마도사들에게는 무난한 작전이라고 할 수 있었다.

"우와…… 마법으로 숨을 곳을 만들었어."

"마법으로 이런 일도 가능하구나. 강사들은 이런 건 알려주지 않았어……."

"마도사로서 일류 아니야?"

"크으으으으……."

한 사람을 제외하고 소년들은 아저씨의 마법 사용법에 놀라고 있었다.

학교에서 가르치는 땅 속성 마법은 어느 것이고 전투에 관한 것이지만, 이런 거점 설치 같은 사용법은 알려주지 않았다. 마력 형성으로 만들어진 흙벽은 마력으로 대기 중의 티끌을 모아 구축하므로 단기간에 확산되는 마력의 특성상 형태를 유지하지 못하고 본래 상태인 티끌로 돌아가 사라지기 때문이었다.

이와 같은 이유로 방어 거점 구축은 불가능하다는 것이 현재 마도사의 상식이었다.

그러나 제로스가 사용하는 마법은 흙벽의 형태를 압착, 고정해 마력 확산으로 인한 소멸 현상이 일어나지 않는다. 학생들은 이런 마법을 난생처음 봤다.

적은 마력 소비로 땅을 조종해, 설령 마력이 확산되어도 형성한 물건이 사라지지 않아 장시간 이용이 가능했다. 소년들은 이 마법에 충격을 받고 어떤 마법인지 서로 이야기하기 시작했다.

"왜 무너지지 않지? 마법으로 만들었잖아? 마력 확산으로 인한 형상 붕괴가 일어나지 않아."

"이런 짓을 하면 마력이 많이 들 거야. 어른이니까 마력이 많은 건 이해하지만, 그것만으로 방어 거점을 유지할 수 있을까? 피곤한 기색도 없어. 어떤 원리지?"

"어쩌면 마법식을 개량한 게 아닐까? 그렇지만 학교 강사들도 고전하는 어려운 작업이잖아? 그렇다면 상당히 대단한 마도사가 아닐까?"

"끄으으으…… 인정 못 해. 나는 인정 못 해!"

카브루노는 아직 제로스의 실력을 인정하지 못했다.

"그럼 여기에 숨어서 마물이 오길 기다릴까요? 어차피 학생들에게 근접전은 무리일 테죠. 체력 온존도 생각해서 휴식하며 매복합시다."

"이 멤버의 리더는 나야! 내 의견에 따라!"

"거만한 독단과 전횡은 귀족으로서 절대 해서는 안 되는 행위라고 생각하는데. 타인의 의견에 귀를 기울이지 않고 억지로 일을 진행하면 뼈아픈 교훈을 얻을 거야. 이곳은 이미 너희가 안전하게 지내던 장소가 아니라고. 깨달아. 방심하면 너희도 저렇게 된다는 걸……."

아저씨가 담배를 피우며 손가락으로 가리킨 곳에서는 잡식성 새가 레서 오거의 사체를 쪼아 먹고 있었다. 약육강식의 세계는 비정하다. 죽으면 뜯어 먹힐 뿐인 고기로 변한다.

그 모습을 자신의 모습으로 바꾸어 상상했는지, 소년들은 금세 안색이 나빠졌다.

그러나 여전히 남의 말을 듣지 않는 사람이 있었다.

"나를 이 녀석들과 똑같이 취급하지 마! 유능한 강사에게 영재 교육을 받은 내가 마물 따위에게 죽을 리가 없어!"

"……자신의 역량을 파악하지 못하면 죽을 뿐이다. 죽고 싶으면 혼자 죽어."

"어디서 나오는 자신인가 모르겠네. 강사가 하는 교육이라고 해봤자 참고 정도밖에 안 될 텐데. 자연을 우습게 보고 제일 먼저 죽을 타입이야. 숲에 있는 동안은 괜한 자존심을 버리지 않으면 진짜로 죽는다?"

"……무슨 상관이야? 발목 잡는 녀석은 없는 게 나아."

"죽으면『독단으로만 행동하고 남의 의견을 듣지 않았다』고 보고 해야지. 『부모가 어떻게 가르쳤냐』고 덧붙여도 좋겠어. 어쨌든 우리한테는 책임이 없으니까."

쉽게 말해 『호위의 의견을 무시하다가 죽었으니까 우리 탓 아니지?』라는 뜻이었다.

호위 용병들은 학생을 지키는 것이 일이지만, 학생이 독단으로 행동하다가 죽으면 아무런 책임도 질 필요가 없었다. 여기서 카브루노가 깝죽거리다가 죽어도 그것은 모두 본인 책임이었다.

실전 훈련을 우습게 보다가 죽으면 학교와 용병, 용병 길드에 과실을 물을 수 없었다.

"알겠어? 우리는 학생을 지키는 게 일이지만, 마음대로 위험에 뛰어드는 사람에게는 아무런 책임도 지지 않아. 애초에 무릇 귀족이라면 좀 더 생각하고 행동하도록 유의하는 법 아닌가? 네 행동 하나로 많은 사람이 희생될 수도 있어. 네 목숨이 그리 값진가?"

"당연하지! 나는 귀족이다. 그런 내가 여기저기 널려 있는 시정잡배…… 힉?!"

카브루노는 말을 더 잇지 못했다.

왜냐하면 일곱 명의 시선이 집중되었고, 그 모두에 멸시가 담겨 있었기 때문이었다.

"교만이군……. 여기서는 귀족 같은 직함은 아무 힘도 없어. 있는 건 죽느냐 사느냐뿐. 학생들도 기억해 둬. 동료의 발목을 잡는 인간은 내버리는 것도 시야에 넣어 둬야 한다는 걸……."

"나, 나를 버리겠다고?!"

"필요하면 그렇게 한다고 말했을 뿐이야. 네 행동에 따라서 버리고 갈 수도 있다는 사실을 염두에 둬. 전쟁터에서는 특히나 더."

이런 실전에서는 협조성이 없는 사람은 가장 먼저 낙오한다.

전쟁터라면 더 말할 것도 없다. 이런 독선적인 횡포를 부리면 반감을 사서 때로는 아군에게 뒤통수를 맞고 처분당하기도 한다.

성격이 이 모양이라도 전투 경험이 풍부하고 잘 싸운다면 그나마 괜찮겠지만, 전투 경험도 없는 미숙한 인간은 방해만 된다. 긴급시라면 당연히 버림받을 가능성이 한층 커진다.

"으……."

"……제로스 형씨…… 왔어."

"오, 왔나요? 고블린이군요. 학생들도 준비하세요."

"""네!"""

고블린은 잡식성이었다. 먹을 수 있는 건 뭐든지 먹어 배를 채운 뒤 다음 먹잇감을 찾는다.

약한 마물이지만 수가 많고 번식력도 강했다. 물론 어디까지나 이 숲에서는 그렇다는 이야기며 실제로 힘의 차이가 극단적으로 나뉘었다. 파프란 대산림 지대에서는 조직을 이루고 군사 행동을 펼치는 고블린이 많은데, 장소에 따라서는 비룡까지 해치우는 방심하지 못할 마물이었다.

"나…… 마물과 싸우는 건 처음이라……."

"나도 학교에서 고블린 한 마리를 집중 공격한 적은 있어도 실제로 사냥하는 건 처음이야."

"하지만 고블린은…… 소재로 쓸 부위가 없지?"

"핫핫하, 그래. 고블린을 해치워 봤자 아무런 도움도 안 돼. 그러니까 큰 걸 노리고…….”

“……무모하군.”

“자기 힘을 과신해서 죽는 건 뭐라고 안 하겠지만, 남을 끌어들이는 건 좀 아니지~. 애초에 레벨이 같아도 종족에 따라서는 힘이 달라. 너는 그렇게 큰 마물에게 잡아먹히고 싶나 봐? 자살 희망자인가?”

카브루노가 큰소리쳤지만, 다른 소년들보다 아주 조금 강할 뿐 차이는 거의 없었다.

마법 스크롤을 구입해 다른 동급생보다 강한 마법을 쓴다는 것뿐이지, 실제로는 위력이 강한 마법은 그것만으로 마력을 많이 소비한다. 최악의 경우 수준에 맞지 않는 마법을 써서 마력 고갈로 쓰러지고, 더불어 별 효과도 주지 못한 채 마물에게 집중적으로 노려질 수 있다.

마도사의 진가는 마법을 능숙하게 사용하는 것이며 위력의 강약은 그다음 문제였다. 어떤 마법이라도 능숙하게 사용할 수 있는 지식과 기술 연마가 중요했다.

“열네 마리라…… 딱 알맞네요. 그럼【인텔리전스 부스트】.”

【인텔리전스 부스트】는 마법 효력을 일시적으로 상승시키는 보조 마법이다. 외부에서 마도사가 발동한 마법에 덧씌우는 방식으로 마력을 부여해 위력을 높이지만, 부여한 마력이 끊길 때까지만 효력을 발휘한다.

부여한 마도사의 마법 위력에【인텔리전스 부스트】의 효과로 상승하는 위력은 대략 두 배다. 그러나 아저씨의 경우라면 이야기가

달라져 부여한 마력의 효과가 너무 강해 그 위력이 무지막지하게
뻥튀기된다. 다시 말해 어떻게 되냐면—.

—콰아————————앙!

—위력이 약한 마법이라도 대마법으로 변모하는 것이다.

소년 한 명이 날린 것은 단순한 【파이어볼】이지만, 날아간 불덩
이가 고블린 두 마리를 휩싸자 그 고블린은 끔찍한 사체로 변했다.

전에 세레스티나에게 걸어줬을 때와 같았지만, 【인텔리전스 부
스트】 쪽이 효과는 떨어졌다. 그럼에도 학생들에게는 경악스러운
결과였다.

"""""""""어어————————?!"""""""""

소년은 위력이 배가된 자신의 마법 앞에서 말문이 막혀 버렸다.

"놀랄 여유 없어요. 고블린은 적을 인지했습니다. 금방 이곳으
로 쳐들어오겠죠. 당장에라도 요격하는 게 좋지 않을까요? 마법
효과가 이어질 때…….."

"조, 좋아! 얼어붙은 뭉치여, 적을 쳐라…… 가라, 【아이스 불릿】!"

"나, 나도…… 어어, 돌멩이여, 적을 꿰뚫어라…… 【스톤 불릿】!"

"그럼, 바람이여, 베어 갈라라, 광란의 칼날…… 【에어 커터】!"

소년들이 벙커 안에서 초보 마법을 발사했다. 부여된 마법 효과
에 위력이 증대된 마법은 달려오는 고블린을 각개 격파했다.

고블린은 요격당해 바닥에 쓰러지지만, 숲 속에서 증원이 나타
나 수는 점차 불어났다.

긴장을 풀 여유는 없었다. 다시 마법을 외고 공격을 계속했다.

"잠깐, 초보 마법이 이런 위력이라면 왜 나한테 마법을 걸지 않지!"

"너, 적어도 중급 마법을 알고 있지? 그렇다면 증폭된 마법 위력이 어느 정도 피해를 줄지 생각해 봤어? 초보 마법으로 저런 위력이라고."

"윽……."

"마도사라면 마법 효력을 숙지하고 사용할 마법을 순간적으로 골라야만 해. 게다가 중급 마법은 주문이 길어지니까 초보 마법보다 발동이 느리지. 네가 마법을 사용할 사이에 고블린은 여기까지 올걸? 마도사의 싸움 방식은 적을 발견하는 즉시 처리하는 거야."

카브루노는 처음에 다른 소년들보다 강한 마법을 써서 자랑할 생각이었다.

그러나 눈앞에 있는 새카만 마도사에게 그 계획이 파탄 난 데다가 일반적인 부여 마법만으로 강력한 효과를 내는 모습을 구경해야 했다.

영재 교육으로 자만심만 비대해진 그에게는 이 새카만 마도사가 밉살스럽게 비쳤다.

"……한 마리 도망치는데?"

"다른 동료에게 알리면 귀찮지…… 【파이어】."

아저씨가 아무렇게나 날린 【파이어】는 그대로 고블린을 휩싸더니 순식간에 잿더미로 만들었다. 충격적인 광경을 보고 소년들은 할 말을 잃었다.

【파이어】는 초보 마법이고 고블린을 잿더미로 만들 위력은 없었다. 그것이 가능하다는 것은 마도사로서 레벨이 천지 차이임을 의미했다.

"전부 처리했으니까 마력이 회복할 때까지 기다릴까요?"

"……한가한 일이군."

"차 한잔하실래요? 도구는 가지고 있습니다."

"흠…… 마시지."

어안이 벙벙한 소년들 옆에서 아저씨는 주전자로 물을 끓였다. 몹시 태평스러운 광경이었다.

이스톨 마법 학교의 실전 훈련은 학생의 경악으로 막을 올렸다.

 ## 제11화 아저씨, 또다시 그 무렵으로 돌아가다

제로스가 소년들을 호위하던 무렵, 세레스티나도 이리스, 쟈네와 함께 숲 속으로 들어가고 있었다.

일행의 목적은 우르나와 캐럴스티의 레벨 올리기가 목적이었다. 이리스와 쟈네는 호위로서 사주경계를 맡았다.

문제는 멤버 밸런스가 나쁘다는 것이었다. 마도사가 세 명에 근접전 타입인 수인과 검사가 두 명인데 회복사가 한 명도 없었다.

"……이 파티, 엄청 불안정하지 않아? 전방이 두 명, 게다가 한 명은 격이 낮아."

"응. 여자만 있어서 마음은 편하지만, 전투 방면에서는 조금 안 맞지?"

"자존심 상하네요! 이래 봬도 우리 두 명은 학교에서는 성적 상위권이라고요."

"성적으로 싸우는 게 아니잖아? 나도 격으로 남에게 뭐라고 할 처지는 아니지만, 적어도 이리스는 이 중에서 가장 강해. 그렇지만 탐색 쪽은 거기 있는…… 우르나라고 했나? 이 애에게 기대지 않으면 마물을 찾지 못하고."

"마법으로 마물을 찾을 수는 있지만, 잘못해서 강한 마물에게 걸리면 우리가 위험해져. 아저씨라면 단숨에 처치하겠지만."

이리스는 은근히 제로스 이야기를 꺼냈다. 그러나 제자인 세레스티나로서는 그게 조금 탐탁지 않았다.

절대로 이리스를 싫어하지는 않지만, 스승에 관한 화제가 나오면 자신이 모르는 제로스를 아는 이리스가 못내 부러웠다. 그것은 어렴풋한 질투였다.

"그 마도사가 그렇게 실력자인가요? 제게는 그렇게 안 보이던데 말이죠."

"강해. 다섯 명의【섬멸자】중 한 명이야. 나도 존경했었어. 그게 아저씨는 아니었지만."

"차, 참 살벌한 별명이네요……. 뭘 하면 그런 별명이 붙나요?"

"대량 번식한 오크를 킹째로 전멸시키고 용왕 클래스 드래곤을 다섯 명이 몰매를 놓고, 베헤모스에게 도전해서 습격받은 마을과 함께 재로 만들고, 명성을 얻으려고 살인을 하던 사람을 몰살. 내가 아는 것만 해도 아직 훨씬 많아."

"위험인물이잖아요! 그러고도 마도사라니, 부끄러운 줄 알아야죠."

전설상의 현자를 존경하는 캐럴스티 입장에서는【섬멸자】들이 저지른 위업은 간과할 수 없는 모양이었다.

그래 봤자 어디까지나 온라인 게임 속에서 있었던 이야기이므로 캐릴스티가 모르는 것도 당연했다.

다만, 마도사에게 이상적 모습을 바라는 그녀와는 정반대 방향으로 살아온 탓인지 받아들이기 어려운 사실임은 확실해 보였다.

"왜 그런 위험인물들을 존경하나요?! 믿을 수 없어요!"

"독자적인 마법을 개발하고, 약한 모험…… 용병에게는 친절하고, 난생처음 보는 마도구나 비약을 완성해서일까? 실험이라는 명목으로 희생된 사람도 있지만, 모험을 즐기고 남의 비방에 콧방귀도 뀌지 않고 무시하는 점이 멋있어."

"아주 제멋대로인 사람들이잖아요! 결론은 자기 멋대로 행동하고 남에게 폐를 끼치고도 모른 척하는 범죄자 아닌가요!"

"그게 뭐가 나빠? 상식에 얽매이지 않고 자유롭게 살 뿐인데. 이 나라 마도사도 엄청 제멋대로 굴던걸, 뭐. 목에 빳빳하게 힘주고 마을 사람들에게 시비 거는 모습도 봤는데?"

"으……."

"아저씨네는 적어도 약한 사람들에게는 친절했어. 마음에 안 드는 사람은 몰살하고 다닌 모양이지만."

"이리스…… 그거 절대 좋은 일 아니야."

분명히 좋은 일은 아니었다.

현실이냐 게임 속이냐, 라는 차이는 있지만, 제로스를 포함한 【섬멸자】는 안 좋은 의미로 눈에 띠며 걸핏하면 재미 삼아 소동을 일으키는 말썽꾼이었다.

단, 독자적인 이념을 바탕으로 행동하기에 찬반양론이 갈렸다.

"선생님, 꽤나 유명한 분이셨군요. 이 나라까지 소문이 퍼지지는 않았지만, 그 정도의 마도사셨나요……."

"악명이 자자했지만, 자기 길만 가는 자세가 멋졌지~. 사막 도시에서는 불똥이 튀었지만."

"저…… 저기~, 오라버니에게 들은 적이 있는데, 그게 동료끼리 싸움이 나서 서로 마법을 쏴 댔다는……."

"맞아. 무시무시했어. 사막을 가득 메운【데스 스콜피온】이 한순간에 사라지고 그곳에서 발전한 싸움에 주변이 말려들었지 뭐야~. 재해급 마물【파라오 스콜피온】까지 요란하게 폭발로 날아갔었던가?"

"그 아저씨, 용케 살아 있네……. 보통은 죽는다고."

"……그게 멋있어? 엄청 위험한 상황 아니야? 쓰러뜨릴 마물을 무시하고 싸운 거지?"

우르나의 지당하기 그지없는 의견에 모두 고개를 끄덕였다.

"아무도 이해 못 해? 그 무엇에도 얽매이지 않는 자세가 멋있는 거잖아. 약자에게 관용을 베풀고 적대한 자에게는 무자비. 마음 가는 대로 자유롭게 살아가는 점이 멋져~."

"힘은 정의지. 나는 어쩐지 알 것 같아."

"야생아에게 공감받아도 일반인에게는 기쁘지 않을 것 같은데……."

우르나가 이리스의 말에 홀랑 넘어갔다. 일반인인 쟈네와 귀족인 캐럴스티에게는 도저히 공감할 수 없는 이야기였다.

한편 세레스티나에게는 오묘한 부분이었다. 제멋대로 요란하게 전투를 펼치던 스승의 행동은 옹호할 만한 것이 못 되었지만, 그렇다고 그 유능함을 부정할 수도 없었다.

일반적 윤리관을 선택하느냐, 제로스의 비상식적인 행동을 긍정하느냐, 그것이 문제였다.

"앗, 이쪽에서 짐승 냄새가 나……."

"드디어 나왔군요……. 우리 격을 높일 좋은 기회예요. 세레스티나 양과 이리스 양은 대기해주셔요. 이번에는 우르나 양과 제가 상대하겠어요!"

"오~, 캐럴스티, 의욕이 넘치네? 손이 떨리는 것 같은데 괜찮아?"

"괘, 괜찮아요! 흥분해서 떨리는 거예요!"

첫 실전을 앞두고 긴장했는지 손이 떨리는 캐럴스티에게 개의치 않고, 우르나는 평소대로 긴장감 없는 목소리로 그녀를 놀렸다.

숲 안쪽 수풀이 흔들렸다. 안에 무언가 마물이 있다는 것은 알 수 있었다.

이리스 파티는 만약을 위해 지팡이나 무기를 들었지만, 나온 마물은 예상을 벗어난 것이었다.

"……이럴 수가, 어, 어쩜 이런 일이……."

"세상에…… 저걸 공격하겠다고?"

"으음, 솔직히 마음이 편치 않아……."

"귀, 귀여워요……."

수풀에서 나온 것은 몸 전체가 하얗고 복슬복슬한 털로 덮였고 키가 2미터를 넘는 거대 토끼였다.

"……맛있겠다."

"""""……뭐?!"""""

단, 우르나에게만은 거대 토끼가 맛있는 고기로 보였다.

"우, 우르나 양? 당신, 저 토끼를 먹을 생각인가요?"

"응? 토끼 고기, 맛있는데?"

"아니, 분명히 맛있지만, 저걸 죽일 수 있겠어? 말이 돼?!"

"뭐, 수인은 보통 이렇지~. 기본적으로 본능으로 생각하니까……"

거대 토끼와 우르나의 한마디로 긴장감이 싹 다 날아갔지만 별수 없는 일이었다. 초롱초롱한 눈망울을 가진 커다란 토끼는 너무나 사랑스러워 도저히 죽일 생각이 들지 않았다.

하지만 그것은 어디까지나 생김새의 이야기였다.

그 토끼가 폴짝폴짝 뛰자 우르나 외의 모든 이가 그 귀여움에 따뜻한 웃음을 지으며 매료 상태가 되고 말았다. 그것이 치명적인 허점으로 이어졌다.

우르나만이 그 위험성을 한발 앞서 깨달았다.

"저기, 저 토끼…… 위험해 보여."

"""""응?"""""

그 한마디와 동시에 거대 토끼는 갑자기 고속 회전하며 맹렬한 속도로 일행에게 돌진해 왔다. 속도를 줄이지 않은 채 치어 죽일 기세로 날아든 살의 담긴 공격을 가까스로 피하고 네 사람은 망연자실했다.

토끼는 그대로 나무에 격돌하더니 거목이 크게 흔들렸다.

—쩍…… 쩌저적…… 쿠구구구구구구구구구구구, 쿠———웅!

그 거목은 소리를 내며 쓰러져 세레스티나 일행을 향해 넘어왔다.

전원 긴급히 대피했다.

"기억났어! 【크래셔 래빗】이다아아아아아아아아아아아아!"

이리스는 눈앞에 있는 토끼의 정체를 떠올렸다.

【크래셔 래빗】. 무기 파괴 효과를 가진 스킬을 다수 보유한 흉악한 토끼로 기본적으로 잡식성이었다. 사냥감을 발견하기가 무섭게 공격을 감행하는 호전적 성격을 가졌다.

주로 고기를 좋아하는, 귀여운 겉모습과는 거리가 먼 사나운 마물이었다.

또한 【폭식】 스킬도 있어 쇠든 오리하르콘이든 입에 넣으면 닥치는 대로 먹어 치운다. 단순히 게걸스러운 마물이라고도 할 수 있었다.

"저, 저게…… 【귀여운 악마】예요?! 처음 봤어요!"

"생김새의 귀여움과는 거리가 멀어! 뭐든지 먹는 폭식 스킬을 가졌고 엄청 사나워."

"그걸 빨리 말해―! 왜 잊은 거야!"

"소문만 들었지 싸운 적 없는 걸 어떡해! 어쩔 수 없지, 【피트 홀】!"

땅 속성 마법 【피트 홀】. 그 이름대로 땅에 구멍을 파는 마법이었다.

그러나 롤링 크래시를 시전한 크래셔 래빗은 구멍을 교묘히 피하며 돌진해 왔다.

"피해――!"

"꺄아――!"

"아~, 이 마물, 파이어 그리즐리랑 동급이었던가? 방어력은 이쪽이 더 높지만."

"그, 그걸 빨리 말하셔야죠, 이리스 씨! 약점은 뭔가요!"

"내 기억에는…… 귀가 좋아서 큰 소리에 약했을 거야."

"큰 소리 말이죠? 알았어요. 여러분, 귀를 막으세요…… 【사운드 밤】!"

─두우우우우우우우우우우우우우웅!

숲 속에 어마어마한 폭발음이 울려 퍼졌다.

【사운드 밤】은 공격력은 없지만, 절로 귀를 막게 되는 소리를 퍼뜨리는 바람 속성 마법이었다. 소리 말고 다른 추가 효과가 없으나, 청각이 뛰어난 마물에게 특효약이며 마물에 따라서는 그대로 기절하기도 했다.

아니나 다를까 크래셔 래빗도 폭음에 정신을 차리지 못했다. 이 기회를 놓칠 일행이 아니었다.

"그럼 간다? 【섀도 바인드】."

이리스가 사용한 마법은 어둠 속성 마법 【섀도 바인드】. 그림자를 조종해 대상을 붙잡는 포박 마법이지만, 효과 시간이 짧다는 단점이 있었다.

그래도 발동 속도가 빨라 빠르게 포박할 수 있기 때문에 단시간에 대상의 행동을 봉쇄하기 좋은 마법이었다.

"이거라면…… 얼음 창이여, 나의 앞을 가로막는 적을 찔러라, 【아이스 랜스】."

"나도 시작할게~♪ 【투수화】."

캐럴스티가 얼음 창을 쏘고 우르나가 마력으로 몸을 강화해 육박했다.

우르나의 전투 스타일은 격투. 손톱 같은 날이 여러 개 달린 건틀릿, 흔히 말하는 클로를 장비해 육탄전을 벌였다.

"추가로 【파워 부스트】, 【윈드 인챈트】, 【인텔리전스 부스트】."

우르나가 연타를 날리지만, 【투수화】는 마력 소비가 심해 오래 지속되지는 않았다. 그래서 이리스의 보조 마법으로 공격력을 올려서 일시적으로 주는 대미지를 강화했다.

【윈드 인챈트】는 무기나 방어구에 바람 속성 마법을 둘러 공격력과 방어력을 강화하는 마법이었다.

캐럴스티의 마법도 위력이 가산되어, 육박한 크래셔 래빗의 외피를 뚫고 그곳으로 추가 효과인 동상으로 차곡차곡 대미지를 축적해 갔다.

―큐오오오오오오오오오오오!

크래셔 래빗이 울부짖었다.

그러자 흰 털이 곤두서더니 이리스의 포박 마법이 풀려 버렸다.

"안 돼! 우르나, 도망쳐요!"

"아차…… 마력 고갈?!"

【투수화】는 마력 소비가 격심한 수인 고유의 기술이다. 마력 고갈로 우르나의 움직임이 둔해졌다.

그곳으로 크래셔 래빗이 앞발의 날카로운 발톱을 쳐들었다.

"어딜 감히! 으앗?!"

"와아악?!"

퍼뜩 쟈네가 끼어들어 검으로 공격을 막아냈지만, 그 기세를 다 죽이지 못하고 우르나와 함께 튕겨 날아갔다. 이리스가 곧바로 커

버에 나섰다.

"【스턴 불릿】."

—우오오오오오오오오오오오오오?!

크래셔 래빗은 전격계의 마비 공격을 받고 감전되었고 추가 효과로 마비됐다.

이 순간, 주문을 욀 시간을 번 캐럴스티는 자신이 쓸 수 있는 최대 마법을 구사했다.

"휘몰아쳐라, 바람과 얼음의 격류. 그 적을 가르고 얼어붙는 잠으로 이끌어라…… 【아이스 스톰】!"

이리스의 마법 효과가 더해져 한 단계 상위 마법인 【아이스 블리자드】에 필적하는 위력이 된 【아이스 스톰】이 크래셔 래빗을 바람의 칼날로 찢고 전신을 냉동시켰다.

"해치웠나?"

"쟈네 씨, 그런 말 하면 죽을지도 몰라."

그 한마디가 적중했는지, 느릿하지만 크래셔 래빗은 몸을 덮는 얼음을 깨고 공격하고자 움직이기 시작했다. 야생 동물은 위기에 몰렸을 때가 가장 무섭다.

"에잇!"

—퍼억!

그러나 그때, 세레스티나가 달려가 메이스로 구타하여 크래셔 래빗의 숨통을 끊었다.

방금 저항이 마지막 발악이었나 보다. 크래셔 래빗은 그대로 쓰러져 더 이상 움직이지 않았다.

"냐?!"

"꺅?!"

갑자기 찾아든 권태감과 현기증에 우르나와 캐럴스티는 그 자리에 풀썩 주저앉았다. 레벨이 오른 부작용이었다.

이 증상이 나타났다는 것은 두 사람의 레벨이 대폭 상승했다는 뜻이었다.

"두 사람 모두 격이 올랐나 보네요. 하지만 오늘은 이 이상 싸우기 힘들겠어요."

"그래. 나도 격이 올랐지만, 두 사람 정도는 아니야. 권태감은 내일까지 이어지겠어."

"기, 기쁘기는 하지만…… 아쉽기도 하네요."

"우우…… 못 일어나겠어……. 마력 고갈이 심해서 머리가 어질어질해~."

다섯 명은 거물을 해치웠으나 문제가 있었다.

이 크래셔 래빗을 어떻게 운반하는가, 였다. 멀쩡하게 움직일 수 있는 사람이 세레스티나와 이리스, 그리고 쟈네 세 사람밖에 남지 않았다.

"분명히 짐수레에 싣고 옮길 수 있었지? 어떻게 이곳을 알리지?"

"연기를 피우면 대기 중인 용병들이 이곳으로 와줄 거예요. 사전에 연락용 발연통을 나눠줬으니까 써 봐요."

"그때까지는 두 사람을 호위해야겠어."

"이번에는 학생이 메인이니까 거물을 잡아도 소재는 전부 학생 소유가 된다고 했지……. 돈이 안 되는 일이야."

용병 입장에서는 적자를 피할 수 없었다. 그러나 이리스 파티는 호위 의뢰의 보수와는 별개로 솔리스테어 공작에게 추가 보수를 받을 예정이었다.

그녀는 몰랐지만, 보수 금액은 이곳에 온 용병들보다 훨씬 컸다.

다만, 공작과 의뢰를 교섭한 사람은 제로스라서 얼마나 받을 수 있을지는 알 수 없었다.

그리고 아저씨도 몰랐다.

"다른 용병들도 마음대로 마물을 잡고 소재를 확보하지 않을까?"

"그렇군. 학교에서 회수할 수 있는 건 어디까지나 학생이 해치운 마물뿐이지. 용병이 직접 잡았을 경우에는 그대로 챙길 수 있다는 건가……."

"자세한 규약을 봐도 『용병이 직접 해치운 마물도 학교가 가진다』는 말은 없고 학생이 쓰러뜨릴 수 있는 마물도 대단할 건 없다고 봐."

이리스의 레벨을 이 세계 상식으로 따지면 대마도사 클래스였다.

해체 작업은 못 하지만, 마도사로는 일류에 해당했다. 라마흐 숲의 레벨은 이리스에게는 너무 낮았다.

"저 이리스라는 분, 믿어지지 않아요. 저희와 동갑인데 이미 마법 다중 전개를 습득했다니……."

"그것도 모두 무영창이에요. 마치 선생님 같네요……."

"내가 말했잖아. 『강한 기운이 느껴진다』고…… 우으…… 어지러워……."

이리스의 실력을 처음으로 본 성적 상위자 두 명은 세상이 넓다는 사실을 알았다.

학생 성적 상위자 대부분은 졸업 후 마도사단에 배속되는 경우가 많았다. 하지만 모두가 이리스 정도의 실력을 가지지는 않았다. 오히려 발끝에도 미치지 못할 것이다.

제로스의 지인인 마도사는 역시나 상식을 뛰어넘는다고, 세레스티나는 생각했다.

"그보다 어서 회수반을 부르지 않으면 다른 마물이 올 거야."

"발연통으로 부른다고 했지? **세레스티나**, 발연통을 써 봐."

"네? **세레스티나**? 바, 발연통 말이죠⋯⋯ 음⋯⋯."

이리스가 갑자기 이름을 불러 당황하면서도 세레스티나는 자신의 허리에 찬 파우치에서 발연통을 꺼냈다.

"⋯⋯이거, 어떻게 쓰는 걸까요?"

그러나 세레스티나는 발연통 사용법을 몰랐다.

"잠깐 이리 줘 봐⋯⋯. 아~, 자동차에 있는 그거#11랑 똑같구나. 그럼 쉬워."

이리스는 발연통에서 캡을 벗기고 끝부분에 있는 도화선 같은 심에 【토치】를 써서 불을 붙였다.

불은 나지 않았지만, 대신 급격히 연기가 발생했다.

발연통을 손에 든 이리스가 금세 연기에 휩싸여 버렸다.

"쿨럭! 쿨럭! 이거 불은 붙이면 바로 던져야 하는구나⋯⋯."

"당연하지. 이리스는 가끔 보면 비상식적인 짓을 하더라."

"작은 통인데 이렇게 연기가 나는 줄 어떻게 알아~. 눈이 매워~."

#11 **자동차에 있는 그거** 일본은 자동차에 비상용 섬광 신호탄을 가지고 다닌다.

발연통의 연기를 발견하고 회수반이 오려면 조금 시간이 걸렸다.

그동안 다른 마물이 나타나지 않을지 경계하면서 일행은 회수반의 도착을 기다렸다.

◇ ◇ ◇ ◇ ◇ ◇ ◇

"【파이어 볼】."

──쿠우우우우우우우우우우우우우우우우우우웅!

진홍빛 불길에 휩싸여 【아머 보어】는 땅에 쓰러졌다.

크로이사스는 쓰러진 사냥감을 한번 보고 바로 주위에 자란 약초를 찾기 시작했다.

그는 마물보다 마법약 소재가 중요했다.

"너…… 이럴 때도 마이웨이구나. 다른 마물이 나오면 어쩌려고 그래?"

"저는 어차피 해체를 못 합니다. 그렇다면 비는 시간을 의미 있게 써야 하지 않을까요?"

"뭐, 그건 그렇지만……. 이럴 때까지 마법약 연구야?"

"마도사가 올라야 할 경지에는 끝이 없습니다. 항상 배워야만 한다는 걸 최근에 알았죠. 마카로프는 장래에 뭘 할 생각인가요? 역시 연금술사를 목표로 하나요?"

"그게 가장 영리한 길이겠지. 다른 일이 없다면 너네 파벌에 몸담을까 생각해."

"제가 아니라 할아버지의 파벌이에요."

용병들은 발연통을 써서 회수반이 올 때까지 경계를 맡았다.

마물 해체는 못 하지만, 피 빼기와 같은 작업은 이곳에서 하는 편이 빨랐다.

숲으로 들어오고 일곱 시간여, 크로이사스 파티는 별다른 피해도 없이 숲을 전진했고 거물을 사냥하는 데 성공했다.

숲을 탐색하면서도 약초 따위를 찾고 채집해 마법약 연구 소재로 쓰려고 하는 것은 연구를 목적으로 한 파벌, 생제르맹파다웠다.

"이건 독초인가요? 이름이…… 【데드 릴리】였죠? 뿌리와 줄기에 맹독이 있다던가."

"왠지 완전 범죄에 쓰일 것 같아."

"이 독은 몸에 보라색 반점이나 눈에 충혈 등을 일으키니까 살인에 사용되면 바로 들통나요."

"자세히 아는데……. 너, 사람에게 실험한 건 아니겠지?"

"……"

"뭐라고 말해 봐! 어디 넣었어?! 누굴 실험에 쓴 거야?! 무섭잖아!"

크로이사스는 대답하지 않았다.

지금은 약초 채집이 우선이라 마카로프와 대화하기도 귀찮았다. 게다가 격이 오른 권태감 때문에 입을 열 기력도 없었다.

그런데도 약초를 채집하는 것을 보면 대단한 연구자 정신이었다.

"그나저나…… 저 여자 용병, 음침해. 말도 거의 없이 혼잣말만 주절거리고 말이야."

"세상에는 특이한 사람이 많습니다. 그냥 놔둬요."

"너한테 그런 소리를 들으면 끝장이지……."

마카로프의 시선이 향한 곳에는 세상에 절망하고『왜 나만 남자 파티에…… 눈독 들인 남자애들은 제로스 씨가 호위하고……. 신은 적이야……. 내 사랑을 방해하는 악마야……』라는 소리를 중얼대고 있었다.

평소 그녀와 동떨어진 그 모습은 무섭도록 어두운 감정에 사로잡힌 원령 같았다.

분명히 말해 기분 나쁘다는 한마디가 가장 어울렸다.

"디오! 그쪽으로 갔어!"

"큭, 속도가 빨라……. 이 녀석, 강해……."

츠베이트 파티도 숲 안쪽에서 마물과 싸우고 있었다.

상대는 이족 보행 공룡 같은 마물【베놈 랩터】였다.

외피는 비늘로 덮였고 색도 독한 보라색. 행동도 날렵해 마도사와는 상성이 나쁜 마물이었다.

다른 학생들이 조금씩 피해를 주고는 있으나, 그 움직임에 대응하지 못하고 농락당하고 있었다.

게다가 수도 많았다. 이 마물은 무리로 행동하는 습성이 있어서 실전 경험이 없는 마도사에게는 감당하기 어려웠다. 그럼에도 그들이 살아남아 있는 이유는 생각지도 못한 꼬꼬 삼인방 덕분이었다.

"꼬맹이들! 확실하게 처리해! 수가 많지만, 그만큼 맞추기는 쉽다!"

"먹어라—!【파이어 볼】!"

학생들은 시키는 대로 표적을 정해 마법을 발사했다.

하지만 베놈 랩터는 그것을 가뿐히 왼쪽으로 뛰어 피했다. 생긴 것보다 교활한 마물이었다. 그 일련의 공방을 보면 학생들의 훈련도가 얼마나 부족한지 두드러졌다.

"이 녀석들, 마법을 피하고 있어……"

"우리 동작을 관찰하고 예측하며 피하는 건가……?"

용병의 지시는 도움이 되지 않았다. 이렇게 되면 살아남기 위해서 독자적으로 행동할 수밖에 없었다. 그러나 연계가 잡힌 이 마물의 움직임은 틈이 없어 섣불리 움직일 수도 없는 판국이었다.

어디선가 지시라도 하는지, 베놈 랩터는 높은 울음소리에 반응해 진형을 정비하고자 주위를 포위하기 시작했다.

"가능한 한 우리 힘으로 극복하고 싶었지만…… 이대론 희생자가 나오겠어. 방법이 없군. 그 뭐냐…… 우케이라고 했나?"

"꼬꼬?(뭐지?)"

"이 마물에게 지시하는 두목이 어딘가에 있을 거야. 그 녀석을 찾아서 해치워줘."

"꼬꼬.(알겠다.)"

츠베이트의 지시를 승낙하고 꼬꼬들은 날개를 퍼덕이며 나뭇가지로 뛰어올라 나무 사이를 건너뛰며 사라졌다.

"츠베이트…… 저 꼬꼬들에게 부탁해도 괜찮겠어? 이쪽도 전력에 여유가 없는데……."

"괜찮겠지. 다른 사람도 아니고 스승님이 키웠어. 정상적인 꼬꼬가 아닌 건 보면 알잖아?"

"그건 알지만……."

"이제는 우리가 얼마나 버티느냐가 관건이야……. 모두 밀집 대형을 갖춰! 마력은 온존하고 근접 전투로 간다!"

""""오오!""""

이곳에 있는 츠베이트를 포함한 위슬러파 마도사는 모두 근접전 훈련을 받았다.

단기간에 쌓은 실력이라고 해 봤자 대단할 것은 없지만, 그래도 근접 전투 스킬을 얻기에는 충분한 시간이었다. 이 실전 훈련은 격투 스킬을 높이는 것도 목적 중 하나였다.

가혹한 환경에서 근접 전투 수련을 쌓은 그들은 이제 어느 정도 싸울 수 있게 되었다.

당연히 달인 정도는 아니지만 못 싸운다고 할 수도 없었다.

"온다!"

"맡겨줘! 으랴아!"

학생 중 한 명이 메이스 풀 스윙으로 한 마리를 해치우지만, 이 내 다음 베놈 랩터가 공격을 가해 왔다.

그러나 츠베이트 파티는 밀집 대형에서 어떻게 행동해야 하는지를 확실하게 훈련받았다.

전원 정위치에서 서로를 지키면서 교대로 공격을 펼쳤다. 야생의 직감으로 적을 사냥하려는 베놈 랩터에게 그들의 방어 진형은 철벽이었다.

그러나 약점도 있었다. 숙련도도 낮고 장기전이 되면 불리해 일제히 공격을 퍼부으면 틀림없이 전멸한다. 믿을 것은 꼬꼬들뿐이었다. 그들이 보스를 해치우길 기다리는 것이다.

"젠장, 수가 많아!"

"초조해지지 마! 불안이 곧 허점으로 이어져."

"그렇지만…… 수적으로 불리한 건 사실이야. 어서 대장을 처치 해줬으면…….

"다음에는 방패를 준비해야겠어……. 이걸 마도사의 전투 방식 이라고 할 수 있나?"

마도사는 기본적으로 포대였다. 그러나 지금 그들은 반쯤 기사 와 같은 전투 방식을 택하고 있었다.

아니, 따진다면 용병에 더 가까울까? 몸을 지킬 수단이 없으면 죽는 것은 자신들이었다. 목숨이 걸린 마당에 이것저것 따지고 있 을 순 없었다.

츠베이트 외의 어린 마도사들은 근접 전투의 중요성을 몸소 느 끼고 있었다.

―빠아아아아아아아아아아아아악!

그때, 돌연 숲 안쪽에서 뭔가가 하늘로 날아갔다.

잘 보니 그것은 베놈 랩터보다 큰 육식 마수였다. 그것이 빙글빙 글 회전하며 땅에 처박혔다.

"【베놈 포이스】야. 그 닭…… 해치웠군."

"좋았어어어! 이제부터 반격이다!"

"전부 쓸어버려! 마법을 병용해!"

―빠아아아아아아아악!

""""뭐야?!""""

반격에 나서려던 그때, 숲 속에서 날아든 두 번째【베놈 포이스】에게 눈길을 빼앗겼다. 참격으로 곳곳이 베여 대량의 피를 흘렸고 숨은 이미 끊겨 있었다.

게다가 또 한 마리가 안쪽에서 도망치듯 달려왔다. 심지어 동작이 느린 것을 봐서 마비에 걸린 듯했다.

이윽고 마비는 몸 전체로 퍼져 움직일 수 없게 되자 그 자리에 철퍼 쓰러졌다.

"세, 세 마리나 있었어⋯⋯?"

"우리, 사실 위험했던 거 아냐?"

"그래⋯⋯ 이건 못 이기지. 보스가 세 마리라면 상대가 안 돼⋯⋯."

"그보다 꼬꼬⋯⋯ 너무 세잖아⋯⋯."

보스가 모조리 쓰러지자 부하인 베놈 랩터는 어쩔 줄 몰랐다.

사령관이 사라져서 통제를 잃은 것이었다.

"지금이 기회야! 혼란에 빠진 틈에 가능한 한 녀석들을 쳐!"

""""오오오오오오오오오오오오오!""""

통제가 되지 않으면 군단은 금방 와해한다.

명령하는 보스가 없어 우왕좌왕하는 베놈 랩터는 적수가 되지 못했다. 약한 개체는 곧바로 내뺐고 호전적인 개체는 학생들에게 달려들다가 반격 당했다.

행동이 따로 놀면 이제는 정확하게 격파하기만 할 뿐이었다.

전투는 얼마 가지 않아 끝났다.

불쌍한 건 용병 두 명이었다. 그들보다 꼬꼬들이 더 믿음직스럽다는 사실이 증명되고 말았으니 말이다.

"⋯⋯우리 여기 있어 봤자 의미 있어?"

"그러지 마⋯⋯. 허무해지잖아."

용병 두 명에게 애처로움이 감돌았다.

통제 잡힌 근접전을 펼치는 학생 마도사들과 차원이 다르게 강한 꼬꼬들. 나설 기회가 아예 없던 용병 두 사람은 어깨를 펴지 못했다.

이 두 사람은 개인 능력은 결코 낮지 않았다. 그저 집단 전투에 관해선 초보나 마찬가지고 많은 인원이 참여하는 전투를 경험한 적이 없었다. 이런 용병은 적지 않으며 막상 전쟁에 참가하면 스스로 판단해 마음대로 행동하기 시작해 가장 먼저 죽는다.

강한 힘이 있다면 살아남을 수 있겠지만, 전쟁은 질보다 양이다. 개인의 힘으로 제멋대로 행동하는 사람은 전쟁터에서 살아남을 수 없다.

용병 두 명은 집단 전투의 중요성을 처음으로 알았다. 학생 마도사들의 전투 방식이 이 두 사람에게 적잖은 충격을 줬다.

"우선 훈련은 여기까지 하자. 이제 마물 시체를 회수하고 오늘은 일찌감치 쉬어. 피로를 내일까지 남겨두면 안 되니까."

"그래. 무리하게 강행해도 위험하지. 빠질 때 빠지는 게 정석이라고 생각해."

"그러자⋯⋯. 피곤하기도 하고, 격이 올랐으니까 됐어. 몸이 나른해서 안 되겠다, 야."

"발연통 쓴다? 회수반이 올 때까지 경계를 게을리하지 마."

츠베이트를 포함한 위슬러파 마도사들은 실전 상정 작전 계획을 논하면서 이미 휴식의 중요성을 인지하고 있었다. 초보자 나름대로 빠질 때도 파악하고 있으며, 이 이상 숲 안쪽으로 들어가는 것은 위험하다고 판단했다. 무엇보다 츠베이트를 제외한 멤버는 레벨이 올라서 전투를 계속하기에는 위험이 따랐다.

발연통이 점화되고 회수반이 도착한 후, 일행은 그들과 함께 철수했다.

"우리…… 언제까지 이러고 있어야 돼?"

"몰라. 저 사람한테 물어봐."

벙커에 숨어 적을 공격하던 남학생 파티는 모여드는 마물을 하염없이 해치워 제법 레벨이 올랐지만, 주변이 마물로 뒤덮여 도망칠 수 없게 됐다.

마력이 바닥날 때까지 공격하고, 마력을 회복하면 다시 공격을 재개한다.

지금은 피 냄새를 맡고 모인 마물에게 포위당해 돌아가려야 돌아갈 수 없는 상황이었다.

"흠…… 마물을 너무 모아 버렸네요~. 이걸 어쩐다……."

"이 자식, 이러면 진지로 돌아갈 수 없잖느냐! 어떻게 책임질 거지!"

"이대로 돌아가지 않고 계속 사냥해서 레벨을 올리는 건 어때? 어차피 그게 목적이니까 문제없지 않아?"

"식량은 어쩔 셈이냐! 해가 지기 전에 돌아가지 않으면 식사조차 할 수 없잖아!"

"하루 정도 굶는다고 안 죽어. 전쟁터에서 고립됐을 때 같은 상황을 경험할 테니까 그때를 상정한 훈련이라고 생각해."

"나에게 이런 땅굴에서 하룻밤을 보내라는 거냐!"

오냐오냐하며 자란 카브루노에게 토치카 안에서 하룻밤을 보내는 것은 생각할 수도 없는 사태였다.

만약 이곳이 전쟁터라면 그는 가장 먼저 버림받을 것이다.

투정이나 부리는 독선적 상관을 일일이 상대해줄 수는 없는 노릇이었다.

"너는 정말로 곱게 자랐나 보구나……. 그러니까 철부지란 거야…… 훗……."

"큭?!"

다시 냉담한 말이 날아들었다.

거기에 담긴 비정한 의지가 카르부노에게서 말을 앗아갔다.

"겨우 이런 상황이 위기? 웃기지도 않는군요…… 크크크. 이런 건 대산림 지대만큼 가혹하지 않아요……. 너는 알아야 해……. 권력 따위 아무짝에도 쓸모가 없는, 진짜 약육강식의 세계를……."

【그 무렵의 제로스】가 돌아왔다. 웅대한 자연의 숲이 그를 각성한 전사로 바꾸었다.

그렇다. 가혹한 환경에서도 살아남아 약육강식의 진정한 공포를 경험해 탄생한 최악의 짐승이 또다시 눈을 뜬 것이었다. 그는 입매를 끌어올리며 예리한 웃음을 지었다.

눈가를 가리던 마스크를 벗고 지금까지 가려져 있던 표정을 드러냈다.

아저씨는 무언가에 씐 사람처럼 정말로 유쾌하게 소년들을 비웃었다.

이보다 더할 수 없을 정도로 사악했다.

"그럼…… 지옥을 보여주지. 지금부터 너희는 진저리 날 정도로 싸우게 될 거다. 우는소리는 용서하지 않아. 못 하겠다고도 포기하겠다고도, 죽어서 편해지고 싶다고도 생각하지 못할 거다. 싸워…… 마지막까지 싸워서 살아남아라…… 크하하하하하하!"

소년들은 새파랗게 질렸다. 그리고 깨달았다. 이것이 시작이란 것을…….

이날, 이스톨 마법 학교 소년 파티는 야영지로 돌아오지 않았다.

그들은 하룻밤을 내내 싸움으로 지새웠다. 본능이 깨어난 최악의 마도사에게 등을 감시당하며…….

"""""누가…… 누가, 살려줘————————!"""""

라마흐 숲에 소년들의 외침이 허무하게 울렸다.

참고로 라사스는 위험할 때는 도움을 줬으나 기본적으로는 보고 있을 뿐이었다.

아무튼 소년들이 지옥 같은 싸움에 몸을 던졌다는 것만은 분명했다.

제12화 아저씨, 소년들에게 자연의 무서움을 전하다

라마흐 숲에서 실전 훈련이 개시되고 이틀째.

츠베이트를 제외하고, 디오를 포함한 파티 전원이 레벨 업의 영향으로 몸을 가누지 못했다.

베놈 랩터는 고블린보다 강하며 레벨도 상당히 높았던 모양이었다. 수많은 개체를 해치운 그들은 이튿날이 되어도 격심한 권태감이 빠지지 않았다.

기운이 있는 것은 츠베이트뿐이었다. 이렇게 되면 실전 훈련에 나갈 수 없었다.

"설마 전부 앓아누울 줄이야……. 몸이 적응할 때까지 아직 시간이 더 걸리겠어."

"으으…… 미안해, 츠베이트……. 내일이 되면 아마 나아질 거야."

【레벨 업】이나 【격의 상승】은 기본적으로 같은 의미지만, 그 현상에는 아직 베일에 쌓인 부분이 많았다. 일성에 의하면 생명력이 강한 마물을 해치우면 해치운 상대의 혼을 흡수해 영혼의 힘뿐 아니라 육체도 강화된다고 전해졌다.

이 【격의 상승】은 주로 【심(心)】, 【기(技)】, 【체(體)】 세 가지 부류로 나뉘는데, 【심】은 영혼을 의미하며 스테이터스로는 볼 수 없는 혼이 존재하는 힘을 상승시킨다고 여겨졌다. 【기】는 스킬 능력의 레벨 상승, 【체】는 말 그대로 육체 레벨 강화로 인식되었다.

더 강한 마물일수록 혼과 스킬, 육체 레벨이 높아 강자를 쓰러뜨리면 능력 강화는 현격히 높아졌다.

또한 같은 레벨의 마물이라도 서식지의 환경 차이로 힘이 극단적으로 변하나, 가혹한 지역일수록 강한 마물로 성장하는 경향이 있기 때문에 【레벨】과는 별개로 【랭크】도 존재한다고 여겼다.

실제로 라마흐 숲과 파프란 대산림 지대를 비교하면 그 가설이 틀리지 않다고 생각될 정도로 힘의 차이가 역력했다. 다른 건 몰라도 강자를 쓰러뜨리면 자신이 강해지는 것은 자명한 사실이었다.

가설의 진위는 넘어가더라도 이 【격의 상승】에는 조금 성가신 문제가 있었다.

바로 격이 낮은 자가 강자를 쓰러뜨리거나, 혹은 많은 마물을 해치우면 자신의 육체에 부담이 생겨 일시적으로 몸을 움직일 수 없게 된다는 것이었다. 주로 【권태감】, 【관절통】, 【두통】, 【구토감】, 【마비】 등 쓰러뜨린 상대가 강할수록 증상은 심해지는 경향이 있는 듯했다. 이 증상은 【육체 적응】이라고 불리며 더욱 강한 존재가 되고자 이루어지는 육체의 최적화 작업이었다.

일반적으로 【격 상승 후유증】으로 인지되는 현상이 그것인데, 그 동안은 싸울 수 없어 무방비해지기 때문에 전쟁터에서는 특히 조심해야 했다.

많은 마물을 해치운 경우나 앞서 설명했다시피 강한 상대에게 승리했을 경우 발생하는 증상이며 더욱 강하게 거듭나기 위한 성장통이라고 할 수 있었다.

강해지니까 딱히 나쁜 일은 아니지만, 마물의 수준에 따라서는 【심】, 【기】, 【체】 모든 능력이 상승할 때도 있었다. 그럴 경우 그만큼 【격 상승 후유증】에 시달리는 시간이 길어져 때때로 급속한 능력 상승에 버티지 못하고 즉사하는 사례도 있었다.

디오가 전투 불능에 빠진 이유도 여기에 있었다. 아마 열심히 마물을 처치했겠지만, 약할 때는 마물을 사냥하는 페이스 분배를 잘 생각해야 했다.

츠베이트는 【격 상승 후유증】으로 고생하면서도 몸을 움직이는 디오를 보고 내일은 재기할 수 있겠다고 판단했다. 학점은 문제없지만, 귀중한 실전을 경험할 시간을 빼앗기는 것은 좋지 않았다.

"아무튼 오늘은 누워 있어. 그 대신 내일은 힘들어질 테니까 그런 줄 알아."

"좀 살살하자……. 돌아갈 때 이 상태로 이동하는 건 솔직히 힘들어……."

"생각해 두지……."

츠베이트 파티는 이틀째에 행동 불능. 덕분에 오늘 하루 일정이 비어 버렸다.

"할 일이 없어졌군. 어쩌지……."

강제 참가를 떠나서 츠베이트는 전투 경험을 쌓기 위해 자발적으로 이 훈련에 참가했다. 하지만 지금 상태로는 의미가 없었다. 게다가 격도 오르지 않았다.

동료와의 연계를 실전에서 시험하고 전략 수립에 도움이 되는 정보 수집이 목적이었건만, 고작 하루의 전투로 하루가 비어 버린 것은 큰 손실이었다. 싸움에 휴식은 필요해도 혼자만 남으면 아무래도 거북했다.

"······세레스티나한테라도 갈까? 그 녀석도 상황은 비슷할 테니까."

할 일이 전혀 없는 츠베이트는 아마 자신처럼 한가해졌을 여동생을 찾기로 했다. 그 뒤를 꼬꼬 세 마리가 따랐는데, 주위에서 전전긍긍하는 시선이 모였다.

전날의 무용담이 전해져 경계하는 것이었다.

꼬꼬들은 모르는 사이에 유명해져 갔다.

◇ ◇ ◇ ◇ ◇ ◇ ◇

츠베이트는 텐트가 늘어선 야영지를 어슬렁거리다가 간신히 세레스티나의 텐트를 찾았다.

텐트 옆에서 세레스티나와 우르나가 작은 냄비로 뭔가를 끓이고 있었다. 아마 약초 따위를 채집해 회복약을 제작하는 듯했다.

가까운 곳에는 크로이사스와 마카로프가 있었고 그들도 비슷한 일을 하고 있었지만, 무슨 이유인지 그 둘은 몸을 심하게 떨고 있었다.

불길한 예감이 스쳐 일단 상황을 살피러 갔다.

"크로이사스······ 너, 몸이 떨리는데······ 누워 있지 않아도 괜찮아?"

"아······ 형님입니까······. 어제 좋은 소재를 얻어서 말이죠. 가만히 있을 수가 없어서 그만 마법약 조합을 시작해 버렸지 뭡니까······ 후후후. 손이 떨려서 배합을 실수할 것 같지만요······."

"아니, 그럼 누워 있어야지! 그런 상태로 제대로 될 리가 없잖아……."

"눈앞에 좋은 소재가 있는데 가만히 누워 있으라고요? 그럴 순 없죠……. 선택의 여지조차 없어요. 제게 연구를 빼면 아무것도 안 남습니다……."

"……슬픈 소리를 당당히 하지 마! 그럼 엄청 불쌍한 인간이잖아……."

연구에 목숨을 건 크로이사스였다. 그는 몸을 짓누르는 권태감에 버티며 떨리는 몸을 채찍질해 마법약 제작을 계속하고 있었다. 그러나 『연구 말고는 아무런 장점도 없다』고 단언하는 동생의 장래에 츠베이트는 일말의 불안을 느꼈다.

자각한다면 고치라고 말하고 싶었다.

"츠베이트…… 크로이사스를 말려줘. 이대로 가면 어떤 위험한 약을 만들지 몰라. 나는 못 말려……. 일어서는 것도 힘들어……."

"막카란도 격이 올랐나……. 손이 덜덜 떨리는데?"

"마카로프야……. 제발 이름 좀 외워. 따질 기운도 없으니까……."

"잘만 따지네."

전투를 경험한 학생 대부분이 비슷한 상태로 몸겨누워 야영지는 마치 야전 병원 같은 상황이었다. 팔팔한 사람은 용병들과 전투를 하지 않은 학생뿐이었고 그들은 희희낙락 숲으로 들어갔다.

"파티 자체는 여전히 등록된 상태라서 다른 사람과 숲에 들어갈 수 없어. 멤버를 바꿀 수도 없으니까 한가해 죽겠어. 조합 기재는 두고 왔고 말이야."

"우리도 격을 높이려고 왔지만, 크로이사스가 기재를 들고 오는 바람에 짐이 무지하게 불었어. 짐마차 절반을 차지해 버렸다니까."

"바리바리도 싸 왔다……. 응? 크로이사스…… 너, 뭘 조합하는 거야? 얼핏 보기에도 수상한 연기가 피어오르잖아?"

"음? 모코나 풀을 조금 많이 넣었나? 거품도 나는군요……. 어쩌면 실패했을지도 모릅니다."

크로이사스는 떨리는 손으로 클립보드에 뭐라고 적으며 태평한 소리를 늘어놓았다.

조합하는 약품은 점차 지저분한 거품이 나더니 머지않아 자극적인 냄새가 퍼졌다.

"크로이사스, 너 뭘 만드는 거야! 큭…… 눈이……."

"독초의 독을 중화해 약효 성분이 강한 조합 소재를 만들려고 했습니다만, 실패했군요. 마석 분말을 넣으면 이상한 반응이 나오고…… 이상하네. 이런 일은 지금까지 없었는데……."

"야…… 크로이사스. 네가 든 약사발에 있는 그거…… 마석 분말이 아닌 것 같은데?"

"음? 폭죽초 뿌리인가요……. 색이 비슷해서 착각했나 보군요."

""야?!""

츠베이트는 전속력으로 그곳에서 대피했다.

다행히 독은 중화되어 몸에 영향은 없었지만, 악취가 너무 강해서 눈물이 당분간 멈추지 않았다.

마카로프는 속절없이 첫 번째 희생자가 되었다…….

이어서 악취가 주위로 확산된 영향인지, 많은 학생과 용병이 희생되었다. 츠베이트는 바람이 부는 방향에 있는 세레스티나의 텐트 가까이 대피해 악취의 영향권에서 탈출했다.

"……괜히 갔다가 혼만 났네. 크로이사스 녀석, 저런 상태로 왜 실험을 하고 난리야."

"츠베이트 오라버니, 괜찮으세요? 그리고 크로이사스 오라버니는…… 항상 저런 일을 하시는 걸까요?"

"그렇겠지. 마크베스 그 녀석도 고생깨나 하겠어……."

"저기…… 마천루 씨 아니었던가요? ……매켄로 씨였던가?"

마카로프의 이름을 아직도 외우지 못한 남매였다.

"그나저나 스승님 못 봤어?"

"저도 궁금해서 이리스 씨에게 물어봤는데 어제부터 야영지에 돌아오지 않으셨다고 해요. 일행분들이 걱정하시던데……."

"안 돌아와? 야…… 설마, 또 그 무렵으로 돌아간 거 아니야?"

"방금 레나 씨가 선생님이 호위하던 파티의 텐트 앞에서 『안 돌아와…… 내 귀여운 스위트 보이가……』라고 중얼거리며 확인하던 걸 보면 충분히 생각해 볼 수 있는 가능성이네요."

"그 여자…… 이상하지 않아? 왠지 모르게 범죄의 냄새가 나……."

츠베이트의 감은 날카로웠다. 설마 스승인 제로스의 지인이 중증 소년애 지상주의자라고는 생각지도 못하리라. 하지만 세레스티나의 말로 진실을 예감하고 말았다.

"그나저나 스승님이 돌아오지 않는다, 라……. 정말로 괜찮을까? 후배들……."

"만약 **그 무렵**으로 돌아가 버렸다면 지금쯤……."

"지옥을 겪고 있겠지……. 게다가 후배들은 강사들의 물러 터진

강의 내용이 옳다고 생각해. 현실을 알리기에 좋은 기회라고 판단
해도 이상하진 않아……. 스승님은 숲으로 들어가면 야성이 밖으
로 나오니까."

"대산림 지대에서는 식량을 빼앗겨서 그럴 수밖에 없었다지만,
이번에는……."

"후배 중에는 세상 물정 모르는 오만방자한 꼬마가 있었지…….
철저하게 정신머리를 뜯어고치겠군."

파프란 대산림 지대에서 살아남은 아저씨는 자연의 경이로움을
가장 잘 알았다.

무엇보다 마물의 무서움을 다양한 방향으로 숙지한 터라 다소
강한 마법을 쓸 수 있다는 것만으로 우쭐해하는 자는 가장 먼저
그 생각이 잘못임을 실감하게 될 것이다.

인간이 생활하는 영역이 대단히 연약하고 쉽게 무너진다는 사실
을 몸소 강제 체험 중이리라. 그 공포는 보통이 아닐 것이다.

사느냐 죽느냐의 극한 상태로 강제 연행되었으니 말이다.

"그러고 보니 거물을 쓰러뜨렸다지? 【크래셔 래빗】이랬나…….
지금 멤버로 용케 해치웠군?"

"호위로 선생님 같은 마도사가 있었어요……. 그것도 동년배……
조금 충격이에요."

"야…… 설마 스승님의 지인이야?"

"네…… 마법 다중 전개에 무영창. 절대로 용병의 수준이 아니
었어요. 궁정 마도사급…… 어쩌면 그 이상 가는 실력자일지도 몰
라요."

"너랑 동년배라고……? 천재냐? 아니, 설마 스승님과 같은 부류…… 생각하고 싶지 않아."

이리스의 존재는 제로스에 버금가는 경악을 안겨줬다.

이리스는 어떤 점에서는 아저씨와 같은 부류지만, 【대현자】는 아니었다. 그녀의 직업은 【고위 여성 마도사】였다.

"위험한 상황도 있었지만, 용병분들이 계셔서 살았어요. …… 응? 오라버니…… 지금 알아차렸는데 왜 우리에게 용병이 두 명, 많은 파티에는 세 명 이상 호위로 붙어 있죠? 호위는 한 파티당 한 명이었을 텐데요?"

"샘트롤을 포함한 멍청이들이 사라졌기 때문이기도 하지만, 학교에서 출발하기 전에 일부 저학년 꼬마들이 대거 떨어져 나갔다고 해. 더불어 자식을 과보호하는 귀족이 별도의 루트로 호위 의뢰를 낸 탓에 용병 수가 많이 남았어."

"우리는 고맙지만, 학교는 호위 의뢰 보수를 낼 수 있을까요? 적자 경영이라고 들었는데……."

"틀림없이 크게 적자겠지……. 귀족의 요청을 일일이 들어주니까 제 목을 조르는 셈이야. 멍청하다고밖에 할 말이 없어."

국가에서 독립한 이스톨 마법 학교 경영부는 대부분이 어떤 파벌에 속한 마도사였다. 즉, 파벌 상층부의 마법 귀족은 경영진 쪽 마도사의 스승이란 뜻이었다. 그래서 그들이 무리한 요청을 해도 감히 거역하지 못했고, 『후계자를 호위하려고 용병을 보낼 테니까 잘 부탁해♪』라고 말하면 요청을 받아들이기 위해 용병 길드와 협상할 수밖에 없는 처지였다.

그렇게 온 용병들은 귀족의 호위 의뢰와 길드의 학생 호위를 이중으로 계약하기 때문에 제법 짭짤한 수익을 얻었다. 결과적으로 용병 수는 늘어나고 지출도 늘었다.

그런 고로 매년 적자는 확정된 사항이었다. 처음으로 학교 공식 행사에 참가한 세레스티나는 그런 뒷사정을 몰랐었다.

게다가 샘트롤이 이끄는 혈통주의자가 사라져 일손이 빈 용병이 생겨 임시변통으로 학생 파티의 호위 수를 늘렸다. 그래서 한 파티당 호위가 두세 명, 많으면 다섯 명이나 붙게 된 것이었다.

"아무래도 상관없지만…… 저 수인 여자애는 왜 저렇게 팔팔해? 너와 사냥하러 갔었지? 모두 격 상승 부작용으로 못 움직일 텐데……."

"수인이기 때문 아닐까요? 수인족은 환경 적응이 빠르다고 선생님께서 말씀하셨어요. 이미 몸의 최적화가 끝난 거겠죠."

"너무 빠르잖아……. 우리도 대산림 지대에서 사흘은 몸이 뻐근했는데……."

우르나는 왠지 우케이와 대련하고 있었다. 그 뒤에서는 크로이사스의 실험에 말려든 자들이 족족 쓰러져 갔다.

그 원인 제공자인 크로이사스는 아무렇지도 않게 새로운 마법약 실험을 시작하고 있었다. 상당히 독 내성이 높은 것인지, 아니면 【독 무효화】 스킬을 가졌는지 모르겠다.

츠베이트는 이날 동생의 끝을 알 수 없는 집요함을 보았다.

◇ ◇ ◇ ◇ ◇ ◇ ◇

소년들은 숲을 계속 걸었다.

종족을 불문하고 마물이 횡행하는 격전지에서 살아남아 매가리 없는 표정으로 녹초가 된 몸을 채찍질해 가까스로 야영지로 돌아오는 중이었다.

"이제 얼마 안 남았어……. 이제 곧 야영지에 도착해……."

"이제…… 아무것도 두렵지 않아. 어차피 이 세상은 약육강식……. 평화 따위 그냥 환상, 부질없이 찢어지는 종잇장 같은 것……."

"적은 물리쳐라…… 아군은 지켜라, 이 세상에 신 따위 없다……. 믿을 건 자신의 힘과 고락을 함께한 동료뿐……."

"내가 잘못 생각했었어……. 귀족이란 직위 따위 아무런 도움도 안 돼……. 이 세상은 지옥, 진정한 강자가 아니면 잡아먹힐 뿐……."

지쳤지만, 눈매가 이상했다.

마치 사나운 짐승처럼 눈이 빛나며, 몸은 엉망진창이지만 전의를 잃지는 않았다.

오히려 인상은 다친 짐승처럼 살벌했다. 만약 마물과 만나더라도 그들은 마지막까지 싸울 것이다. 마치 노련한 전사처럼 허점을 보이지 않았고 사소한 소리에도 반응해 전투 진형을 취하게 되었다.

그곳에는 어제의 소년다움은 눈곱만큼도 없었다.

"현실을 좀 알았나 보군요. 격도 올랐고, 그럭저럭 괜찮은 성과네요~ ♪"

"……저거 위험하지 않아? 저게 어딜 봐서 어린애야?"

"사람은 언젠가 어른이 됩니다. 남들보다 일찍 세상의 쓴맛을 안 그들은 전사가 되었군요······ 크크크······."

"······세뇌 아닌가? 과격주의 사상을 주입한 거로밖에 안 보인다만?"

"교육입니다. 사람이 사는 세계에서 한 발자국만 나오면 그곳에 있는 건 먹느냐, 먹히느냐······. 뭐, 어떻게 보면 교육도 세뇌의 한 종류겠죠~. 실제로 카브루노 군은 정신머리가 썩어 있었으니까요."

"······그건 동의하지만······."

하룻밤 숲 속에서 싸우고 권태감에 빠지면서도 살아남기 위해 기력을 쥐어짠 소년들은 무사히 전사로 각성했다.

"환경이나 천성 같은 건 관계없어······. 약하다면 싸워라. 싸워서 살아남아야만 강자가 된다······."

"지름길 따위 없어. 위험 속으로 뛰어들 각오야말로 강해지는 비결······. 겁쟁이는 창피한 게 아니야. 교활하고 냉정하게······ 적을 알되 나를 과신하지 마라······."

"지식을 배워라, 기술을 갈고 닦아라······ 마음을 수양해라······. 약한 것도 뒤집어 말하면 적에게 냉정하게 대처할 수 있는 장점이 된다······. 가혹한 현실에서 눈을 돌리지 마라······."

"사람의 상식 따위 세상의 혹독함에 비하면 보잘것없다······. 죽음은 반드시 곁에 있고 언제나 함께한다. 그런 간단한 사실을 깨닫지 못했던 내가 바보였어······. 철부지라고 불려도 할 말이 없어."

소년들은 당장에라도 텐트에서 쉬고 싶을 만큼 피폐해졌지만, 그런 그들을 향해 달려오는 자가 있었다. 집사 같은 차림새를 한

초로 남성이었다.

"카브루노 님~! 다행입니다…… 무사하셔서 다행입니다…….
이 할아범이 얼마나 걱정한 줄 아십니까!"

"걱정을 끼쳤군, 드로어즈……. 나는 괜찮아."

"드로어즈?! 정말로 본명이야? 그 이전에 왜 외부인이 여기 있
지?"

이 실전 훈련은 학교 커리큘럼 중 하나였다. 외부인인 사용인이
이곳에 있을 리가 없건만, 드로어즈라고 불린 카이젤 수염을 한
노인은 이 숲에 있었다. 그가 눈물을 머금으며 카브루노 곁으로
달려왔다.

오른손에 먹다 만 빵을 들고…….

"다친 곳은 없으십니까! 식사는 하셨는지요? 이 할아범은 카브
루노 님이 걱정되어…… 식사가 목을 넘어가지 않았습니다…….."

"……그 손에 든 빵은 뭐지? 아니, 됐다……. 할아범, 나는 어리
석었어……."

"뭐, 뭐라고요?"

"백작가의 지위를…… 언젠가는 가문을 이을 것이라며 자만하
나 자신을 돌아보지 않고 그저 무지하게 살아왔어……."

"당연한 일이지 않습니까……. 왜 그러시나요, 카브루노 님……?"

"하지만 그건 잘못이었어……. 백작가라는 미약한 지위는 자연
의 위엄 앞에서 무의미했어……. 내가 어리석은 채로 살아가면 언
젠가 사라져 역사에서 이름조차 남기지 않는 쓰레기가 돼."

"카브루노 님? 뭘 잘못 드셨습니까? 대단히 제 취향이 되었습니

다만……."

평소 카브루노를 아는 드로어즈는 갑자기 각성해 듬직해진 그에게 당황하면서도 어째선지 가슴 설레고 있었다. ……이 노인도 뭔가 수상했다.

"두고 봐라, 할아범! 나는…… 판티스키 가문을 역사에 이름 남길 명문으로 만들겠다! 아아…… 다시 태어난 기분이야. 이 권태감도 영광으로 가는 장애물을 하나 뛰어넘은 증거라고 생각하면 마음이 홀가분해."

"아니, 그런 소리는 하지 마…… 창피하니까! 그보다 이 할아버지, 허리 놀림이 이상해!"

아저씨와 라사스는 마음속으로 소리쳤다.

시종인 드로어즈는 카브루노의 성장이 어지간히 기쁜지 한층 허리 놀림이 격해졌다.

"아버지는…… 조만간 은거해주셔야겠다. 그건 우리 백작가의 치부다! 귀족은 지위가 아니라 백성에 대한 책무이지 않은가. 우선은 신뢰할 수 있는 가신이 필요해. 개혁을 일으키지 않으면 우리 가문은 부패한다. 아니, 이미 부패했다!"

"카브루노 님! 어찌…… 어찌 이리도 늠름하신지고……. 이 할아범은, 할아범은 기쁩니다!"

'……저 할아버지, 왜 저렇게 허리를 돌리지? 설마…….'

'……다케다 신겐[12]인가? 이대로 주변 귀족들을 모략하거나 몰살하고 전란의 세상으로 나아갈 건가? 벌써부터 하극상을 벌일 생

#12 다케다 신겐 일본 전국시대의 다이묘. 하극상으로 아버지의 지위를 빼앗아 가문을 이었다.

각이군요~.'

귀족의 긍지에 눈뜬 카브루노는 해야 할 일을 찾아 그 비전을 향해 걸어 나가기 시작했다. 젊은 영주의 새싹은 오만함이 자취를 감추고 대신 고결해지고자 하는 기상이 흘러넘쳤다. 이름은 둘째 치더라도 지금 카브루노는 쓸데없이 멋있었다.

"가만히 둬도 되겠네요……. 관여되면 안 좋은 꼴을 볼지도 몰라요."

"……동감한다."

소년들의 귀환과 변모에 경악하는 것은 비단 드로어즈만이 아니었다.

강사들과 동급생도 지옥에서 귀환한 소년들의 변모에 할 말을 잃고 함부로 말을 붙이지 못했다. 다른 이들과는 박력이 달랐다.

몰라보게 달라진 소년들의 모습에 한 여성이 몸을 떨며 제로스를 째려봤다.

"제로스 씨!"

"뭐, 뭔가요, 레나 씨. 저는 지금 바로 제대로 된 식사를 하고 싶은데……."

"제 스위트 보이들에게 무슨 짓을 하신 건가요! 그렇게…… 그렇게 귀여웠던 아이들이 마치 사선에서 살아남은 전사처럼 매시워져서는……."

"언제부터 그들이 레나 씨 것이 되었는지 모르겠지만, 사선에서 살아남은 건 맞습니다. 훗…… 그들은 죽음과 이웃한 세계에서 생환했지요~. 가장 단순하고 무서운 가혹한 세계에서 말이죠……."

"무슨 일이…… 저 아이들한테 대체 무슨 일이 있었나요!"

"뭐냐뇨……."

아저씨의 입으로 설명되는 이야기는 처절하기 짝이 없었다―.

◇ ◇ ◇ ◇ ◇ ◇ ◇

소년들의 눈앞은 마물의 시체에 모여든 굶주린 육식동물로 북적
였다.

벙커 안에서 마법으로 공격하고, 쉬어서 마력이 회복되면 또 공
격하는 단순 작업이 반복됐다.

그러나 그것도 오래 이어지지는 않았다. 아무리 위장했어도 벙
커에서 몇 번이나 공격이 발사되면 지능이 낮은 마물이라도 눈치
챌 수밖에 없었다.

마물은 당연히 벙커로 쇄도했다.

『크크크…… 공격하기 좋게 몰려오는군요. 자, 살아남기 위해 쓰
러뜨리시죠. ……이게 현실, 학생들이 사는 일상 밖에 있는 세계
입니다. 죽이지 않으면 죽는다. 사체조차 남기지 않고 잡아먹히는
실로 단순명쾌한 세계의 섭리……』

『사, 살려줘…… 더는, 마력이……』

『마력이 고갈되면 회복될 때까지 무기로 공격하세요. 지팡이도
무기가 된다고요. 단순히 들고 패기만 해도 효과는 있습니다. 정 못
하겠으면 저 벽에 구멍을 뚫어서 싫어도 싸우게 만들어드릴까요?』

『ᎢᎢᎢ히이이이이이이이이이이이이이이이이이익?!ᒐᒐᒐ』

마왕이 강림했다.

소년들은 단순히 『격을 높여서 바보 취급한 녀석들의 콧대를 눌러주겠다!』 정도의 마음가짐밖에 없었다. 조금이라도 격이 오르면 충분했지만, 무엇이 잘못되었는지 마물 무리에 포위되어 고립무원 상태였다. 용병과 아저씨는 정말로 위험해지지 않는 한 손을 대지 않았다.

살아남기 위해서는 싸워야만 하며, 억지로라도 몸을 움직이고 울면서 지팡이로 마물을 두들겨 팼다. 그리고…… 열두 시간이 경과했다.

『이 정도도 살아남지 못하면 대산림 지대에서는 고블린에게도 죽습니다. 그곳은 마물의 차원이 다르니까요……. 강해지시죠. 지금보다 더 강해지는 겁니다…… 후후후……』

『효율적으로 해치우려면 연계가 필요하다……. 주변을 신경 써라……』

『전력이 한정된 이상, 동료 한 명의 손실은 치명적……. 서로를 지키며 확실하게 처리……』

『마법은 아껴 쓸 것…… 지금은 물리 공격이 효과적……』

『적은 섬멸……. 해치우지 않으면 우리가 죽는다……. 세상은 어차피 약육강식……』

『ㄲㄲㄲ죽어라! 우리의 평화로운 생활을 위해!ㅠㅠㅠ

소년들은 전사로 각성했다. 아니, 하지 않을 수 없었다. 그 후는 난장판이었다.

고블린을 해치워 무기를 빼앗고, 그 무기로 다른 마물을 해치우고는 또 다른 사냥감을 공격했다.

소년들은 살아남기 위해 죽자고 달려들었다. 짐승을 쓰러뜨리려면 짐승이 되어야만 했다.

사람의 윤리관 따위 대자연의 섭리 앞에서는 무력했다. 전사가 된 소년들은 불필요한 것을 머릿속 구석으로 치워 버리고 싸우면서 경험을 축적해 효율화하고 계속해서 싸워나갔다.

살아서 돌아가기를 우선한 소년들은 정신이, 격 상승으로 통한 성장과 마력 증가로 인해 이상하리만치 활성화되었다. 격이 오를 때마다 몰려오는 권태감을 정신력으로 찍어 누르고 마물을 어떻게 해치울지 주시했다.

그야말로 극한 상태였다. 그리고…… 정신을 차리자 주위에 움직이는 마물은 없어졌다.

아저씨와 라사스도 소년들이 죽지 않도록 배려는 했지만, 그 결과는 최악이었다.

『이제 그들은 강해졌을 겁니다. 다른 학생들보다 확연하게……』

『나는…… 이렇게 혹독한 실전 훈련은 처음 봤다』

그렇게 무감정하던 라사스조차 황당해했다.

그는 몇 번이나 이 훈련의 호위 의뢰를 맡았지만, 이토록 피폐해지고 극한까지 내몰리는 훈련은 난생처음이었다. 심지어 제로스는 소년들이 죽지 않도록 조절하며 정신적으로 몰아세우는 것도 잊지 않았다.

그렇게 그들의 투쟁 본능은 강제로 각성되었다. 정상적인 인간이 할 짓이 아니었다.

주위에 적이 없는 것을 확인했을 때, 소년들은 휘청거리면서도 야영지로 걸어갔다.

그러나 지친 몸으로도 경계심은 잃지 않았다. 살아서 돌아가는 것이 그들의 싸움이었다.

◇ ◇ ◇ ◇ ◇ ◇ ◇

"—그런 일이 있었죠. 그들은 무사히 강해졌습니다. 하하하하하."

"악마야아아아아아아아아아아아아아아아아! 제로스 씨가 소년들의 순박한 마음을 죽이고 흉악한 전사로 세뇌했어어어어어어어어어어어어어어어어!"

"남이 들으면 오해하겠네요. 강해지는 것이 이 훈련의 주목적이 잖습니까? 저는 그걸 도왔을 뿐인데요?"

"그렇다고 소년의 순수한 마음을 부술 필요가 어딨어어어어어어어어어어어어!"

"순수하기만 해서는 살아갈 수 없어요. 그들은 깨달았습니다……. 세상에 나오면 사느냐 죽느냐란 것을……. 세계는 만만하지 않다고요."

"그걸 꼭 지금 알아야 하나요?!"

"일찍 알수록 좋다고 보는데요? 이 나라는 바로 옆에 위험 지대를 끼고 있으니까요……."

솔리스테어 마법 왕국 옆에는 파프란 대산림 지대가 펼쳐졌다. 국토 대부분이 그 영역에 접해 흉악한 마물이 나타나면 대처할 수 있는 사람이 없었다.

예를 들면 드래곤이 그렇다. 와이번을 잡을 수 있는 자조차 없을 정도였다. 레벨이 낮을 뿐 아니라 애매한 힘으로 만족해 더 이상 성장하지 않는 자가 많았다.

막상 대산림 지대에서 마물이 밖으로 나오면 제대로 싸우지도 못하고 일방적으로 죽을 것이다. 그만큼 힘의 차이가 극단적이었다.

유사시 아무런 대처도 못 하고 죽을 바에야 지금 강해져야 생존율은 더 높아질 것이다.

"그래도 그렇지…… 저건…….."

레나의 시선은 소년들에게 돌아갔다.

"아아…… 평화가 이리도 편안한 것이었구나. 이런 행복이 있다니…….."

"이 평화를 어지럽히는 것은 무슨 수를 써서라도 죽이겠어."

"신은 아무것도 안 해. 그렇다면 우리는 계속 강해져야만 돼…….. 이 평온한 시간을 지키기 위해서."

"맞아. 하지만 인간 속에도 위험은 있어. 시각을 바꾸면 마물이 더 순수하겠지…….. 악이라는 이름의 마물을 제거하지 않으면 우리는 이용당하기만 하다가 끝날지도 몰라."

"""""""적은 섬멸, 그곳에 마물과 인간의 구별은 없다! 백성의 평화를 위해 일어나라, 국민들이여! 지크 솔리스테어!"""""""

"카브루노 니이이임! 너무 멋져요오————!"

소년들의 적의는 마물뿐 아니라 어둠 속에서 악행을 일삼는 악당에게까지 이르렀다.

도덕과 인의를 가르치는 교과서가 확대 해석되어 이윽고 하나의 종교 경전이 되는 것과 비슷했다. 제로스의 【위험지대에서 살아남는 방법】은 소년들에게 정의의 성전으로 이어지려 하고 있었다.

가르치지도 않은 사실을 끼워 넣어 새로운 정의를 만들어 간다. 타국의 정세를 어지럽히기 위해 만들어진 특수 부대가 모르는 사이에 테러리스트로 변모해 돌아오는 상황과 흡사했다.

심지어 급속하게 과격주의 사상으로 경도하는 것이 무서운 점이었다.

"어이쿠…… 좀 지나쳤나요? 저는 마물을 상대로 훈련시켰는데 왠지 과격파 우익 조직처럼 됐어……. 왜지?"

"그걸 왜 나한테 물어?! 저렇게 만든 건 제로스 씨 아냐!"

"아니, 이건 저도 예상하지 못한 상황이에요. 어지간히 지금 학교 내정에 불만이 쌓였었나 보군요. 그보다…… 저 집사 할아버지가 자꾸만 신경 쓰이네요. 저 사람, 괜찮은 건가?"

"……저 사람에게서 나랑 같은 냄새가 나. 하지만 인정하고 싶지 않은 건 왜일까……."

"그런 사실 알고 싶지 않았어요. 대충은 알고 있었지만, 구태여 입 밖으로 내지 않았는데……. 카브루노 군의 정조는 괜찮을까요?"

레나의 이상 성욕은 아저씨도 알고 있었다.

레나가 드로어즈를 받아들일 수 없는 것은 그녀의 대상이 어디까지나 자연의 섭리에 따른 이성인데 반해 드로어즈는 동성이기 때문이었다. 절대로 인정할 수 없는 존재 같았다.

하는 짓은 똑같건만, 그곳에는 서로를 이해할 수 없는 벽이 존재했다.

"동족 혐오인가요……. 세계는 모순으로 가득하군요. 본질은 똑같은데 물과 기름처럼 섞이지 못한다니……."

"똑같이 취급받기 싫어……."

아저씨가 보기에는 그 나물에 그 밥이었다.

이성이냐 동성이냐의 차이일 뿐이지 어린 소년에게 독니를 뻗으려는 점에서 받아들이고 싶지 않았다.

"그럼…… 밤샘으로 졸리니까 텐트에서 한숨 자도록 할까요."

"잠깐, 제로스 씨?! 아직 이야기 안 끝났어요, 저 애들을 원래대로 되돌려 달라구요!"

"불가능합니다. 길을 떠난 자는 이제 멈추지 않아요."

혹독한 생존 경쟁에서 살아남을 수단을 가르친 점에 책임은 있지만, 이상한 사상을 섞어 새로운 경지에 다다른 자는 손쓸 방법이 없었다.

무책임하다고 해도 결단한 것은 소년들이었다. 그들은 아저씨의 예상을 뛰어넘어 길을 나아갔다.

""""""하나는 모두를 위해, 모두는 하나를 위해!""""""

삼총사 같은 맹세를 나누는 소년들.

우수한 인재가 될지, 과격파 테러리스트가 될지는 그들 자신에게 달렸다.

"카브루노 니이이임! 안아줘요오————!"

이상한 사람도 하나 있었지만, 아저씨는 못 본 셈 쳤다.

황홀한 표정으로 콧물을 흘리며 감개무량하게 절규하는 초로 남자를 기억 한쪽 구석에도 남겨놓고 싶지 않았다.

차라리 즉석에서 잊어버리고 싶어서 바로 그 자리에서 퇴장했다.

그 후, 야영지에서 식사를 마친 아저씨는 자신의 텐트에서 죽은 듯이 곯아떨어졌다.

안 좋은 기억을 머리에서 지우려는 것처럼……

 ## 제13화 아저씨, 일을 잊고 취미에 몰두하다

"우리…… 왜 숲 속에 있더라? 야영지에는 맛있는 밥이 나오는데……"

"나도 몰라! 불만이 있으면 샘트롤한테 말해!"

"츠베이트 녀석이 샘트롤을 허술하다고 하더니…… 맞는 말이었어. 식사도 비상식량이라니. 애초에 정말로 오긴 와? 그 암살자들……"

혈통주의파인 청소년들은 라마흐 숲으로 가는 도중 길에서 벗어나 멀리 우회하는 형태로 학교 야영지 반대쪽에 거점을 마련했다.

그들은 【히드라】의 암살자를 안내하는 역할이었지만, 즉흥적 행동 탓에 식량과 야영에 필요한 기재를 무엇 하나 가지고 있지 않았다.

다행히 텐트와 비상식량은 있었지만, 비상식량도 오래 갈 것 같지는 않았다. 정말로 즉흥적이고 계획성이라고는 찾아볼 수 없었다.

합류 지점을 정한 사람은 샘트롤이고 다른 이들은 그냥 따라왔을 뿐이지만, 왜 샘트롤의 말에 따르는지는 깊이 생각하지 않았다. 아니, 생각할 수 없다는 표현이 적절했다.

브레마이트의 마법으로 암시를 걸어 의문을 품지 못하기 때문이었다.

원래대로라면 이런 마법은 정기적으로 암시를 걸지 않으면 효과가 약해져 이내 풀리고 말지만, 불행인지 다행인지 그들의 암시는 당분간 풀릴 것 같지 않았다.

"왔어, 저 녀석들이…… 뭐야?!"

그들이 눈을 돌린 곳에는 핑크색 동양풍 옷을 입은 소녀와 기사 갑옷을 장비한 소년, 그리고 검은 망토에 같은 색 이브닝드레스를 입고 졸부 취향이 고스란히 묻어나는 장식품을 주렁주렁 단 여자가 나란히 그들 쪽으로 오고 있었다.

생긴 것부터 완전 별종들이었다. 암살자가 할 만한 복장이 아니었다.

"야, 샘트롤…… 저런 걸 믿어도 돼?"

"몰라……. 하지만 실력은 확실하다고 했어."

검은 드레스 여자는 사근사근한 미소를 지으며 샘트롤 일행 앞까지 다가왔다.

"오래 기다렸지~. 솔직히 말할게. 길을 헤맸어. 나 참, 이렇게 풀이 우거진 곳을 합류지로 정할 건 뭐야? 여자를 배려할 줄 모르는 남자는 사랑 못 받아."

"닥쳐! 너희는 내가 시킨 일만 하면 돼. 그건 그렇고…… 그 둘은 뭐야?"

"내 경호원. 라인하르트랑 무명(無名)이라고 해. 잘 부탁해."

"지금 나랑 장난쳐? 이렇게 화려하면 눈에 안 띌 수가 없잖아!"

"그렇지만 강해. 너희를 몰살할 수 있을 정도로. 후후후."

겉모습은 넘어가더라도 실력자란 말을 듣고 그들은 바로 새파랗게 질렸다.

분명히 세 사람은 별종이지만, 장비는 모두 일급품. 혈통주의 같은 비공식 극빈 파벌에서는 구매할 수 없을 정도의 물건이었다.

게다가 마도구 같은 물건도 많이 소지했는데, 하나라도 팔면 수년은 놀고먹을 수 있을 듯했다.

"이봐, 샤란라 누님……. 전부 나랑 동년배 같은데 이것들이 그 생각 없는 귀찮은 일을 맡겼어? 귀찮구만. 뭐, 나야 자유를 찾을 수 있다면 상관없다만."

"맞아. 아무 계획도 없이 **죽여라**, 라고밖에 못 하는 멍청한 아이들. 공작가의 도련님을 처리하면 자기 목이 날아가는 걸 이해하지 못하는 불쌍한 바보. 그렇지만 이것도 일이야."

"……귀찮아. 밥을 먹을 수 있다면 하겠지만……."

"살인을 쉽게 받아들이는구나……. 하긴, 돈이 된다면 할 수밖에 없지. 그런데 타깃의 상황은 어때? 호위는 몇 명이나 있어?"

샤란라는 샘트롤에게 표적인 츠베이트의 호위 체제를 물었다.

그러나 샘트롤 일행은 일제히 복잡한 표정을 짓고 목구멍이 막힌 것처럼 입만 우물거렸다.

"왜 그래? 호위는 몇 명이나 있는지 묻잖니. 설마 조사하지 않았다고는 하지 않겠지?"

"그거 말인데…… 상황이 이상하게 돌아가고 있어. 호위는 학교에서 고용한 용병 두 명밖에 없지만…… 귀찮은 생물이 주위에 버티고 있어. 그게 무서울 정도로 강해."

"귀찮은 생물?"

"그래……. 믿어지지 않겠지만, 와일드 꼬꼬야……."

""뭐어?!""

와일드 꼬꼬는 비교적 약한 마물이었다. 강해진다고 해 봤자 진화했을 때 정도였고, 고전할 만한 마물은 절대로 아니었다.

그러나 샘트롤 일행은 상당히 심각한 표정을 지으며 모두 머리를 감싸 쥐고 있었다.

"너희…… 그 닭에게도 못 이겨? 한심하다~."

"다, 닥쳐! 그냥 와일드 꼬꼬라면 나라도 그냥 죽여! 그렇지만 그것들은 이상하다고!"

"고용한 도적 반수를 죽였어……."

"그건 분명히 아종이나 변이종이야! 힘의 차원이 달랐다구……."

"괴물이야……. 그건 절대로 꼬꼬가 아냐!"

라인하르트의 한마디를 듣고 학생들은 입을 모아 아득바득 부정했다. 점점 더 영문을 알 수 없었다.

왠지 벌벌 떠는 학생들과는 대조적으로 핑크 닌자 소녀는 눈을 반짝였다.

"정 거짓말 같다면 이 마도구로 직접 보여주지."

샘트롤은 수정구를 꺼내서 그곳에 봉인된 영상을 공중에 투영했다.

【시간 봉인 보옥】이라고 불리는 그것은, 말하자면 디지털카메라 같은 마도구였다. 물론 그것은 구시대의 유물이었다.

떠오른 것은 도적을 무자비하게 죽이는 세 마리 닭들이었다. 움직임을 따라갈 수 없을 정도로 빨랐다. 눈을 떼면 다음 순간 도적이 우수수 하늘로 날아가고, 참살당하고, 일격필살로 쓸려나갔다.

그 영상을 본 샤란라와 라인하르트는 벌어진 입을 다물지 못했다.

"이게 뭐야……. 거짓말이지? 이렇게 강한 꼬꼬가 어딨냐고……."

"귀찮겠어……. 은밀 원거리, 타격, 검기를 모두 갖추고 있어. 도적들이 상대도 안 돼……. 레벨이 얼마나 되는 거람……."

심지어 기술이 다채롭고 행동을 종잡기 어려운 데다가 날렵하고 하늘까지 난다. 어디서 공격이 들어올지 예측 불허였다.

"실력은 우리와 동등하다고 생각하는 게 낫겠어. 이것들에게 테이머가 있다면 얼마나 강할지 모르겠어……."

"아니, 무조건 근처에 있겠지. 테이머가 없으면 이런 맹수를 누가 제어해……."

"……꼬꼬들, 멋져♡"

60명은 될 법한 도적들이 채 5분도 걸리지 않고 전멸한다는 그 광경은 가히 압권이었다.

무적의 닭들, 솔직히 상대하고 싶지 않은 귀찮은 존재였다.

"이 녀석들은 위험해……. 어떻게 봐도 비정상이야."

"이렇게 되면 표적을 고립시킬 수밖에 없겠어. 다행히 그런 마도구가 있으니까 어떻게든 떨어뜨려 놓는 수밖에."

"하지만 이 닭이 나오면 어쩌려고? 귀찮아질 텐데?"

"표적 자체는 별로 안 강하지? 아마 저 아이들이랑 비슷할 거야. 그럼 일격에 처리하면 돼."

"그렇군……. 이 세계 인간은 왠지 무지하게 약하니까. ……시간을 벌면 일 자체는 간단하겠어."

계획의 틀은 어느 정도 잡혔지만, 불확정 요소가 너무 많았다.

꼬꼬가 얼마나 강한지가 미지수였다. 게다가 주인이 근처에 있다면 그 전투력이 어느 정도일지 알 수 없었다.

적어도 꼬꼬들보다는 강할 것으로 생각되긴 하지만, 정보가 부족했다.

"그리고 가능하다면 다른 녀석들을 궁지로 몰아줘. 그러면 그 녀석들을 우리가 구출할 거야."

"아하, 너희 평가를 높이고 싶은 거구나? 그렇지만 그렇게 잘 풀릴까 몰라."

"너희는 우리 요청을 듣기만 하면 돼. 그게 일이잖아!"

"잘난 척은~. 스스로 하면 되잖니? 남을 너무 의지해도 실패할걸?"

"시끄러워! 잔말 말고 하라고!"

"화내고 소리치면 들어줄 거라고 생각하진 마. 우리는 도련님한테 아무 빚진 게 없어. 여기서 죽여도 딱히 문제없고 말이야……."

"윽……."

샘트롤에게는 물러설 곳이 없었다. 이곳에서 자신의 평가를 높이지 않으면 위슬러파를 차지할 수 없다고 생각했다. 이미 그러기에는 늦었다는 사실을 깨닫지 못하고 욕망을 드러내는 점이 그다

왔다. 샘젯롤은 그것이 치명적인 미래로 이어진다고는 생각도 하지 못했다.

그는 몰랐다. 이 꼬꼬들의 주인이 비상식적인 힘을 자랑하는 존재임을. 그리고 그것이 츠베이트의 스승임을 알 리가 만무했다.

정보 부족은 때로 스스로를 불구덩이로 내몬다. 어찌 보면 샤란라 일행이 정보를 읽는 능력이 있다고 할 수 있었다.

뭐가 어떻게 됐든 사태는 조용히 움직이고 있었다.

◇ ◇ ◇ ◇ ◇ ◇ ◇

"으으응~! 상쾌한 아침이야. 정말로 푹 쉬었어. 등이 다 아프네……."

"스승님…… 어제 돌아온 후로 지금까지 잤어?"

"밤을 샜으니까요. 후배들은 아직 못 움직일 테니까 오늘은 할 일이 없겠군요……. 그럼 츠베이트 군 호위를 맡을 수 있겠네요."

"설마 내 호위를 위해 그 무리를 했어?"

"아뇨. 세상 무서운 줄 모르는 건방진 도련님이 있어서 자기 분수를 알려줬을 뿐입니다만?"

"그럴 줄 알았어. 역시【그 무렵】으로 돌아갔었나……."

"……이상하게 숲에 들어오면 감정이 엉뚱하게 움직인단 말이죠……."

제로스가 귀환한 다음 날, 학교의 소년 마도사들은 예상대로 움직이지 못해 오늘 하루 강제 휴식을 취해야 했다.

이렇게 되면 아저씨는 시간이 붕 떠 버려 남는 시간에 숲에서 채집을 할 생각이었다. 물론 츠베이트 호위를 겸해 가까운 곳에 대기하겠지만, 언제 습격해 올지 모르는 상대에게 긴장 상태를 계속 유지하기는 정신적으로 힘들었다.

그래서 츠베이트와 거리를 유지하면서 라마흐 숲을 산책할 작정이었다.

"우리를 공격하려고 한 도적들을 생각하면 좀……. 스승님, 녀석들이 정말 공격해 올까? 한 번 습격에 실패했으면 보통은 위험하고 생각하기 마련이잖아?"

"기회는 오늘과 내일 이틀뿐. 야영지를 습격하는 건 자살 행위일 테니까 행동에 나선다면 확률적으로 오늘 움직일 가능성이 큽니다. 암살자라면 성공률이 높은 날을 고르겠죠."

"실전 훈련 기간을 피해 학교에서 습격해 올 가능성은 없어? 내부 협력자가 있다면 가능하다고 보는데."

"학교는 사람 눈에 띄기 쉽고 기숙사에 침입하기에는 경비가 엄중합니다. 그만큼 위험 부담이 너무 커요. 사람도 많고 암살자는 얼굴을 보이길 꺼리는 경향이 있으니까 학교에 숨어들 가능성은 낮지 않을까요?"

제로스는 사전에 학교의 자세한 정보를 기재한 서류를 보며 암살이 가능한 장소를 조사했지만, 학교나 기숙사 벽에는 경보장치 같은 마도구가 묻혀 있어 마법을 써서 침입하려고 해도 강제로 제거당하는 것을 확인했다. 즉, 침입 자체가 몹시 어려웠다. 과연 역사를 자랑하는 마법 학교였다.

게다가 솔리스테어 공작가가 호위를 붙이지 않았을 리 없었다. 이런저런 위험성을 따지면 이 숲에서 암살하는 편이 성공률이 높았다.

"하지만 어떤 수를 쓸지 모르는 상대를 경계하는 것도 지쳐. 숨을 돌리고 싶어……."

"제가 만든 마도구가 조금 시간을 벌어주겠지만, 완벽히 지킬 수는 없어요. 맞닥뜨리면 바로 구조 신호를 보내세요."

"알았어. 나도 무리할 생각은 없지만, 몸을 지키기 위해 싸우긴 할지도 몰라."

"살아남는 게 우선입니다. 도망칠 수 없다면 시간 벌기에 집중하는 게 좋아요. 그 후에는 제가 대응하죠. 살려 보낼 생각은 없지만……."

"거 살벌하네!"

아저씨는 한때 PK 플레이어에게 무자비했다.

타인을 비열한 수단으로 쓰러뜨리고 장비를 갈취하는 사람에게는 더욱 비인도적인 보복을 실행했다.

그리고 그때 사용한 성가신 마도구가 지금도 인벤토리 안에 남아 있었다.

"그걸 사용하게 될까……? 효과를 한번 시험해 보고 싶은데…… 으음."

"스승님? 아니라고 생각하지만, 설마 위험한 마도구를 쓸 생각은 아니겠지?"

"에이, 사용하는 건 상대를 포박한 다음이에요~♪ 신체 능력을 대폭 높이는 마도구인데 계속 사용하다 보면 봉인된 마법이 발동해서 자폭하거든요. 게다가 마물을 불러들이고 탈착 불가능. 옛날 동료와 같이 반쯤 재미로 만든 장난감이죠."

"그거…… 간혹 발견되는 저주받은 장비 아니야? 그런 이야기를 하면서 왜 즐거워 보여?"

"악당을 실험에 쓰면 양심이 아프지 않으니까요…… 후후후."

"사디스트다……. 상대방도 불쌍하지……."

아저씨는 이미 섬멸 모드로 돌입했다.

아직 상대를 보지 못했으니 김칫국부터 마시는 꼴이지만, 애초에 레벨 1,000을 넘는 제로스를 상대할 수 있는 인간이 있으리라고는 생각하기 어려웠다.

단순한 신체 능력으로도 압도적 차이가 있으니까 평범한 사람이라면 손쉽게 꺾어 버릴 수 있었다.

문제는 아저씨 본인이 자신의 힘을 제대로 파악하지 못해 가벼운 공격으로도 순식간에 적을 죽여 버릴 수 있다는 점이었다. 실수로 죽여 버리면 **벌칙**을 즐길 수 없었다. 이 부분이 정말로 까다로운 문제였다.

'힘을 빼서 공격해도 상대에 따라서는 즉사해 버린단 말이지……. 처음부터 【봐주기】를 사용해서 제압, 포박하고 회복시켜 시제품을 이것저것 강제로 장비시키면…… 후후후. 그 시절이 그리워.'

"스승님…… 표정이 엄청 사악한데?"

"네? 정말요? 어이쿠, 조심해야지. 포커페이스, 포커페이스……."

악당에게는 자비가 없는 아저씨지만, 자신이 위험인물이라는 자각은 없었다.

지금 머릿속에 든 생각은 어떻게 적을 무력화해서 **벌칙**을 줄까, 였다. 츠베이트가 기겁할 정도로 아저씨는 즐거워 보였다.

"스승님…… 꼬꼬들보다 당신이 습격자를 기대하는 거 아니야?"

그럴 리 없다고 생각했지만 묘하게 거북한 분위기가 흘렀다.

내심 자신이 기대한다는 것을 깨닫고 부인할 수 없어 얼버무리듯 엉뚱한 방향으로 고개를 돌렸다.

아저씨는 【그 무렵】에서 【섬멸자】로 돌아가고 있었다.

츠베이트 파티는 다시 숲으로 들어갔다.

우수한 인재를 육성하려면 레벨 올리기는 필수 과제였다. 당연히 그것은 강사들의 평가로 이어지기 때문에 어느 정도 권태감에서 회복한 학생들은 다시 강제로 숲으로 보내졌다.

이 행사에 참가하는 사람은 성적 우수자와 정반대에 위치한 열등생뿐이며, 중간 성적자의 참가는 자율적으로 이루어졌다.

열등생은 학점을 따기 위해 필사적이며, 우수자는 장래에 마도사단 간부 후보생으로 육성할 필요가 있었다. 보통은 우수한 강사로 강의하고 반에 따라서 독자적 커리큘럼으로 수업을 진행하는 것이 효율적이지만, 강사진은 중간 성적자였던 마도사가 태반이라서 성적 상위권 학생이 더 우수할 때도 있었다.

파벌 간부들이나 귀족의 요청 등 여러 방면으로 압력을 받아 어떻게 처신해야 할지 모르고 무난한 방향으로 도망친 결과가 이 실전 훈련이었다. 호위 체제만 보아도 『용병을 고용해 호위시키면 괜찮겠지』라는 근거도 없는 안심감에 기대어 학생의 안전을 고려하지 않고 용병 길드에 죄다 떠넘기는 어설픔이 엿보였다.

그러나 강사들을 비난할 수는 없었다. 그들은 위에 앉은 자들에게 항상 무리한 요구를 강요받고 스트레스로 몸을 버리는 이도 적지 않았다. 윗선에 찍히면 평범한 생활조차 할 수 없게 된다는 불안을 끌어안은 강사들은 파벌을 초월해 서로 협력해 타협안을 모색할 수밖에 없는 것이 현재의 실상이었다.

다행이라고 해야 할지 모르겠으나, 지금은 문제없이 학교의 체면을 유지하고 있었다. 적어도 그럭저럭 실력 있는 마도사를 육성하는 데 효과가 있는 것은 사실이었다.

안타깝게도 학생은 그런 사정을 모르고 당연하게 받아들여 강의나 행사를 소화하느라 정신이 없었다. 반대로 말하면 아무런 변화도 없다는 뜻이었다.

이런 상태로 지금까지 아무 문제 없이 학교가 운영되었기에 『이번에도 용병 길드에 맡기면 되겠지』라고 생각한 것도 이해할 수 있었다.

교육 기관은 아이를 육성하기 위해 항상 외부에서 많은 압력을 받는다. 그것은 어느 세계나 똑같았다. 그러나 이번에도 무사히 끝나리라는 보장은 없었다.

"후…… 오늘이 고비인가. 우울한 하루가 될 것 같군."

"츠베이트…… 무슨 걱정이라도 있어? 힘이 되어줄 수 있을지는 모르지만, 상담이라면 해줄게."

"다른 게 아니라, 샘트롤 그 멍청이가 어떻게 움직일지 신경 쓰여서…… 혈통주의파 녀석들이랑 짜고 뒤에서 움직이는 건 알지만, 무슨 짓을 저지를 생각인지 모르겠어."

"혈통주의파라……. 그 사람들은 쓸데없이 선민의식이 강하지. 그냥 유전적인 고유 마법을 쓸 수 있을 뿐이지, 효과는 별 대단하지도 않은 마법으로 잘난 척한다니까."

"쓸 만한 인간도 있지만, 대부분 국왕 직할 기관에 소속한 게 문제야. 그 녀석들의 공적을 자기네 것으로 착각하는 바보들. 기고만장해진 녀석들은 상대하기 골치 아파."

"다른 사람의 공적에 매달리지 않으면 자신들이 초라해지기 때문이겠지. 결함 마법 따위, 아무 도움도 안 돼."

혈통 마법을 이어받은 마도사 중에서는 강력한 마법을 가진 자도 있었다.

그런 자들은 국왕 직할 첩보 기관이나 특수 임무를 수행하는 부대에 소속했고 대우도 좋았다. 그러나 그런 성공한 이들의 공적을 빌려 파벌을 넓히는 자들이 있었다.

성공한 사람들 입장에서는 민폐라서 멍청한 짓을 벌이는 패거리와는 거리를 두고 있으나, 그들의 이름을 마음대로 이용하는 피해 사례는 끊이지 않았다.

남의 공적을 자기네 것으로 삼는 도의를 벗어난 상식을 내세우는 터라 마도사단에게 곧잘 『무슨 수를 써주세요! 저 녀석들, 내 이름을 마음대로 쓴다고요! 모르는 술집에서 외상값을 갚으라고 사람이 왔어요. 그것도 여러 곳에서……』라는 탄원 같기도 하고 한탄 같기도 한 요청이 오기도 했다.

실력은 없으면서 정말로 후안무치한 집단이었다.

"달리 보면 샘트롤에게 딱 맞는 파벌이야. 혈통주의파는 정식으로 인정받은 파벌이 아니지만……."

"그렇지. 혈통 마법도 사용하기 나름이라고 생각하지만, 그 사용법을 모색하지 않고 남에게 기생하니까 미움받아. 노력해서 성공한 혈통 마도사에게는 이런 민폐가 없지."

"성공한 사람을 오히려 배신자 취급이나 하고 말이야. 게다가 질투로 괴롭히기도 한다며? 사람의 탈을 쓴 파리야."

"정확한 표현이야. 쫓아내도 끈질기게 날아들어. 성실한 녀석들은 얼마나 귀찮을까."

혈통주의파는 말하자면 테러리스트 예비군이기도 했다.

자신들이야말로 마도사의 정당한 혈통이라고 믿고 타인을 내려다보며 업신여겼다. 실력도 없으면서 태도가 거만해 눈에 거슬리는 그들은 자신의 주장을 내세우기 위해 남을 깎아내리는 짓도 서슴지 않았다.

또한, 반항하는 자는 아무렇지 않게 살해하며 범죄 조직과도 이어진 대단히 귀찮은 집단이었다. 곤란하게도 국외 혈통주의자들과도 연결되어 파벌은 소규모라도 보이지 않는 부분을 합치면 대규모 조직을 이루고 있었다.

"언젠가는『구시대의 영광을 되찾는다』고 벼르지만, 오래된 문헌에서 놈들은 마법 실험의 결과로 태어난 실패작이고 사실은 범죄자의 자손이라는 말도 있어."

"그들은 그걸 인정하지 않지? 구 마법 문명의 귀족 혈통이라고 주장하면서…….."

"그래. 애초에 구시대는 민주국가라고 해서 왕족이나 귀족이 없었다고 해."

"공부도 부족하면서 맹신한다는 거지? 그래도 피해를 주는 점은 변함이 없지만. 샘트롤이 그쪽으로 가는 이유도 알 만해."

"그 꼬락서니로 성적이 좋다는 게 안 믿겨. 소문으로는 뒤로 손을 써서 성적을 조작하고 있다지만, 증거가 없지."

구 마법 문명의 통치 체제는 옛 문헌을 통해 민주주의였음이 밝혀졌다. 하지만 혈통주의파는 그것을 인정하지 않고 현대의 지배 계급이 날조한 사실이라고 믿었다.

하필이면 4여신 중 한 명이 혈통 마법 사용자에게 신탁을 내리는 바람에 혈통 마도사가 우쭐해져 혼란을 가중시켰다. 그 후, 100년에 한 번꼴로 혈통 마도사들이 반란을 일으켜 그때마다 비참한 역사가 반복됐다.

"야, 츠베이트…… 떠드는 것도 좋지만, 경계는 똑바로 해."

"아, 미안. 이야기에 빠져서 그만……."

"샘트롤 그 멍청이가 뭘 하겠어? 너무 딴 곳에 정신을 팔면 크게 다칠지도 몰라."

친구에게 주의 받고 츠베이트는 주위를 둘러봤다.

마물은 보이지 않지만, 이곳은 야생 생물이 생존 경쟁을 펼치는 곳이었다. 작은 방심이 치명적 실수로 이어질 수 있었다.

야생동물은 때로 잠복하고 때로 냄새로 거리를 쟀다. 지금도 자신들을 사냥감으로 여기고 호시탐탐 기회를 노리고 있을지 몰랐다.

"응? ……무슨 냄새 안 나? 달콤한 냄새……."

"무슨 소리야, 디오? 나는 딱히 안 나는데……."

"아니, 바람을 타고 어렴풋이 달콤한 냄새가 나……. 뭐지?"

"냄새 정도로 예민하게 굴지 마. 우리 목적은 마물이라고."

디오가 바람에 실려 오는 냄새를 알아차렸으나, 친구들은 그것을 부정했다. 츠베이트도 바람이 부는 방향으로 냄새를 맡아 보았다. 분명히 흐릿하게 달콤한 향이 감돌았다.

냄새에 경계할 필요는 없다고 보지만, 머리 한쪽에 무언가가 걸렸다. 숲에서 경계해야 할 달콤한 향은 몇 가지가 있지만, 대략적으로 말하면 매료나 마물을 유인하는 향기였다.

'스승님이 전에 무슨 이야기를 했었지. 달콤한 향은 사냥감을 유인하거나 매료 효과가 큰 게 많다……였던가? 맨 이터 종류가 비슷한 능력을…… 맨 이터?!'

츠베이트는 거기서 떠올렸다. 맨 이터의 꽃잎을 이용해 만드는 마물 유인 마법약【사향수】를.

"위험해! 다들 가급적 여기서 떨어져!"

"어엉? 츠베이트, 너는 또 무슨 뚱딴지같은 소리야……."

"그냥 달콤한 향이 날 뿐이잖아? 왜 그렇게 당황해?"

"멍청아! 사향수일지도 몰라. 마물을 끌어들이는 그거!"

""""""뭐라고?!""""""

사향수는 달콤한 향이 특징이며, 마물을 흥분 상태로 만드는 작용이 있다. 보통 마물은 종족 특유의 페로몬에 반응하지만, 유일하게 【릴리스 맨 이터】라고 불리는 마물은 모든 마물에게 강력한 유인 물질을 내뿜는다. 그 꽃잎에서 만들어지는 사향수는 일부를 제외한 대부분의 마물을 끌어들이는 강력한 마법약이다.

당연히 그 위험성 때문에 사용하려면 허가가 필요하며, 무단으로 주변에 뿌리기만 해도 몸에서 목이 달아날 중죄다.

어느 나라에서나 엄격하게 관리해 쉽게는 손에 넣을 수 없는 물건이었다.

"제정신이야?! 샘트롤 자식, 이런 것까지 써?!"

"불만은 나중에 말해! 여기서 벗어나!"

"그래! 제길, 그 자식…… 학교에서 보면 밟아 버린다!"

츠베이트 파티는 일제히 돌아서서 야영지 쪽으로 달렸다.

이곳에 머물러 있으면 마물 무리에게 포위당하는 것은 불 보듯 뻔했다. 아무리 격이 올랐어도 무리지은 마물을 상대할 수는 없었다. 지금은 조금이라도 안전한 곳으로 도망치는 것이 우선이었다.

그러나 츠베이트만은 도망치지 않았다. 아니, 도망칠 수가 없었다.

"윽?!"

급격히 몸이 무거워지더니 앞으로 고꾸라져 버린 것이다.

"츠베이트?!"

디오가 이변을 깨닫고 돌아보자 흰 안개가 낀 것처럼 무언가가 공간을 차단하고 있었다.

"이건…… 장벽? 아니야, 설마…… 결계?!"

"디오! 너는 어서 도망쳐!"

"츠베이트?! 하지만 넌 어쩌고?!"

"나는 어떻게든 돼! 결계가 있다면 오히려 안전해."

"그, 그렇지만…… 이건 아무리 생각해도……."

"안심해. 이때를 위해 손을 써 뒀어. 그보다 주변을 잘 봐! 마물들이 몰려오고 있어."

"큭…… 반드시, 반드시 구하러 올게! 그때까지 무사해야 해!"

차마 발이 떨어지지 않았지만, 디오는 애써 츠베이트에게서 등을 돌려 뛰었다.

멀어지는 디오를 확인하고 츠베이트는 제로스에게 받은 반지의 마력을 해방했다.

이제 자신의 위치가 제로스에게 전해졌을 것이다.

"그나저나…… 등에 뭔가……."

갑자기 몸이 무거워져 쓰러졌지만, 냉정하게 생각하자 뭔가가 등을 깔아뭉개는 듯한 충격이었다. 게다가 그 무게는 지금도 느껴졌다.

츠베이트는 확인하려고 등으로 눈을 돌렸다. 아무것도 메지 않았을 등에 어렴풋이 투명한 형상이 떠올랐다.

그것은 차츰 뚜렷한 색을 갖추었고, 이내 동방의 의상을 입은 소녀 한 명이 나타났다.

쉽게 말해 여자애를 등에 업은 상태였다.

"……너, 누구야?"

"……응애……."

"……누구냐고."

"……인법, 어부바 귀신…… 이랄까?"

"아니…… 뭐가 『이랄까?』야? ……영문을 모르겠네."

""…….""

말없이 마주 보는 츠베이트와 소녀. 분위기가 묘해졌다.

마도구는 사용자가 미리 마도구 안에 봉인한 마법을 해방하지 않으면 효과가 없었다. 설령 자동으로 공격에서 몸을 지키는 마도구라도 첫 단계로 기동하지 않으면 효과를 발휘할 수 없는 약점이 있었다. 전자제품의 전원 스위치와 비슷한 원리였다.

츠베이트는 제로스에게 받은 애뮬릿의 마력을 해방하지 않아 몸을 지키지 못하고 기습을 허용하고 말았다. 그러나 츠베이트는 그런 것보다 이 묘한 분위기를 어떻게든 하고 싶었다.

말이 없는 채로 마주 보는 두 사람 사이로, 지금까지 체험한 적 없는 어색한 분위기가 감돌았다.

시간을 조금 거슬러 오른다.

제로스는 도중까지 츠베이트 파티 뒤를 따라 걷고 있었으나…….

"길을 잃었어……. 잠깐 약초를 채집했을 뿐인데 이게 어떻게 된 일이지?"

……하필이면 이 시국에 홀로 떨어졌다.

주위를 돌아봐도 암석 지대가 있을 뿐이고 자신의 현재 위치조차 알 수 없었다.

"이걸 어쩐다……. 반지의 효력을 해방하지 않으면 마스크로 위치를 알 수 없는데. 뭐, 정 안 되면 비장의 수가 있지만…… 응?"

문득 암석 지대를 보고 무언가 빛나는 것을 발견했다.

아무래도 광석 같았지만, 파 보지 않으면 뭔지 알 수 없었다. 아저씨는 바로 곡괭이를 꺼내서 바위를 내리쳤다.

바위를 깨는 소리가 주변으로 울려 퍼졌다.

"이건…… 【마나다이트 광석】이잖아? 마도구에 이용할 수 있겠어……. 이건 【플레어 사파이어】, 마보석으로 가공하면 화염계 마법의 위력을 증가시킬 수 있지."

그렇게 아저씨는 희희낙락 곡괭이로 채굴을 시작했다. 생산직의 피가 끓었다.

한번 행동에 나서면 이제 멈출 수 없었다. 곡괭이질은 차츰 빨라지고 날카로워져 마치 착암기를 사용한 것처럼 바위에 구멍이 뚫려 갔다.

이쯤 되면 갈아 버린다고 말해도 과언이 아니었다.

파낸 광석을 마법으로 밖에 모아 【감정】하자 대부분 철광석이었지만 드물게 보석이나 【마나 결정】 등 희귀 광물도 나왔다.

마스크를 쓴 흑의의 신관이 곡괭이로 돌을 캐는 실로 희한한 광경이었다.

"마나 결정…… 【정령수】에 담그고 압축하면 【인공 정령 결정】을 만들 수 있지. 천연 【정령 결정】이 더 좋은데 말이야~. 【에테르 배양액】 쪽에 쓸까? 으음, 고민되네……."

마나 결정에 속성 마력을 불어넣으면 【인공 정령 결정】을 만들 수 있지만, 천연산에 비하면 효과가 떨어졌다. 【에테르 배양액】은

호문쿨루스를 배양하기 위한 물건으로, 마나 결정을 녹여 여러 마법약과 혼합해 생성했다.

본래 마력은 확산되기 때문에 항상 마력을 충전하는 배양 장치가 별개로 필요하지만, 아저씨는 이미 만들어 둔 것이 있었다.

"카에데 양의 머리에서 정령 인자를 추출하려면 역시 천연산을 이용해야 효과적이겠지. 해 본 적은 없지만 【사신석】으로도 같은 일을 할 수 있을 거야. 어쨌든 큰 정령 결정이 적어도 두 개는 필요해. 천연산은 레어 소재니까……."

전에 광산에서 채굴했을 때는 금속 광석을 캐냈지만, 이곳은 연금술로 사용할 매체 광석이 많이 나는 것 같았다. 원래는 이런 발견은 용병 길드에 보고할 의무가 있지만, 아저씨는 애초에 용병이라는 일에 아무런 미련도 없었다.

"소재는 많은 편이 좋겠지. 어쩌면 천연 정령 결정이 나올지도 몰라……. 좋아, 물올랐다! 우하하하하하!"

【소드 앤 소서리스】시절의 나쁜 버릇이 나왔는지, 신이 나서 채굴 작업을 재개한 아저씨는 곡괭이 소리를 비트 삼아 애니 송을 목청껏 불러 젖혔다. 본래 목적을 새까맣게 잊고 마도구의 약점도 깨닫지 못한 채, 남몰래 꾸미던 【복수 계획】을 위해 필요한 소재 모으기에 빠지고 만 것이다.

채굴에 정신이 팔린 아저씨는 알지 못했다.

지금 이 순간, 츠베이트에게 마수가 뻗쳤다는 사실을—.

단편 꿈을 좇는 아이들

오래된 교회 지하에 있는 창고에서 다섯 명의 아이가 얼굴을 맞대고 이야기했다.

한 사람은 얼굴이 생채기투성이인 소년, 이 멤버의 리더인 죠니였다.

평소에는 건방진 말투에 성장이 느려 아이 같은 티가 났지만, 지금 이곳에 있는 소년은 평소 태도와는 180도 다른 어른스러운 얼굴을 보였다.

죠니는 친구들을 돌아보고 천천히 입을 열었다.

"최근에는 일도 있어서 용돈도 모였어. 슬슬 다음 단계로 넘어갈까 해."

"그래. 최대한 장비를 맞추고 조금이라도 편하게 스타트를 끊고 싶으니까."

스포츠머리 소년 라디도 평소와는 말투가 달랐다.

"응…… 하지만 아무리 장비가 좋아도 우리는 카에데에게 배우는 검술 정도밖에 모르잖아?"

"그래. 용병은 실력이 없으면 위로 올라갈 수 없어. 우리가 할 줄 아는 건 소매치기로 지갑을 훔치는 게 고작이삲아?"

붉은 머리 소녀 안제와 통통한 소년 카이가 말꼬리를 이었다.

이 네 명은 같은 양육원에서 자라 같은 꿈을 좇는 동료들이었다.

몇 년 전까지는 부랑아여서 뒷골목에서 도둑질이나 쓰레기를 뒤지며 살아왔다.

부모의 얼굴도 모르거니와 같은 고아들조차 믿지 않고 마치 버려진 개처럼 겁먹은 채 살아온 그들은 결국 경비병에게 붙잡혀 양육원에 맡겨졌다.

그런 아이들이 부모나 다름없는 루세리스에게 누를 끼치지 않겠다는 맹세 하에 몰래 행동을 벌이고 있었다.

"흠…… 미안하다. 내가 더 실력이 있었다면 좋았으련만……."

"아니, 카에데의 검술 훈련은 큰 도움이 되고 있지만, 가능하다면 좀 더 많은 상황에 대응하는 게 좋다고 생각해. 마법을 쓸 수 있다면 더 좋고."

"마법인가?【마법 스크롤】은 제법 비싸지 않은가?"

기모노에 붉은 하카마 차림. 하이 엘프 소녀 카에데는 이 중에서는 가장 마지막에 동료로 참가했다. 엘프라고는 믿어지지 않을 만큼 호전적인 성격이며 그 뛰어난 무력으로 아이들에게도 검술을 가르쳤다.

"마법이라……. 아찌한테 부탁하면 알려주지 않을까?"

"알려줄지도 모르지만, 조금 무서워. 수행이라면서 대뜸 대산림지대로 데리고 가면 어떡해, 안제?"

"라디는 걱정도 팔자야. 아무리 아찌라도 그렇게 막 나가려고?"

아이들은 교회 뒷집에 사는 마도사와 교류하며 위험지대에 대한 정보도 제법 얻었다.

그것 말고도 거리로 나가서 다양한 곳에서 정보를 모았고, 서로 상담하며 장래에 어떻게 처신할지를 생각했다. 그리고 그렇게 해서 나온 답이 용병이 되는 것이었다.

용병들은 도시를 전전하며 호위 의뢰나 마물 퇴치로 생계를 꾸리지만, 생활 자체는 그다지 유복하다고 할 수 없었다.

장비에는 관리비를 포함해 돈이 들며 이동할 때 드는 교통비나 다쳤을 때 사용할 회복약, 식비에 숙박비 등 지출이 많은 직업이었다. 야영에 쓰는 텐트나 반합 등 초기 비용까지 생각하면 지금 가진 돈으로는 턱없이 부족했다.

그럼 왜 그런 고달픈 직업을 목표로 하는가? 그들에게는 큰 야망이 있기 때문이었다.

"던전…… 일확천금을 노린다면 던전에 갈 수밖에 없어."

"하지만 던전에 들어가려면 나름대로 랭크와 신용이 있어야 해. 우리만으로는 쉽지 않을 거야. 안 그래도 밑바닥에서 시작하는 거니까."

"카이가 하는 말도 일리가 있어. 우리에겐 용병으로서 기반이 없어. 우선은 독립해도 괜찮을 정도의 실력이 필요해."

"마음이 너무 앞섰다, 이거지? 마법은 돈을 모아 스크롤을 사면 되지만, 검술 외에는 누구에게 배우지? 아찌는 마도사잖아."

"제로스 공은 마법 외에도 실력이 우수해. 실력 차이가 압도적이야. 섣불리 싸웠다가는 목이 날아갈지도 몰라."

"아찌가 그렇게 강해? 그냥 수상한 아저씨처럼 생겨 가지고……."

라디는 버르장머리가 없었다.

이곳에 루세리스가 있었다면 그 말을 듣기 무섭게 혼냈을 것이다.

"그러고 보니 아찌가 와일드 꼬꼬를 키우기 시작했어. 묘하게 박력 있는 녀석들이지만."

"음, 놈들은 제법 버겁지. 나의 좋은 훈련 상대…… 앗!"

카에데는 불현듯 떠올렸다. 그렇다면 꼬꼬들과 훈련하면 어떨까, 라고.

제로스가 키우는 와일드 꼬꼬는 강했다. 특히 우케이, 잔케이, 센케이라고 이름 붙인 세 마리의 실력은 상식을 초월해 훈련 광경도 장엄하다 할 정도였다. 최근 그 훈련에 카에데도 참가해서 그들을 상대하기가 얼마나 어려운지 알았다.

그러나 두목 격인 세 마리를 제외한다면 어떨까? 약한 꼬꼬라면 평범한 어른보다 강한 정도였다. 아이들을 훈련시킬 상대로는 적격이지 않은가? 그런 생각을 통해 다른 꼬꼬들이라면 좋은 상대가 되리라는 판단에 이르렀다.

무엇보다 【벤다】, 【친다】, 【쏜다】는 공격의 기본이 모여 있었다. 용병 일도 검만으로는 할 수 없었다. 필요에 따라 무기를 바꾸기도 하며 무기를 잃어도 맨손으로 싸우는 기초를 배울 수 있었다. 생각하기에 따라서는 이만큼 이상적인 환경도 없었다.

게다가 주인은 마도사다. 운이 좋으면 마법을 배울 수 있을지도 모른다는 계산도 있었다.

카에데는 이 생각을 바로 아이들에게 전했다.

"진심이야?! 꼬꼬한테 싸우는 법을 배우라고?!"

"그래. 생각에 따라서는 이렇게 이상적인 훈련 환경은 없어. 내가 가르치는 검술로는 싸움 방식이 편중되지. 상황에 따른 대처법을 익힐 좋은 기회라고 생각해."

"아무리 그래도 그렇지~. 좀 창피하지 않아? 닭이라고, 닭."

"강해지기 위해서는 지금의 수치를 감내해. 가르침을 구해라. 약한 자가 무엇을 부끄러워하지?"

"하지만 꼬꼬잖아? 그럼 우리, 꼬꼬랑 훈련하는 거야?"

"그렇다면 약하게 살아가겠나? 우리는 언젠가 독립해야 해. 싸움의 기본을 배울 기회를 차 버리는 것은 어리석음의 극치. 그러다 죽으면 무슨 의미가 있는가?"

카에데의 말도 지당했지만, 그래도 닭과 무술 훈련을 하기는 창피한 듯했다.

그러나 꼬꼬들은 강했다. 어지간한 용병은 일축해 버릴 정도였다.

"……정해졌군. 설령 닭이라도 강한 상대라면 우리에게 훈련이 되겠지. 그럼 아찌에게 허가를 받아야겠어. 그러려면 아침 일찍 일어나야 해."

"뭐~? 나 아침에 잘 못 일어나는데……."

"어차피 밭일도 해야 하잖아? 거기에 훈련이 더해지는 것뿐이야. 쇠뿔도 단김에 빼라잖아!"

이른 아침부터 검술 훈련을 하는 카에데 외에는 일찍 일어나야 한다는 말에 다소 떨떠름한 반응이었으나, 강해질 수 있다면 하겠다고 결의를 굳혔다. 지금은 싸우는 기술이 필요했다.

아이들의 마음에 있는 것은 공허하고 허무한 추억이었다. 이두 침침한 뒷골목과 썩은 음식이 언제까지나 기억에 남아 사라지지 않았다.

두 번 다시 돌아가고 싶지 않은 그 장소에서 완전히 빠져나가기 위해서는 지금 이상으로 행복해져야만 한다고 생각했다. 그것은 부모가 없는 그들의 마음에 새겨진 깊은 상처였다.

◇ ◇ ◇ ◇ ◇ ◇ ◇

약 4년 전, 죠니는 뒷골목에서 생활하고 있었다.

그는 어느새 함께 행동하게 된 안제와 라디, 그리고 처지가 비슷한 아이 몇 명과 하나의 그룹을 만들었다. 보스는 따로 있었기에 항상 심부름을 하는 신세였다.

이 무렵에는 카이와 카에데가 없었고 기본적으로 도둑질을 해서 먹을 것을 확보하는 생활을 보냈다.

하루하루가 지옥이었다. 죠니는 아이들과 행동을 함께하고 노점을 바라보며 기회를 노렸다. 당연히 식량 확보를 위한 도둑질이 목적이었다. 살아가기 위한 투쟁이기도 했다.

때로는 지갑을 노리는 일도 있었지만, 성공하는 경우는 극히 드물었다.

붙잡히면 얻어맞고 감옥에 처박히는 것이 당연한 세상이었다.

노리는 시간대는 이른 아침부터 점심 사이다. 노점은 해가 뜨기 전에 가게 준비를 시작하고 점심 전이 가장 북적인다. 그 짧은 시간이 물건을 훔칠 적기였다.

그 이유는 손님이 적고 아침부터 일찍 가게를 보기 때문에 조는 사람이 많기 때문이었다.

가게가 붐비는 오후도 틈은 있지만, 가게 주인이 바쁘게 움직이는 터라 발견당할 확률이 높았다. 이런 절도 기술을 고아들은 보스에게 배웠다.

그 뒤에 도적이 있으며 실력을 갈고닦으면 그들의 부하로 들어갈 수 있었다.

거리가 범죄자 예비군의 훈련장으로 기능하는 셈이었다.

그날도 아이들은 도둑질을 위해 노점을 엿보고 있었다.

『틈이 없어. 이 가게는 안 돼』

죠니는 수신호를 보내 안제와 동료들에게 알렸다.

고아들은 일정 구역에 들어온 노점을 노려 기회가 있으면 바로 행동할 수 있는 상태로 대기했다. 도주 경로도 면밀히 짜서 훔친 물건을 도망치며 동료끼리 주고받아 장물을 분산시키는 것이 주된 수법이었다.

따뜻한 음식이라고는 먹어 본 적도 없었다. 목숨을 연명하기도 벅찼다.

'쳇! 뭐야. 오늘따라 사람이 많아. 표적을 바꿔야 하나……'

고아 그룹은 3인 혹은 4인 1조인 여러 팀으로 나뉘었다. 상하 관계가 엄격하고 수익은 보스가 모두 거둬갔다. 아래에 있는 자들은 보스의 비위를 건드리지 않으려고 전전긍긍하며 살았다.

그런 보스도 나이는 고작 10대였다. 한마디로 단순한 불량배였디.

'그 자식이 잘난 척하는 꼴도 열 받아. 그래도 지금은 배부터 채워야 해.'

살아남기 위해서는 먹어야만 했다. 가끔 푼돈을 주울 때도 있지만, 그것으로 굶주림을 막을 수는 없었다. 변변찮은 돈은 하루면 사라졌다.

죠니는 거리를 걷는 행인을 하나하나 감정하고 때로는 노점의 상황을 확인해 노리기 쉬운 봉을 찾았다. 이상하게 평소보다 행인이 많은 느낌이었다.

그러나 사람을 잡고 물을 수도 없었다. 고아들이 도시 주민에게 미움받는다는 것을 알기 때문이었다.

좋아서 이런 환경에 놓이지는 않았다. 그러나 주민들이 보면 장사를 방해할 뿐 아니라 간혹 지갑까지 훔치는 고아들은 좀도둑으로밖에 보이지 않았다.

훔치지 않으면 살아갈 수 없는 아이들에게 자신들도 어떻게 해야 할지 모를 상황이 이어지고 있었다. 도와주길 바라도 손을 뻗어주는 이는 어디에도 없었다.

거리에서 설교를 펼치는 신관이 『신은 괴로워하는 자를 자비로 구원하신다』고 말했지만, 죠니는 『거짓말이야!』라고 소리쳤다. 아이들은 지금도 괴로워하는 자신들을 구하지 않는 신에게 그런 힘은 없다고 생각했기 때문이었다.

그래서 고아들은 신을 믿지 않았다. 자신들의 힘으로 살아남을 것 말고는 방법이 없기 때문이었다.

'재수 없어. 신이 우리에게 뭘 해줬어? 아무것도 없잖아!'

고아들이 바라는 것은 따뜻한 침상과 맛있는 식사였다. 호화롭지 않아도 좋았다. 그저 굶주림에 허덕이지 않을 수 있다면 바랄 게 없었다.

평범하게 살며 당연하게 밥을 먹고 아무런 괴로움도 없이 거리를 걷는 동년배 아이들이 지독히도 부러웠다. 무슨 업으로 이런 빛과 그림자로 나뉘었는가. 같은 도시에 살면서도 그들의 삶은 비옥한 대지와 사막만큼이나 달랐다.

세상 모든 것이 미웠다.

"배고파……."

분노가 배를 채워주진 않았다. 화만 낸다고 배가 부르면 죠니는 얼마든지 화를 낼 것이다.

그러나 현실은 비정했다. 배가 고프면 내일 살아 있을지 불안했다.

이제 곧 겨울이 온다. 그때까지 식량을 확보해 비축하지 않으면 얼어 죽는다.

동료가 뒷골목에서 죽어 가는 광경을 몇 번이나 봤다. 보스는 아무 말도 하지 않았다.

해 봤자 『약하니까 죽은 거야. 머저리들아』 같은 소리나 할 게 뻔했다. 실제로도 비슷한 말을 했었다.

보스를 원망하는 자도 많았다.

'지금 우리로서는 그 녀석에게 복수는 어림도 없어. 강해지고 싶어…….'

약하기에 자그마한, 그리고 살기 위해 절실한 마음.

이런 사소한 소원조차 신은 들어주지 않았다. 그렇기에 발버둥칠 수밖에 없었다.

"응? 저기가 괜찮아 보이는데?"

죠니는 사람이 북적이는 노점으로 눈을 돌렸다.

뭘 파는지는 보이지 않았다. 그러나 제대로 움직이기도 힘들 정도로 사람이 모인 노점은 최고의 표적이었다. 노리는 것은 손님의 바구니, 혹은 지갑이었다.

죠니는 눈을 가늘게 뜨며 기회를 엿봤다.

마침 그때, 한 우락부락한 남자가 손에 든 바구니를 바닥에 내려 놓았다.

장을 보러 나올 만한 손님으로는 보이지 않았지만, 어디의 요리 사이겠거니 생각하자 의문도 사라졌다. 죠니는 그 남자가 둔 바구 니로 슬그머니 접근했다.

동시에 수신호를 보내 동료들에게 작전 결행을 알렸다.

일부러 노점을 들여다보는 시늉을 보인 직후, 바닥에 있는 바구 니를 잡고 전력으로 달렸다. 뒤쪽에서 『도둑이야!』라는 소리가 들렸 지만, 돌아보지도 않고 뒷골목으로 들어가며 내용물을 확인했다.

'먹을 것 조금하고, 지갑이군…….'

지갑을 쥐고 미리 대기하던 동료들에게 던져서 나눴다.

안제와 라디는 그 지갑을 들고 도주했고 죠니는 추격자를 뿌리 치기 위해 복잡한 골목을 달렸다. 어린아이이기 때문에 도망칠 장 소라면 얼마든지 있었다.

그리고 어른은 들어갈 수 없는 좁다란 벽 틈새로 비집고 들어간 뒤 빗물받이를 타고 올라 지붕을 따라 도망쳤다.

이제는 합류 지점으로 가는 것만 남았다.

동료들과 합류한 후, 일행은 다른 팀이 기다리는 선착장 외곽으 로 갔다.

그사이 바구니 내용물을 천천히 조사해 주머니에 든 튀긴 빵을 셋이서 나눠 먹었다.

어차피 보스에게 전부 빼앗긴다. 그렇다면 먹을 것은 지금 챙겨 둬야 했다. 지갑의 내용물도 조금 빼돌려 비자금으로 사용했다.

원래부터 믿을 수 없는 보스다. 이 정도 꾀는 누구나 부렸다.

그러다가 지갑 안에 반지가 있는 것을 알았다. 선물이라면 포장했을 테고, 지갑 안에 아무렇게나 넣어놨을 리 없었다.

'이건 녀석한테 줘 버릴까? 뭔가 수상쩍으니까.'

이런 생활을 하다 보면 묘하게 감이 날카로워질 때가 있었다.

죠니의 직감이 그 반지를 위험하다고 판단했다.

고아들의 아지트는 선착장 외곽에 있는 사용하지 않는 창고였다. 원래 어부의 소유였겠지만, 버려진 지 오래였다.

그런 창고 한쪽에 마치 왕처럼 거만하게 기대앉은 청년과 측근인 연장자 팀이 맛있어 보이는 음식을 먹고 있었다.

주변에는 배고파 쓰러진 아이들도 있었지만, 그들은 절대로 나눠주지 않았다.

아사하면 오러스 대하에 던져 버리는 게 정해진 수순이었다.

"야, 이제야 왔냐? 어때? 오늘은 뭐 좀 건졌냐?"

청년은 히죽히죽 웃었다. 허리춤에 나이프를 차서 싸워도 승산은 없었다.

"채소 조금과 지갑이야. 생각보다 개털이었어. 다른 녀석을 노릴 걸 그랬어."

"쳇! 쓸모없는 놈이군. 됐어, 지갑이나 내놔."

훔친 바구니를 들고 가자 청년은 안쪽을 확인했다.

"야, 척 보기에도 비싸 보이는 지갑인데 너무 든 게 없잖아? 너, 빼돌린 건 아니겠지? 말해 봐."

"도망치기도 힘들어 죽겠는데 그런 시간이 어딨어? 그 녀석들, 끈질겨서 혼났어. 계속 쫓아오더라니까."

"못 믿겠는데. 응? 반지가……."

"반지? 그런 게 있었어?"

죠니는 시치미를 뚝 뗐다.

말대꾸하면 얻어맞는다. 다치면 나만 손해다. 경험으로 배운 처세술이었다.

"뭐가 들었는지도 안 봤냐?"

"그럴 시간이 없었다니까 그러네! 아마 그 반지를 찾으려고 우리를 죽자고 쫓아왔나 보지. 우리는 그거 때문에 피곤해 죽을 맛이야."

"말본새가 돼먹질 못했구만. 그래도 돈을 가져왔으니까 봐준다. 운 좋은 줄 알아라."

보스는 이런 인간이었다.

측근들도 먹다 남은 뼈를 던지고 그걸 서로 빼앗는 고아들을 바라보며 바보같이 비웃었다.

『히히히, 약한 것들은 비참해』

『쟈기라 형님, 돈이 들어왔으면 술이라도 마시죠』

『돈이 떨어지면 이것들이 어디서 훔쳐 오겠지. 부려먹어 주지 않으면 불쌍하잖아』

처음 보스의 이름을 들었지만, 그런 건 아무래도 상관없었다.

아이들은 냉큼 이곳을 떠났다.

보스가 잠든 후에 돌아와 쉬는 것이 아이들의 평소 일과였다.

오러스 대하 강가에 앉은 세 사람은 저녁으로 먹을 생선을 낚으며 도망칠 때의 계획을 이야기했다.

"돈은 일단 그곳에 숨겨 뒀어."

"죠니 너, 얼굴 안 들켰지? 우리가 붙잡히면 고생이 다 물거품이야."

"그런 실수를 누가 해? 아무튼 당분간은 이렇게 낚시라도 하면서 식량을 확보하자."

보스는 횡포가 심했지만, 바보라서 다행이었다. 보스 일당은 자신들이 영리하다고 생각해 지갑의 내용물을 3분의 1 정도 횡령한 사실을 눈치채지 못했다. 원래 절도를 한 사람은 아이들이었다. 지갑에 얼마가 들어 있었는지, 보스는 알 도리가 없었다.

아무튼 그들은 움직이지 않았다. 의심은 해도 그 의심을 증명할 생각이 없었다.

"그나저나 보보라만 낚이네. 이 생선은 흙냄새 나서 맛이 없는데."

"어쩌겠어. 잘 낚이는 생선은 이것들뿐이잖아. 대어를 낚으면 녀석들에게 뺏기기밖에 더해?"

"그렇지……. 우웩, 맛없어……."

금방 낚아 구운 보보라를 먹으며 내일의 식량 확보도 열심히 했다.

어깨너머로 낚시를 배웠고 멍청한 보스 덕분에 남을 속이는 지혜를 여러모로 익혔다. 그래도 요리 실력은 좋아지지 않았다. 보보라의 흙냄새는 아무래도 익숙해지지 않았다.

'안 좋은 예감이 들어……. 왠지 가슴이 두근거려.'

죠니에게 스친 예감은 옳았다.

취침하고 얼마 후, 이 버려진 창고에 경비병이 돌입해 온 것이었다.

당연히 죠니 일당도 체포당했다. 반지는 마도구였고 빈발하는 절도를 단속하는 것이 목적이었다. 자신을 덮친 불운을 저주했지만, 사실은 운이 좋았는지도 몰랐다.

그래도 이때는 그렇게 생각할 여유가 없었다.

경비대 초소에서 제법 맛있는 음식을 먹고 배를 채운 후, 고아들은 마차에 실려 도시 남쪽에 있는 양육 시설에 맡겨졌다.

장난감이 놓인 방에서 천진난만하게 노는 동년배 아이들과 청결하고 아름다운 건물은 죠니가 지금까지 보낸 생활을 완전히 부정했다. 심지어 아이들을 돌보는 사람은 신관이었다.

지금까지 실컷 고생하며 살아온 자신을 바보로 만드는 느낌이었다.

신 따위 없다고 부정해 왔는데 이제 와서 **구제**라는 이름으로 손을 뻗는 신관들에게 화가 치밀어 참기 어려웠다. 그동안 죽은 동료가 한두 명이 아니니까 화가 날 만도 했다.

그리고 그 신관 위에 선 인물이 죠니 앞에 나타났다.

"잘 왔다, 빌어먹는 꼬마들아. 여기가 너희가 살 새집이야."

눈앞에 선 할멈은 신관이라고 생각하기 어려웠다.

그도 그럴 것이 손에 술병을 들고 이미 거하게 취기가 돌아 있었다.

게다가 육포를 입에 물고 있었다. 아무리 신관을 싫어하는 죠니라도 『이 할멈, 정말로 신관인가?』라고 생각할 정도였다.

"잘 들어, 이 꼬마들아. 이 세상에는 신 같은 거 없어. 사람을 구하는 건 사람뿐이지. 기도만 한다고 사람을 구할 수 있으면 지금쯤 다 행복해졌을 게다."

어이없는 소리를 하는 할멈이었다. 더더욱 신관답지 않았다.

"너희는 남들보다 괴로움을 알아. 그렇지만 그 괴로움을 남들이 맛보게 하려는 생각은 하지도 마! 그렇게 되면 그건 사람이 아니야. 그냥 쓰레기지. 그런 어른이 되지 않도록 여기서 제대로 교육해주마. 뭐, 성인이 될 때까지지만."

무지막지 입이 험했다. 하지만 입바른 소리만 하는 신관보다는 나아 보였다.

거리에서 본 신관은 입바른 말을 늘어놓다가 고아들을 본 순간 멸시하는 표정을 지었다.

하지만 이 할멈은 그런 표정을 짓지 않았다. 자신들을 똑바로 바라보는 것을 알 수 있었다.

"신관이라는 사람이 그런 소리 해도 돼?"

무심결에 나온 한마디였다. 그러나 그 말을 듣자마자 할멈은 말했다.

"상관없어. 실제로 신에게 구원받은 인간은 없으니까. 아무리 가능성이 낮아도 살 때는 사는 법이지."

그러고는 호탕하게 웃었다.

그렇게 1년 후 카이가, 그 반년 후 카에데가 동료로 참가했다.

그 다섯 명의 꿈은 저마다 달랐지만, 적어도 배곯이 하는 생활로 돌아가는 것은 사양이었다.

그래서 돈 벌기에 집착했다.

목표는 던전. 일확천금으로 행복한 가정을 이루는 것을 꿈꿨다.

그것이 가진 것 없는 고아들의 소소한 소망이었으니까.

이른 아침, 아이들은 일과인 밭일을 끝낸 뒤 제로스의 집으로 갔다.

그러나 그곳에서 그들이 본 것은—.

"꼬꼬——!"

"어설퍼!"

—닭이 내지르는 주먹(날개) 같지 않은 타격과 충격파.

범상치 않은 타격음이 주위로 울려 퍼졌다.

그것은 훈련처럼 만만한 것이 아니었다. 누구의 눈으로 봐도 비상식적인 주먹 대 주먹의 대화.

폭력의 논리가 통용되는 남자의 세계였다.

"이게 사람이 내는 소리냐? 뼈가 부서질 것 같은 소리인데······. 나, 내일 아침 해를 볼 수 있을까? 죽는 거 아니야?"

"비관적으로 생각하지 마, 라디. 야, 카에데····· 이런 짓을 할 수 있을 정도로 수련하라는 거냐? 아무리 생각해도 무리가 있잖아."

"음, 강해지는 비결은 자신의 약점을 극복하길 반복하며 한 걸음씩 나아가는 거지. 천리 길도 한 걸음부터라고 하잖나."

"으음…… 아찌, 심각하게 인간을 그만뒀지?"

"우리 살아서 돌아갈 수 있을까? 무모하다는 생각이 들어……."

제로스가 꼬꼬들에게 하는 훈련이 설마 인간의 영역을 벗어났을 줄은 꿈에도 몰랐다. 날아가는 주먹이 보이지 않았다.

상식이란 무엇인가, 현실이란 어디에 있는가. 가슴이 쿵쾅거릴 정도로 다가오는 비상식.

제로스와 우케이는 서로에게 거리를 두고 가슴 앞에 손(날개)을 모아 예를 표했다.

그리고 제로스는 방관자가 된 아이들에게 다가와 선뜻 손을 올리고 명랑하게 말을 걸었다.

"야아, 이게 누구야? 아침부터 웬일이죠?"

"아찌, 아침부터 이런 일을 해? 충격파가 날아오는데?"

"꼬꼬들이 요즘 실력이 부쩍 좋아졌지 뭡니까. 그만 재미있어서 흥이 올랐어요. 이런 게 젊은 혈기 아닐까요?"

"""아니, 중년이잖아, 아찌……."""

아침 댓바람부터 아저씨는 굉장히 신나 보였다.

꼬꼬와 함께 폭력의 폭풍이 몰아치고 있었다. 밭일은 안 해도 되는 걸까?

"그나저나 너희가 나한테 무슨 볼일이죠? 시금부터 아침 식사를 준비해야 하는데……."

"아니…… 뭐라고 해야 하지?"

"응…… 뭐라고 해야 할까."

"우리는…… 글쎄?"

"고기를 줘."

"""고기가 왜 나와?!"""

카이는 부탁보다 고기를 우선했다.

아무래도 상상을 초월하는 싸움질을 보고 나자 주눅이 들었다. 마물을 순식간에 해치우는 필살의 일격을 연속으로 주고받았으니 어린아이라면 무서워질 법도 했다.

"제로스 공, 이 아이들은 제로스 공에게 수련을 받고 싶다고 합니다. 제로스 공 정도의 실력자라면 어렵겠지만, 가장 약한 꼬꼬를 상대한다면 좋은 훈련이 되리라 생각합니다."

"네? 왜 또 하필 그런 생각을? 저는 상관없지만, 루세리스 씨에게 허가는 받았나요?"

"아니, 어차피 우리는 내년에 교회를 떠나야 할 몸입니다. 지금부터 수련을 쌓아 두면 용병 자격을 딸 때 편하지 않겠습니까?"

"그렇군요. 뭐, 기본 동작이라면 천천히 알려줄 수 있지만, 해 보실래요?"

"""옙———!"""

카에데가 교섭하여 아이들은 떳떳하게 훈련을 받게 되었다.

하지만 실제 훈련은 의외로 단조로웠다. 어떤 내용이냐면—

"자, 팔을 그대로 천천히 앞으로 내미는 느낌으로. 한쪽 발은 아직 들고 있고, 팔과 동시에 파고들 듯이 뻗어줍니다. 라디 군, 팔이 내려갔어요."

"이이이익……."

"이거 제법 힘들어."

"넘어진다, 넘어져~!"

"규, 균형이~!"

—태극권 같은 훈련이었다.

이것은 격투 기술을 배우기 위한 훈련이며 【막기】, 【치기】, 【넘기기】, 【발차기】, 【던지기】라는 다섯 가지 요소가 모두 조합되어 있었다. 언뜻 보면 건강 체조 같지만, 이래 봬도 어엿한 무술 수련법이었고 유연한 근육을 단련하는 상당히 힘든 훈련이었다.

아이들이 처음 훈련으로 하기에는 대단히 힘들었다.

"호오, 【음양봉산류 권법】인가? 어머니도 자주 하셨지. 기술과 품새를 익히는 데는 최적의 훈련법이야. 제법 힘든 수행이로군. 훌륭해."

"처음부터 대련을 가르치는 건 위험하니까요. 그 전에 기초를 확실히 가르쳐야죠. 호흡법도 익히면 언젠가 기공도 쓸 수 있게 될 테고요."

동방의 섬나라에서 유명한 무술 유파였다.

그밖에도 【검기(劍技)】, 【권기(拳技)】, 【유기(柔技)】, 【궁기(弓技)】, 【선기(仙技)】의 다섯 유파와 기술이 있고, 그것을 모두 체득한 무술가는 패도의 정점에 설 수 있다고 전해진다. 카에데의 검술도 이 유파의 가르침에서 뜻을 얻은 기술이있다.

지금은 수많은 유파로 분파하여 동방의 섬나라에서는 활발히 각축을 벌이고 있었다.

참고로 카에데는 기초가 완성된 상태라서 새삼스럽게 이 훈련을 할 필요는 없었다.

그래서 자주적인 훈련에 힘을 쏟았다.

"이, 이런 걸로…… 정말로 강해질 수 있어?"

"너희는 훈련 이전에 기초가 안 되어 있어. 수행한다면 기초부터 철저하게 배워야 하죠. 어설픈 약국이 사람 죽이는 법입니다."

"역시…… 이 세상에 신 같은 건 없어……."

천리 길도 한 걸음부터.

고아였던 아이들은 꿈을 향해 굳건한 한 걸음을 내디뎠다.

이 노력이 결실을 보는 것은 조금 더 미래의 이야기다.

아라포 현자의 이세계 생활 일기 4

1판 1쇄 발행 2019년 2월 10일
1판 2쇄 발행 2019년 10월 14일

지은이_ Kotobuki Yasukiyo
일러스트_ JohnDee
옮긴이_ 김장준

발행인_ 신현호
편집장_ 김은주
편집진행_ 최은진 · 김기준 · 김승신 · 원현선 · 권세라
편집디자인_ 양우연
국제업무_ 정아라 · 전은지
관리 · 영업_ 김민원 · 조은걸 · 조인희

펴낸곳_ (주)디앤씨미디어
등록_ 2002년 4월 25일 제20-260호
주소_ 서울시 구로구 디지털로 26길 111 JnK디지털타워 503호
전화_ 02-333-2513(대표)
팩시밀리_ 02-333-2514
이메일_ lnovelpiya@naver.com
ㄴ노벨 공식 카페_ http://cafe.naver.com/lnovel11

ARAFO KENJA NO ISEKAI SEIKATSU NIKKI Vol 4
ⓒKotobuki Yasukiyo 2017
First published in Japan in 2017 by KADOKAWA CORPORATION, Tokyo.
Korean translation rights arranged with KADOKAWA CORPORATION, Tokyo.

ISBN 979-11-278-4875-0 04830
ISBN 979-11-278-4453-0 (세트)

값 9,000원